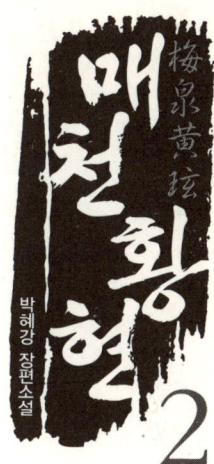

梅泉黃玹
매천 황현
박혜강 장편소설
2
智異山下
지리산하

梅泉黃玹
매천황현 2

박혜강 장편소설

智異山下
지리산하

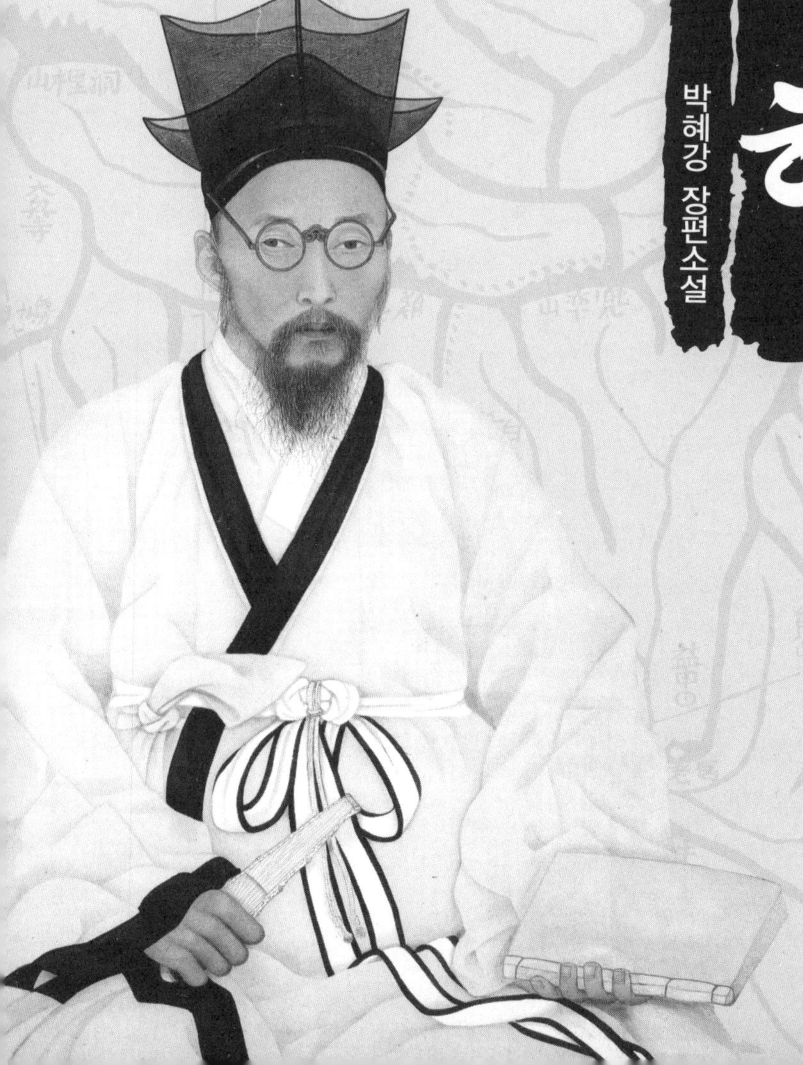

문학들

작가의 말

나는 이 소설을 기획하고 집필하는 동안 '법고창신法古創新'과 '술이부작述而不作'이라는 두 단어를 머릿속에 간직하고 있었다. 매천 황현 선생께서 살아왔던 100여 년 전의 이야기를 소설로 형상화하기 위해서 절대적으로 필요한 사항이라고 여겼기 때문이었다.

이 소설은 특이한 구조로 되어 있다. 우선 매천의 생애를 '백운산권'과 '지리산권'으로 양분했다. 그리고 각 권마다 현장 답사를 통한 르포타지(보고문학)와 보통의 역사소설 형식을 결합시켜 놓았다. 그 이유는 이 소설이 과거의 이야기 속에 함몰되지 않도록 하기 위함이었고, 매천 황현 선생의 사후인 현재의 상황까지 이야기를 드넓게 풀어가고 싶은 의도가 있었기 때문이다. 그리고 소설 속에 작가가 개입하는 부분이 더러 나오는데, 그건 계산된 것이었음을 밝혀둔다. 또 실명이 더러 등장하는데, 그 분들에게 커다란 실례가 되지 않기를 바라는 마음 간절하다.

소설을 준비하는 과정에서 어려움이 많았다. 어떤 소설은 자료가 빈약해서 곤란을 겪는 경우도 있지만, 매천 선생에 관한 소설은 자료가 너무나 방대해서 공부하는데 많은 시간과 정열을 기울여야 했다.

『매천야록』과 『오하기문』 그리고 매천 선생의 여러 장르의 문학들만 해도 방대한 양이었다. 그런데 매천 관련 논문과 그밖의 등장인물에 관한 수많은 자료들을 섭렵한다는 것은 인내를 끝없이 요구하는 일이었다.

소설을 집필하는 과정에서도 어려움이 많았다. 우선 지명 문제에 있어서 100년 전과 현재가 다른 경우가 많아서 애를 먹었다. 등장인물의 호칭에 있어서도 지금과 달리 예전에는 자字나 호號를 사용했기 때문에 곤란을 겪었다. 과거 인물 중에서 유명한 사람들은 자나 호가 밝혀져 있었지만 그렇지 않은 경우에는 이름뿐이었기 때문이다. 또 호나 자가 여러 가지라서 자료를 읽을 때나 집필할 때 정신을 바짝 차리지 않으면 실수할 수 있었다. 아무튼 정신 바짝 차려서 오류가 없도록 최선을 다했다.

소설 속에 『매천야록』과 『오하기문』 그리고 여타의 자료들을 그대로 인용해야 하는 경우가 왕왕 있었다. 소설로서 품격을 떨어트릴 수 있다고 보았으나 생생한 모습이나 상황을 전달하기 위해 풀어쓰지 않고 그대로 인용했다. 또 매천의 시라든지 그 외 등장인물들의 시를 인용할 수밖에 없었는데, 매천 선생의 시는 전문을 원형 그대로 사용했고(소설의 의미나 전개에 필요하다고 보았을 때), 등장인물들의 시는 문학적으로 큰 가치가 있다고 해도 일부를 생략하거나 따옴표에 넣어서 처리했다(매천 선생의 소설이기 때문에).

각 권에서 보고문학(르포타지) 형식을 취한 부분(각 권 1장)에서는 소설적인 맛을 약간 가미했다. 왜냐하면 현장 답사가 수차례에 걸쳐 진행되었지만 백운산권과 지리산권을 각각 한 번씩 다녔던 것으로 기술해야 이야기 전개가 매끄럽다고 보았기 때문이다. 그리고 답사 이후에 공부했거나 얻었던 정보가 있었지만 그 이전에 이미 알고 있었던 것처럼 표현해야 하기 때문에 허구(픽션)가 약간 가미될 수밖에 없었다. 그래서 보고문학 형식을 취하긴 했지만 소설로 보아주는 것이 더 좋겠다.

보통의 역사소설 형식을 취한 부분(각 권 2장)에서는 일부러 각 사건의 연대를 정확히 기록하려고 노력했다. 어려운 단어나 옛 용어들은 활자를 줄여서 그 뜻을 적어 놓았다. 이런 것들 역시 소설로서 품격을 떨어트리고 맛을 저하시킬 수 있을 거라는 생각을 해보지 않았던 것은 아니지만 100년 전의 상황을 이해하기 쉽도록 하려면 어쩔 수 없는 일이었다. 소설을 집필한 나도 옛 자료를 공부하는 도중에 뜻이 잘 이해되지 않아 어려움을 겪었는데 독자 제현들이야 오죽하겠느냐는 생각이 들었기 때문이다. 그리고 연대를 정확히 기록하려고 했던 것은 아마 매천야록의 영향을 받았던 점도 있으리라 생각이 든다.

이 소설책이 발간되는 시점이 우연하게도 경술국치 100년이 되는 해이며, 매천 황현 선생께서 순국하신 지 100년이 되는 해이기도 하다. 100년이 지난 오늘 옛 이야기를 새삼스럽게 들춰내는 것은 과거를 교훈삼아 내일을 조망하는 슬기를 키우자는 뜻도 있을 것이다.

역사는 현대와의 끊임없는 대화라고 했다. 역사는 항상 되풀이된다고 했다. 그래서 지난 역사는 오늘이고 또 내일이기도 하다. '매천정신'이 불사조처럼 영원했으면 좋겠다.

집필하는 동안 수많은 밤을 뜬눈으로 지새우는 올빼미 신세였다. 이제는 밤에 편히 잠자는 인간으로 돌아가고 싶다. 그리고 나 역시 한 사람의 독자가 되어 따스한 차 한 잔 마시면서 이 소설을 꼼꼼히 읽어보려고 한다.

끝으로 이 소설이 햇빛을 보기까지 물심양면으로 도움을 아끼지 않았던 분들을 밝히고 싶다. 광양시 역사인물 소설화와 문화의 육성발전에 큰 뜻을 갖고 계시는 이성웅 광양시 시장님, 장명환 광양시의회 의장님 이하 위원님들께 감사의 절을 올리고 싶다. 현장답사를 할 때 동행해주었던 김귀진 기자, 구례의 정동인 선생님, 문승이 선생님, 황승연 선생께도 마땅히 절을 올려야겠다. 그 외 답사 길에서 만났던 모든 분들에게도 감사함을 잊지 않을 것이다.

격려를 항상 아끼지 않았던 광양시 문화관광과 직원 여러분들과 자료수집에 도움을 준 구례군 류효숙 문화담당, 언제나 친근한 6인회의 벗들에게 술 한 잔씩 올리고 싶다.

올 겨울은 눈도 많이 내리고 무척이나 춥다. 하지만 인간의 정은 변함없이 따스하다. 그래서 꽃보다 사람이 더 아름답다고 노래하지 않던가.

작업실 '하늘방'에서 박 혜 강 올림

목차

작가의 말　4

지리산하(智異山下) 2

제1장 광양 매천, 구례 매천　11
제2장 매천, 세상 밖으로 나가다　111

매천 황현 선생 연표와 주요 근대사 연표　257

백운산하(白雲山下) 1

제1장 매천(梅泉)을 찾아서　11
제2장 광양의 황신동(黃神童)　109

제 1 장

광양 매천, 구례 매천

1

　섬진강 주변에는 때 이르게 핀 코스모스가 시나브로 부는 강바람에 산들거리고 있었다. 조물주가 가장 먼저 만들었다고 하는 꽃, 그러니까 꽃의 시조라고 할 수 있는 코스모스는 너무나도 가냘프고 어딘지 모르게 부족함이 많아 보이는 듯했다. 하지만 연분홍색, 붉은색, 흰색의 드레스를 입은 여인들이 무도회를 펼치는 듯하여 섬진강 주변은 화사하고 흥겹기만 했다.

　구례 간전면 운천리에서 섬진강을 가로지르는 남도대교를 이용하여 경남 하동군 화개면 탑리로 건너가기 시작했다. 구례지역, 정확히 말해서 지리산 일대에 산재해 있는 매천의 발자취를 돌아보기 위해서였다.

　남도대교는 2003년 7월 28일에 개통되었는데, '닐슨 아치교' 형식으로 되어 있었다. 다리 양쪽의 난간 아치가 빨강색과 파랑색으로 되어 있어서 섬진강 물에 비치면 태극 모양으로 나타난다는 이야기를 들었는데, 확인해볼 시간적인 여유가 없어서 아쉬웠다.

　"옛날에는 섬진강을 건너기 위해 나룻배가 오갔으나, 그 이후에는 줄을 매어 운행하는 '줄배'가 있었거든. 그런데 이젠 그 모습마저 자취를 감추고 말아서 아쉽기 그지없게 되어버렸다."

　이번 답사 길에 흔쾌히 따라나섰던 죽마고우, 김귀진이 넌지시 설명해주었다. 그는 전남 동부육군에서 기자 생활을 오랫동안 해오고 있었기 때문에 주변의 지리에 밝을뿐더러 각 지역의 상황을 잘 알고 있었다.

나는 김귀진의 이야기를 들으면서, 섬진강 하류 하동 진암마을에서 살았다고 하는 남파 성혜영을 떠올리고 있었다. 그는 추금 강위가 주도했던 육교시사에 참여했던 인물이었으며, 매천에게 강위를 소개시켜주기도 했다.

매천의 나이 41세 때였다. 그는 친구 성혜영을 생각하며 '하동 사람을 만나 남파 소식을 물음'이라는 오언율시 1수를 남기기도 했다.

> 내 친구를 오랫동안 보지 못했더니
> 가을바람에 어떻게 지냈느뇨.
> 큰 뜻을 가진 젊은이는 천하에 적고
> 영남에는 백발 늙은이만 많구려.
> 어찌 향기로운 풀 주기를 잊었겠는가.
> 쇠사슬 담쟁이넝쿨 같은 삶이었다네.
> 강 너머에서 근심스레 꿈을 생각하니
> 별과 달빛이 어부의 도롱이에 비칠 뿐이네.

이 오언율시의 내용은 매천이 나랏일을 근심하고 걱정하면서 큰 뜻을 가진 젊은이가 없음을 안타까워하고, 현실에 얽매여서 '쇠사슬 담쟁이넝쿨 같은 삶'을 살아가고 있는 자신의 처지를 이야기하고 있었다.

매천의 나이 41세 때라면 1895년이었다. 그즈음이라면, 매천이 광양 봉강에서 구례 만수동으로 이거한 다음 농사를 직접 지으며 살아가던 중에 부친상과 모친상을 연이어 당했고, 신교神交를 맺었던 영재 이건창까지 저세상으로 떠나 보내야 했던 고통스러운 시간대였다.

또 그 시간대의 역사적인 사건을 살펴보면, 1889년에는 백운산 아래 광양에서 세도정치의 말기적 현상으로 인해 농민항쟁이 발생하여 무척이나 혼란스러웠다. 이어서 1894년과 1895년에는 갑오개혁, 동학농민운동, 을미사변, 단발령 선포 등의 굵직굵직한 사건들이 연이어 발생하는 등 조선 말기의 최대 혼란기이기도 했다.

매천이 그의 야록 '갑오이전' 편에 기록했던 내용을 보면 그 시대가 얼마나 혼란스러웠는지 가히 짐작하고도 남음이 있을 것이다.

서울 장안에 와언訛言이 퍼져 서양 사람들은 아이들을 삶아먹는다고 하여 민가에서는 그것을 지켜보며 밖에 내보내지 아니했다. 거리에 그의 아들을 업고 지나가는 자가 있었는데 어떤 사람이 손가락질을 하며 저것은 훔쳐다 팔려고 하는 것이라 하여 함께 달려가서 주먹질과 발길질을 하여 그 사람의 변명이 미치지 못하고 이미 죽었다. 서양 사람들은 이 소문을 듣고 불평하며 투덜거렸다. 왕은 오부五部에 명령하여 "게시를 해서 그런 일이 없다는 것을 알려 진정시키라."고 했다. 오래 가서 이런 소문은 점차 식어갔다.

여름에는 전라도 사람들 사이에 와언이 퍼졌는데 일본 사람들과 서양 사람들이 민간에 흩어져 우물에 독약을 넣어 그 물을 마시면 죽는다고 했다.

충청도 어느 물가 강씨의 집에 과부가 혼자 살았는데 나이가 많았다. 집은 다소 여유가 있었으나 자녀를 하나도 두지 못했다. 개 한 마리 기르며 살아갔는데 그 개의 이름을 복구福狗라고 불렀다. 지나가던 나그네가 복구라고 부르는 소리를 듣고 남자의 이름인 줄 알았다. 그리고 강복구姜福九라는 이름으로 감역監役:선공감의 한 벼슬에 늑차勒差:강제로 뽑음되었으며 색가素價:얽혀진 값가 이르렀다. 객도 또한 크게 웃으며 돌아갔다. 이로 말미암아 호서湖西에는 개감역[狗監役]이 있다는 소문이 났으니 기타 일들은 가히 추측할 수 있으리라.

위의 야록에서 알 수 있듯이, 그 시대는 외세가 밀려와 곤경에 처하기 시작하면서 갖가지 악성소문이 나돌았고, 부정부패가 만연해 있다거나 개[狗]에게 벼슬이 내려질 정도로 정치질서가 제대로 잡히지 않아서 세상이 극도로 혼란스러웠다.

나는 동서화합의 상징물이라는 남도대교를 지나오면서 많은 생각을 했다. 전라도 땅에서 경상도 땅으로 건너왔지만 하늘에도, 땅에도, 섬진강 물에도, 경계선은 보이지 않았다. 그 경계선이라는 것은 음흉한 집단이 만들어낸 악의적이고, 아전인수 격이고, 자기 이익적인 단어였을 뿐이었다.

나는 경계라는 단어를 묵살해버리고 어제와 오늘을 찬찬히 더듬어보았다. 반만년의 역사를 살펴보면 혼란스럽지 않았던 적이 없었다. 그런데 그 혼란은 누가 또 어디에서부터 야기되었던 것일까.

예로부터 우리 민족은 외적의 침입을 쉴 새 없이 받아왔다. 그래서 대외적으로는 그런 것 때문에 혼란이 왔고, 대내외적으로는 사회 지도층 인사들의 정치적인 술수 때문에 국가적인 혼란이 닥쳐왔고 분파주의가 싹트기도 했다.

이 땅의 민초들은 어느 시대를 막론하고 땅을 파서 곡식을 심거나 바다에 나가 고기를 잡으면서 자신에게 주어진 삶을 성실하게 그리고 묵묵히 살아왔을 뿐이다. 하지만 그들은 외적이 침입하면 목숨을 내놓고 나라를 지키는 장렬한 모습을 보이기도 했다.

그렇다면 이 땅의 지식인이라고 하는 사회 지도층 인사들의 대부분은 어떠했을까. 그들은 평상시 민초 위에 군림하며 자신의 부풀어 오른 배를 두드리다가 외적이 침입하면 기득권을 지키기 위해 꼬리를 사리고 도망치기 급급했거나 피아를 가리지 않고 강자 편에 재빨리 달라붙는 교활한 모습을 보이곤 했다.

기회주의자를 풍자한 전관용의 단편소설 '꺼삐딴리'를 보면 그런 자들의 실체가 잘 드러나고 있다.

여기에서 '꺼삐딴'이란 영어 '캡틴captain'에 해당되는 러시아어이다. 굳이 우리말로 고치자면 '우두머리'나 '최고'라 할 수 있겠는데, 쉽게 말해서 기득권층을 가리키고 있는 단어라고 보면 좋을 것이다.

그 소설의 주인공인 이인국 박사는 일제강점기에 친일을 하고, 소련군이 진주하자 아부하고, 1·4후퇴 때 월남한 이후에는 친미주의자로 변신하는 카멜레온 같은 모습을 보여주는 기회주의자였다.

그런 부류의 자들에게는 민족이나 국가라는 개념이 있을 턱이 없고, 오로지 자신의 안일과 영달만 있을 뿐이었다. 구한말의 매국노나 동서 갈등을 부채질한 오늘날의 정치인들 또한 '꺼삐딴리'나 다를 바 없다고 해도 과언은 아닐 것이다. 그리고 그런 부류의 자들이 이 땅의 모든 혼란을 부채질하여 민초들을 수렁으로 몰아넣었던 것이다.

나는 한때 매천에 관한 평전을 써보고 싶어서 나름대로 많은 노력을 기울였던 적이 있었다. 그럴 즈음, 경술국치를 전후로 한 수많은 순국지사 중에서 매천이 군계일학群鷄一鶴의 위치에 서게 되었던 이유가 무엇일까 골몰하다가 마침내 명쾌한 답 하나를 얻기에 이르렀다.

나는 매천이 후세에서 높이 평가받을 수 있었던 가장 큰 이유가 역사비평서인『매천야록』을 집필했기 때문이라고 여겼다. 이런 이야기는 다른 순국지사들을 폄하한다거나, 매천의 순국과 시문학적인 성과 등을 폄하하려는 의도가 아니라『매천야록』이 그만큼 불세출이었고 독보적이었다는 것을 말하려는 것이다.

그의『매천야록』은 정사와 버금가는 정확성을 보여주기도 하지만 풍자와 해학을 통해 읽은 이로 하여금 자신도 모르게 역사적인 교훈을 가슴 깊이 새기도록 하는 강렬한 힘을 불어넣어주었다. 이런 독특한 장점은 보통의 역사비평서를 단숨에 뛰어넘는 쾌거라 아니할 수 없을 것이다.

매천은 자신의 야록을 통해 사회 지도층 인사들이라고 할 수 있는 당대 사대부의 잘못된 모습들을 자주 풍자하곤 했는데, 그런 일화를 풀어서 소개하면 다음과 같다.

주한 일본공사, 정상각오랑井上角五朗은 용모가 누추하나 문학에 재주가 뛰어났고 우리말까지 터득한 인물이었다.

어느 눈이 내리던 밤, 외무아문外務衙門에서 곡연曲宴:임금이 궁중 내원에서 베푸는 소연이 열렸다. 여러 주사主事들이 자리를 같이 해서 운韻을 내어 시를 읊었다. 그때, 술에 취한 정상각오랑이 웃으면서 말했다.

"오늘밤은 대단히 즐거우니 말을 좀 지껄여도 괜찮을지 모르겠습니다."

"좋소."

여러 사람들이 동의하면서 과연 그가 무슨 말을 할 것인지 궁금한 눈초리를 보냈다.

"제공들이 우리 일본인을 가리켜 꼭 왜놈이라고 하는데, 대저 왜놈은 왜놈이오. 하지만 가히 왜놈을 꺾어 굴복시킨 연후에 왜놈은 스스로 머리를 굽히면서 왜놈이라는 것을 인정할 수 있을 것입니다. 제공들이 사대부의 세 글자를 입으로만 떠든다고 오늘날의 왜놈들을 물리칠 수 있겠소?"

정상각오랑이 입만 나불대는 사대부들을 향해 일침을 놓았던 것이다. 그리고 중국 고대 악기이며 피리처럼 생긴 약(龠)을 손에 잡고 검술 시범을 보이듯 빙빙 돌리자, 어느 순간에 그의 모습이 보이지 않았다. 그런 광경을 지켜본 사람들이 깜짝 놀랐다.

잠시 후, 정상각오랑의 손에 들렸던 약에서 땡그렁, 하는 소리가 들려오더니 그의 모습이 드러났다. 그리고 그가 한숨을 내쉬며 말했다.

"제공들은 폐방을 욕하지 마시오. 통상을 하던 초기에는 당신네 국민들이 말을 듣지 않고 일어나 우리를 찔러 죽이려고 했는데, 나 같은 외국 사람이 검술을 익혀서 목숨을 부지하려고 하지 그냥 죽기를 바랐겠소? 어허, 무력이 강해야 화의도 이루어지는 법인데 마침내 이 검술은 쓸데없게 되었소. 조금 전에 시험했던 바로 그 검술 말이외다. 제공들은 입으로만 사대부라는 것을 빙자하지 말고, 곧 칼이 어떠한 물건인가 하는 것을 살피지 아니하고 왜놈을 다스리려 하면 우리 왜놈들이 잘 복종하겠습니까?"

정상각오랑의 비꼬는 이야기에도 그곳에 앉아있던 사대부들은 어느 한 사람 대꾸하지 못했다. 그리고 서로 돌아보며 "야, 정상각오랑의 검술이 참 능하오."라며 능청스러운 대화를 나누었을 뿐이었다.

그런 일화 외에도 그 당시의 사대부들이 어떤 사고방식과 모습을 보였는지 적나라하게 드러나는 이야기가 『매천야록』에 기록되어 있었다.

을사늑약이 체결되던 날, 을사오적 이택근이 대궐에서 돌아오며 부인에게 늑약 맺은 일에 대해 말하기를 "내 다행히 죽음을 면했다."고 했다.

그 말을 들은 비녀몸종가 부엌칼을 들고 뛰어나오면서 "이택근아! 네놈이 대신이 되어 국은을 받았으면서도 나라가 위태로운데 능히 죽지 아니하고 다행히 목숨을 건졌다 하느냐. 너는 참으로 개돼지만도 못하구나. 내 비록 천인이기로서니 어찌 개돼지의 종이 되겠느냐!"라고 소리치며 집을 뛰쳐나갔다는 기록이 실려 있었다.

옛말에 철면피鐵面皮라는 것이 있었다. 원래는 '부끄러운 줄 모르고 뻔뻔스러운 사람' 이라는 뜻과 '강직하고 준엄하다' 는 뜻의 두 가지가 있었다. 그런데 오늘날에는 부끄러움과 염치를 모르는 아주 뻔뻔한 사람을 일컫는 말이 되었다.

자고로 인간이란 자신이 저질렀던 잘못이나 악행을 부끄러워할 줄 모르면 축생보다 못한 법이었다. 그런데 을사늑약 당시에만 이런 철면피가 존재했던 것은 아니었다.

오늘의 현실을 살펴보면 철면피가 도처에 깔려있다. 그리고 학식이 많고 권력이 높은 자일수록 철면피의 두께가 더욱 두텁다는 게 공공연한 사실이기도 하다. 오늘날의 지식인들이 부끄러움과 염치를 알고, 지조와 절개를 지킬 줄 알았으면 좋겠다. 그런 단어들은 매천 같은 옛 선비들만의 전유물이 아니다.

노블레스 오블리주 noblesse oblige.

노블레스는 '닭의 벼슬' 을 오블리주는 '달걀의 노른자' 를 의미한다고

제1장 광양 매천, 구례 매천　19

한다. 그러니까 노블레스 오블리주의 깊은 뜻은 '닭의 사명이 자기의 벼슬을 자랑함에 있지 않고 알을 낳는데 있다.'는 것을 뜻한다고 보아야겠다.

이런 노블레스 오블리주는 초기 로마시대에 왕과 귀족들이 보여준 투철한 도덕의식과 솔선수범하는 공공정신에서 비롯되었으며, 사회 고위층 인사에게 요구되는 높은 수준의 도덕적 의무를 뜻했다.

그 당시 로마사회에서는 고위층의 공공봉사와 기부 헌납 등의 전통이 강했다고 한다. 이러한 전통적인 행위는 의무인 동시에 명예로 인식되면서 자발적이고 경쟁적으로 이루어졌다. 로마는 귀족층의 이런 솔선수범과 희생정신에 힘입어 고대 세계의 맹주로 자리할 수 있었던 것이다.

어떤 사회든지 노블레스 오블리주를 행하는 것은 당연한 것인지도 모른다. 왜냐하면 기득권층의 모든 기초는 민초들에게 있기 때문이다. 그리고 기득권층의 솔선수범이야말로 이 사회를 이끌어가는 원동력 중의 하나이기 때문이다. 그런데 오늘날 우리나라의 노블레스 오블리주의 현주소는 과연 어떠한가?

한 점의 순수로 흘러내리는 섬진강의 강물은 비취빛에 물들어 있고, 때 이르게 핀 코스모스의 무도회는 끝없이 이어지고 있었다.

"지금 섬진강을 따라 달리고 있는 이 길이 국도 19호선이다. 우리나라에서 가장 아름다운 도로이며 천혜의 드라이브 코스라고 소문이 자자하게 났지. 저기 좀 봐라 밀려오는 차량들이 엄청나게 많지."

친구가 길안내를 친절하게 하면서 턱을 내밀어 전방을 가리켰다. 그리고 후방거울을 살피더니 다시금 말을 이어갔다.

"뒤따라오는 차도 상당히 많다야. 이 도로를 따라가다가 피아골로 들어가자고 그랬지?"

"응."

"가을에 피아골을 찾아가면 단풍구경 제대로 할 수 있었을 텐데……."
친구는 아직 가을이 오지 않았다는 게 몹시 아쉬웠던 모양이었다.

우리의 차가 어느 틈엔지 하동지역을 벗어나 구례지역으로 접어들었다. 외곡삼거리에서 우회전하여 865번 지방도로를 타고 지리산의 품속으로 들어가기 시작했다.

전방에 우뚝 솟은 반야봉, 좌측 전방의 왕시루봉, 우측 전방의 토끼봉이 서로 어깨동무를 친 채 우리를 포근히 반겨주고 있었다. 이제 머지않아서 연곡사를 만날 터였다.

십여 년 전의 여름이었다. 화가 홍성담 친구, 소설가 홍희담 선생과 함께 연곡사를 찾아갔던 적이 있었다. 홍희담 선생의 아들인 황호준이 동료 대학생들과 범패음악을 수련하기 위해 연곡사에 머물고 있었기 때문이다.

그날, 홍희담 선생이 보온병에 담아왔던 원두커피의 향내가 아직도 코끝에서 맴도는 듯했다. 모카골드였을까, 아니면 블루마운틴이었을까? 홍 선생은 커피 애호가였다. 불현듯 향기 좋은 커피 한 잔을 마시고 싶은 충동이 솟구쳤다. 하지만 우리의 차는 계곡을 따라 허위단심으로 올라채고 있었으며, 주변에는 나의 충동을 해갈시켜줄 마땅한 찻집이 보이지 않았다.

그 당시 연곡사를 찾아갔던 이후로 피아골을 두 번쯤 더 갔다. 하지만 그럴 때마다 피아골의 단풍과 맑게 흘러내리는 계곡물 그리고 연곡사 관광이 주 목적이었다. 좀 더 의미를 두었다고 하면 동족상잔의 비극으로 말미암은 지리산 빨치산에 관한 생각들이 저변에 깔려 있었다고나할까?

그랬다. 나는 지리산을 찾을 때마다 김지하의 '지리산'이라는 시를 떠올리곤 했다.

눈 쌓인 산을 보면/피가 끓는다/저 대샆을 보면/노여움이 불붙는다/저 대 밑에/저 산 밑에/지금도 흐를 붉은 피//
지금도 저 벌판/저 산맥 굽이굽이/가득히 흘러/울부짖는 것이여/깃발이여/타는 눈동자 떠나던 흰옷들의 그 눈부심//
한 자루의 녹슨 낫과 울며 껴안던 그 오랜 가난과/돌아오마던 덧없는 약속 남기고/가버린 것들이여/지금도 내 가슴에 울부짖는 것들이여//
얼어붙은 겨울 밑/시냇물 흐름처럼 갔고/시냇물 흐름처럼 지금도 살아 돌아와/이렇게 나를 못살게 두드리는 소리여/옛 노래여//
눈 쌓인 산을 보면 피가 끓는다/저 대샆을 보면 노여움이 불붙는다/아아 지금도 살아서 내 가슴에 굽이친다/지리산이여/지리산이여//

지리산은 '지이산智異山'으로 쓰고 부르기는 '지리산'이라고 하는 독특한 경우를 보여주고 있는데, '어리석은 사람이 머물면 지혜로운 사람으로 달라진다.'고 하여 그런 이름이 붙었다고 한다. 물론 백두산에서 백두대간을 타고 흘러와 끝자락에 자리 잡고 있다고 해서 '두류산'이라 부르기도 하고, 옛 삼신산의 하나인 '방장산'이기도 했다.

우리 민족의 영산인 지리산은 우리나라에서 가장 덩치가 큰 산으로 '산속의 산'을 안고 있으며, 어느 누가 자신의 품안에 안겨도 거절한 적이 없는 포용력이 매우 큰 산이기도 했다. 그래서 지리산은 '인간의 산'

이기도 했다.

지리산은 '생명의 산'이었다. 그 산은 영호남의 지붕으로서 그 산자락마다 동식물이 번창하여 수많은 민초들에게 일용할 양식을 제공했다. 또 주능선을 중심으로 하여 남북으로 흘러내리는 물줄기들이 섬진강과 낙동강으로 각각 흘러들면서 논밭을 적셔주고 갈증 난 인간들의 목을 축여주었기 때문에 생명의 역할을 더욱 완벽하게 해냈다.

하지만 지리산은 '아픔의 산'이었다. 우리의 역사에 기록되지 않았지만, 한반도가 열리기 시작하면서부터 그 산을 중심으로 수많은 갈등이 발생했을 것이라는 추측은 얼마든지 가능하다. 현존하는 기록에서도 갈등과 대립의 역사는 엄청나게 많다. 그 산은 임진왜란의 참상을 혀로 핥으며 감내할 수밖에 없었고, 항일의병대들의 피를 머금어야했고, 분단의 이데올로기에 희생된 넋들의 한을 머금었다가 산 울음소리를 토해내곤 했다. 그래서 '아픔의 산'이면서도 '비극의 산'이기도 했다.

물론 다른 의미이기는 하지만, 지리산이 울었다는 이야기가 『매천야록』 '광무 5년'의 기록에서 나오고 있다.

지리산이 3일 간 울었는데 그 소리가 수백 리 밖까지 들렸다. 안중영이란 자가 있었는데 예전에 남원 땅에 살았다. 기술을 좋아하여 능히 역수易數를 담론談論할 수 있어서 사람들은 그를 안주역安周易이라 칭했다. 갑오동학란 때 모친 상중에 있었는데 상복을 벗어 붙이고 김개남에게 붙어서 좌포장이 되었다. 싸움에 패하게 되자 가족을 모두 이끌고 서울로 도망했으며 그것으로 인해 특별히 입대入對:대궐 안에 들어가 임금에게 진알하고 자문에 응하는 일했는데 지리산맥이 바다 속으로 뚫려서 일본 국토가 되었다고 말했으며 그것을 파서 눌러버리게 되면 일본은 마땅히 자멸할 것이라 했다. 고종은 이상히 여겨 안영중을 양남도시찰兩南都視察로 제수하니 많은 남정男丁들을 동원하여 운봉 경계에 뻗은 산맥을 파서 끊어 놓으려고 겨울철에 역사를 시작했다. 그런데 돌 틈에서 물줄기가 뻗쳐서 공사를 진행할 수 없었다. 관찰사 조한국이 여러 번 소환할 것을 청했으나 듣지 않다가 안영중은 산이 우는 소리를 듣고 두려워하여 중지했다.

아무튼 지리산은 우리 역사를 돌이켜볼 때 '아픔의 산'이었고 '통곡의 산'이었던 것만은 틀림없다.

그날 그때, 매천이 회한을 한 망태기 짊어지고 눈물을 흘리며 올라갔다가 눈물을 흘리며 내려왔다는 피아골로 올라가는 산길을 우리의 차는 묵묵히 올라채고 있었다.

매천이 전국 방방곡곡을 유람하면서 이처럼 눈물로 길을 적신 곳이 또 어디에 있을 것인가. 피아골에서 흘러내리는 연곡천의 물소리가 마치 그의 통곡이나 눈물처럼 소쿠라지며 끝없이 흘러내리고 있었다. 또 그 물줄기는 작열했던 여름의 잔해를 서서히 씻어 내리며 핏빛 가을을 맞이하는 중이었다.

지리산 자락에 계단식 논밭이 끝없이 쌓여 있었다. 마치 하늘로 올라가는 계단 같기도 했고, 천신에게 제를 올리는 제단 같기도 했다.

계단식 논밭은 위로 올라갈수록 자꾸만 적어져 삿갓배미나 항아리배미에서 마침내 손바닥배미로 변해가는 중이었다. 그런 풍경을 한마디로 표현하자면, 땅의 연가戀歌요 하늘의 찬가讚歌였다.

우리의 차는 865번 지방도로를 타고 달리는 것이 아니었다. 땅의 연가를 부르며 계단을 하나씩 밟고 자꾸만 위로 올라가서 마침내 하늘의 찬가를 부르고 있었다.

매천이 피아골에 있는 연곡사에 처음 찾아갔던 때가 그의 나이 23세, 그러니까 1877년정축년이었던 것 같다. 그때 그는 먼 훗날 회한을 짊어진 채 통곡하면서 이 피아골로 다시 찾아오게 될 줄 꿈에도 생각하지 못했을 것이다. 그래서 처음으로 연곡사를 찾아왔던 그 해에는 자연을 관조하면서 피아골 일대의 풍경을 아름다운 그림 그리듯 아주 편안한 마음으로 '연곡사燕谷寺에서'라는 칠언율시 1수를 지어서 남겼다.

> 묵은 절 불당에는 탱화도 한 점 없고
> 탑 하나 외로이 구름 속에 의지하여 서 있네.
> 새벽하늘 은하수 아득히 쏟아져 내리고
> 빈 골에 물 바람 부딪치며 서로 부르고 있네.
> 이웃 촌가의 대 숲에선 개 짖는 소리 들려오고
> 재 마친 전각엔 신령스런 까마귀들 모여드네.
> 마을의 수많은 밤나무들 누가 심었던가.
> 나무마다 청황색 더없이 뛰어난 절경이네.

매천이 그런 칠언율시를 짓고 나서 30년 후, 그러니까 1907년 10월 어느 날이었다. 그는 의병장 고광순이 연곡사에서 전사했다는 소식을 듣고 구례 월곡마을에서 연곡전장燕谷戰場터로 부랴부랴 달려갔다.

연곡사 일대는 비릿한 피 냄새와 코를 찌르는 화약 냄새로 뒤엉켜 있었고, 시체 냄새를 맡고 날아온 까마귀들이 나무 위에 앉아 음산한 소리를 질러댔고, 펄펄 날뛰었음직한 전마戰馬들이 논두렁과 산자락에 제멋대로 널브러져 있었다.

매천은 그런 을씨년스러운 풍경보다 연곡사 부근에 버려지듯 놓여진 황토 빛 무덤이 탱자가시로 찌르듯 눈동자 속으로 빨려 들어왔다. 그리고 가슴이 저리고 손발이 떨린 채 우두망찰하여 멈춰 섰다. 아직 떼도 채 입히지 못한 그 봉분 속에는 고광순 의병장이 자신의 뜻을 펼치지 못한 채 차가운 시신으로 변해 누워 있었던 것이다.

매천이 연곡사를 찾아가기 며칠 전, 그러니까 연곡사에서 의병대와 일제 군경들이 교전을 벌였던 직후였다. 연곡사 부근에 살고 있던 임준홍이라는 농사꾼이 일제 군경들 몰래 고광순과 고제량의 시신을 불에 타지 않도록 사위토寺位土:절에 딸린 논밭의 채마밭에 옮겨놓고 솔가지로 덮어두었다. 그리고 나흘 뒤인 9월 보름날에 고광순의 동생, 고광훈이 상포喪布를 준비해 가지고 연곡전장을 찾아와서 두 의사의 시신을 절 부근에 임시로 묻고 봉분을 만들어 놓았다.

매천은 임시 성분成墳이 끝난 바로 다음날 박태현과 함께 연곡사를 찾아와서 곡하고 인부들을 불러 봉분을 크게 만들고 나서 추모의 뜻을 담은 칠언율시를 지었던 것이다.

훗날 이야기이지만, 고광순과 함께 연곡사전투를 치르고 구사일생으로 살아남았던 고광훈은 생존한 의병들을 이끌고 끝까지 항전하다가 붙잡혀 3년간 진도로 유배당했고, 1990년 그에게 건국훈장 애국장이 추서되었다.

그리고 연곡사 부근에 임시 매장되었던 고광순의 유해는 향리인 창평으로, 고제량의 유해는 향리인 화순으로 옮겨 안장되었다.

매천이 고광순 의병장의 무덤 앞에서 애도의 뜻과 함께 지식인의 나약함을 통탄하며 지었던 '연곡전장에서 의병장 고광순을 조상함'이라는 칠언율시 1수는 이러했다.

연곡사 골짜기 천 개의 봉우리마다 숲은 울창하기 그지없고
하찮은 소인도 나라 위해 싸워서 목숨을 바쳤도다.
전마戰馬들은 흩어져 논두렁에 누워 있고
신령스러운 까마귀들 나래 치며 숲나무에 앉아있네.
나같이 글만 아는 선비, 끝내 어느 짝에 쓸 것인가.
그대 조상과 가문의 명성은 감히 따를 자 없네.
가을바람에 홀로 서서 뜨거운 눈물을 뿌리고
봉긋하게 솟은 새로 만든 무덤가에 들국화가 피어 있구나.

연곡사는 구례군 토지면 내동리의 지리산 자락에 위치한 화엄사의 말사였다. 우리는 '지리산 연곡사'라는 현판이 걸린 산문을 지나 경내로 들어갔다.

관광객들이 생각보다 많았다. 그들 대부분은 지리산을 찾아온 김에 화엄사, 천은사, 쌍계사, 연곡사 등을 덤으로 구경하는 사람들 같았다. 그런데 그들이 이 연곡사 일대에서 수백 명에 달하는 항일의병들이 목숨을 잃었다는 역사적인 사실을 알고 있기나 할까?

우리들이 과거의 역사에 매몰되면 안 되겠지만, 역사를 망각해서도 안 될 것이다. 역사는 반복되는 법이고, 역사의 교훈만큼 내일을 조망해볼

수 있는 지혜를 주는 것도 드물기 때문이다.

　나는 이 연곡사 일대에서 매천의 발자취를 찾으러 왔다가 이곳에서 순국했던 고광순 의병장과 무명의 항일의병들을 삼가 추모했다.

　고광순 의병장의 순절비는 소요대사 부도 근처의 동백나무가 우거진 숲 아래에 있었다. 1958년에 그 순절비를 세웠다고 하는데, 하필이면 사방으로 널린 산자락 중에서 동백나무숲 아래에 세웠던 것일까?

　내 생각일지 모르지만, 그 순절비를 동백나무 아래에 세웠던 것은 북풍한설 몰아치는 삼동의 폭설 아래에서 시퍼렇게 빛을 발하는 이파리와 선지피보다 더욱 붉게 피어나는 동백꽃을 보면서 장렬하게 순국했던 고광순 의병장을 영원히 잊지 말라는 뜻은 아니었을까. 그런데 관광객들은 연곡사의 각종 부도나 대적광전에 모셔진 비로자나불에 관심이 있을 뿐 순절비 근처에는 얼씬도 하지 않았다. 연곡사가, 피아골이, 지리산이 허허로웠다.

　녹천鹿泉 고광순高光洵.

　그는 임진왜란 당시 의병장이었던 고경명의 둘째 아들인 고인후의 12대 종손이었다. 그리고 자가 서백, 초명은 광욱이었으며, 전남 담양에서 출생했다. 그러니까 그 집안은 '노블레스 오블리주'를 성실하게 실천한 이 땅의 명문가 중에 하나였다.

　1895년, 일제가 대궐을 침범하고 국모國母를 시해하는 을미사변이 터졌다. 고광순은 임금에게 상소를 올려 "국사를 그르친 괴수를 죽여 국법을 밝히고 나라를 망치는 왜적을 하루 빨리 무찔러 원수를 갚아야 한다."라고 강력하게 역설했다.

　을미사변에 이어 단발령이 내려지자, 고광순은 통분을 참을 수 없어

기우만과 도모하여 의병을 일으켜 10여 년을 영호남에서 암약했다. 그리고 그는 고종황제의 밀지를 받고 호남의병장이 되었으며, 유인석, 최익현과 함께 폭도삼괴로 지목되기도 했다.

고광순 의병장은 일제의 군경과 수많은 전투를 벌이던 중, 동복의 도마치圖馬峙에서 접전을 벌였다가 패하게 되었다. 하지만 진용을 재정비한 다음 무장을 보충하려고 동복을 다시 공격했으나 일제 군경의 반격에 고전을 면치 못했다.

당시 전투상황을 알아보기 위해 일제 측의 정보기록이 실린 『전남폭도사』를 보면 다음과 같은 내용이 적혀있었다.

> 9월 15일 오전 6시 폭도 약 60명이 동복분파소를 습격했는데 보조원 2명이 교전했으나 중과부적이라 광주로 철수했다. 미야가와宮川는 보좌관 6명, 순검 1명을 이끌고 특무조장 1명, 병졸 7명과 협력 토벌했으나 적은 시체 한 구를 버리고 도주한 뒤였다.

고광순 의병장은 동복분파소 습격에서 소기의 목적을 달성하지 못한 채 의병대를 이끌고 구례 피아골로 들어갔다. 그리고 연곡사를 본영으로 삼고 고제량·고광수·박찬덕·고광훈 등과 함께 항일투쟁을 계속 이어갈 전략 구상에 들어갔다.

그가 피아골을 택해 들어갔던 것은 그 일대가 축예지계畜銳之計:일정기간 훈련하여 예기를 기른 뒤 전쟁에 임한다는 전략의 가장 적합한 장소로 보았기 때문이고, 또 장기항전을 준비하려는 의도 때문이었다. 그도 그럴 것이 피아골은 골짜기가 깊어서 천험天險의 요새였기 때문이다.

그 당시 그는 가슴에 태극기를 항상 품고 다녔는데, 광복이 멀지 않았다는 뜻의 '불원복不遠復'이라는 세 글자를 그 태극기에 적어 놓았었다. 그래서 그 태극기를 '불원복 태극기'라고 부르기도 했다.

예전에 내가 전남 담양군 대덕면 운산리 저심마을일명 운수대통마을에 갔다가 태극기 두 개가 휘날리는 것을 본 적이 있었다. 의아하여 자세히 살펴보니, 하나의 태극기는 고광순 의병장이 항상 품고 다녔다는 '불원복 태극기'와 똑같았다.

그 마을은 구한말에 고광순 의병장이 거사를 도모하고 1, 2차 본영으로 삼았으며 무기 제조와 의병들의 군사훈련을 시켰던 곳이었다. 그래서 이곳 사람들은 선열들의 정신을 올곧게 이어가려는 마음으로 '불원복 태극기' 하나를 더 달아 놓았고, 운산정이라는 정자 앞에 의병전적지임을 알리는 표석을 세워 놓았다.

1907년 10월 16일 새벽이었다.

일제 군경들이 연곡사를 포위한 채 공격을 개시했다. 그때 고광순은 최후의 순간이 다가왔음을 직감하고 부하들에게 외쳤다.

"한 번 죽어 나라에 보답하는 것은 내가 평소 마음을 정한 바이다. 여러분은 나라를 위해 염려하지 말고 각자 도모하라!"

고제량 부장이 뒤따라 외쳤다.

"당초 의義로써 함께 일어섰으니, 마침내 의로써 함께 죽는 것이 당연한 것이다. 죽음에 임해 어찌 혼자 살기를 바라겠는가!"

고제량이 죽음을 각오하고 싸우겠다는 의지를 피력했던 것이다.

치열한 전투가 벌어졌다. 결국, 의병대는 일제 군경의 공격을 이겨내지 못했다. 의병장 고광순과 부장 고제량 이하 25~6명의 의병이 장렬히 전사 순국했다. 그날, 지리산이 목 놓아 울었고, 피아골의 단풍은 더욱 붉게 물들었다.

일제 군경들은 의병의 본거지로 다시 활용될 수 없도록 연곡사 일대에 불을 질렀다. 그들은 고광순의 본가에도 불을 질렀다. 고광순의 본가가 불타던 날, 고광순의 벙어리 아들이며 장남이었던 재환이 일제 군경에 항거하자 그들이 총검으로 하체를 찔러서 피범벅이 되고 말았다는 이야기가 전해지고 있다.

1962년 정부에서는 고광순의 공적을 기리어 건국훈장 독립장을 추서했다. 1962년에는 불탄 생가 터에 포의사褒義祠를 세웠고, 그 앞에 사적비를 건립했다. 그 사적비에는 고광순 의병장이 생전에 좌우명처럼 삼았던 말을 노산 이은상이 가사체로 만들어 다음과 같이 새겨 놓았다.

    의義를 보고 몸을 버림은 종기에 침놓은 것 같고見義捨身如大腫一針
    이익 따라 몸을 달림은 도둑과 같다見利殉身卽穿踰一轍고 하셨네.
    녹치鹿峙 연곡鷰谷님의 발자취 어느 적에 사라지리까?
    그 뜻 그 이름 이 겨레 하냥 만고에 전하리다.

아직 가을이 오지 않아 연곡사 경내의 감나무에는 분노처럼 시퍼런 이파리와 감들이 매달려 있었다. 그 감들이 익어가고 단풍이 붉게 물들면, 그날의 비릿한 피 냄새가 피아골뿐만 아니라 지리산 일대에 넘실거릴 것이다. 그날, 사람들은 단풍의 아름다움에만 매달리지 말고 그 피 냄새가 전해주는 역사의 교훈을 가슴 깊이 새겨야 할 것이리라.

우리는 연곡사 바로 아래에 있는 찻집으로 들어갔다. 연곡사 관광을

왔던 사람들과 등산객들로 보이는 몇 무리가 한담을 나누며 차를 마시고 있었다. 우리도 자리 하나를 차지하고 차를 주문했다.

"찾아온 김에 피아골 안쪽에 자리 잡고 있는 직전마을까지 들어가 볼까? 지리산 10경 중의 하나인 피아골 단풍을 구경하지 못하는 것이 안타깝잖아. 그래서 꿩 대신 닭이라고 했듯이, 반야봉 중턱에서 발원하여 임걸령, 불무장 등의 밀림지대를 경유하여 흘러내리는 물줄기라도 구경하자고. 그 길을 따라 올라가다보면 무릉도원으로 가는 길이 혹시 이곳이 아닐까 하는 생각이 들 정도로 멋있어. 어때, 좋다면 당장 올라갈까?"

친구가 엉덩이를 들썩였다.

"피아골 관광은 다음으로 미루자."

"언제 또 이런 기회가 있겠어. 가보자니까."

"아니야. 가야할 데가 많아."

지리산 아래에 매천의 발자취가 수없이 널려 있었다. 또 만나서 이야기를 들어볼 사람도 많았다. 그래서 피아골이 나를 부르는 듯했지만 꾹 참을 수밖에 없었다.

피아골.

조선 중기의 문인이었던 남명 조식은 두류산지리산의 산천재山天齋에서 성리학 연구와 후진 양성을 하여 명망이 높은 인물인데, 피아골을 찾아왔다가 "흰 구름 푸른 내는 골골이 잠겼는데/가을바람에 물든 단풍 불꽃 보다 고와라/천공이 나를 위해 뫼 빛을 꾸몄으니/산도 붉고 물도 붉고 사람까지 붉더라"라는 '삼홍시'를 남겼다.

어쩌면 조식은 단지 시적인 감수성만으로 단풍과 물과 사람이 모두 붉다고 표현했던 것이 아니라 내일의 슬프고 처절한 역사를 예견하면서 산천과 인간이 모두 피로 물들게 될 훗날을 예견하며 가슴 아파했던 것인지도 모르겠다.

 옛날 이 일대에 피밭[稷田]이 많았고, 배고픈 연곡사 승려들이 피를 많이 심었다고 해서 '피밭골'이라고 했던 것이 '피아골'로 바뀌었다고 하지만, 나는 '피[稷]'가 순수한 우리말의 '피[血]'처럼 느껴지곤 했다. 그건 피아골의 불타는 단풍들이 주는 색채 효과 외에도 임진왜란과 구한말의 항일의병투쟁 그리고 여순사건과 6·25전쟁 등으로 인하여 수많은 사람들이 목숨을 잃었던 피의 골짜기였기 때문에 더욱 그러했다.

2

　연곡사에서 석주관石柱關까지 승용차로 가는 시간은 불과 십여 분에 지나지 않았다. 만약에 도보로 움직였다면, 865번 지방도로를 되짚어 8km쯤 내려와서 외곡삼거리 다시 만나면 좌회전하여 국도 19호선을 타고 섬진강 상류 쪽으로 3.5km쯤 이동하느라 무려 2시간 30분쯤 소요되었을 터였다.
　차는 과학을 바탕으로 하는 축지법이나 다를 바 없었다. 축지법은 땅을 접어서 신속하게 이동하는 가공의 기술인데, 현대의 과학을 이용한 차는 땅을 그대로 두고 바퀴를 굴려서 신속하게 이동할 수 있도록 만들어주었기 때문이다.
　"귀진아, 예전에 빨치산 외팔이대장이 지리산 일대에서 축지법을 썼다고 하더라."
　운전하고 있는 친구의 무료함을 덜어주기 위해서 내가 말을 걸었다.
　"에헤, 말도 안 되는 그런 소리를 누가 믿겠어."
　"아니야. 지리산의 빨치산 이야기를 읽어보면 그런 이야기가 분명히 나와."
　"혹시 내가 졸게 될까봐 그런 허무맹랑한 이야기로 관심을 끌려는 거지? 나 괜찮아. 걱정 마."
　친구가 빙그레 웃었다.
　거의 20년 전의 일이었다. 나는 모 출판사로부터 책을 써달라는 의뢰를 받고 빨치산 할아버지들을 만나 인터뷰를 하거나 산을 같이 타고 다니면서 전적지를 돌아보았다.

그럴 즈음에 지리산 반선에 살고 있던 황학소본명은 황의지 옹과 인민군 초대 역사기록부장이며 빨치산 외팔이대장이었던 최태환 옹을 만나게 되었다. 그 중에서 최 옹은 축지법을 썼다는 전설적인 이야기를 갖고 있는 분이라서 인터뷰를 통해 축지법 소문의 진위에 대해 물어보았다.

"그 당시에 그런 말이 떠돌았던 것은 사실이었소. 외팔이대장이 동에서 번쩍 서에서 번쩍 한다고 야단이었거든요."

최 옹이 정색을 하며 말했다.

"그러면 선생님께서 축지법을 정말로 썼단 말입니까, 아니면 소문만 그렇게 났던 것입니까?"

"그런 소문이 날 수밖에 없었던 이유가 있었지요……."

최 옹의 이야기에 따르면, 한국전쟁 중에 팔을 부상당한 사람이 많아서 외팔이가 여러 명 있었다고 했다. 최 옹도 그 중의 한 명이었다. 그런데 최 옹의 부대가 동쪽에 나타나서 전투를 벌였는데, 얼마 후에 거리가 멀리 떨어진 서쪽에서 또 다른 외팔이 빨치산이 나타나 전투를 했기 때문에 군경 측에서는 축지법을 쓴다고 착각할 수밖에 없었다. 또 빨치산의 능력이 대단한 것으로 과장하기 위해 축지법 소문을 일부러 내기도 했다는 것이었다.

"아하, 그랬구나."

친구가 웃었다.

우리가 이런저런 이야기를 나누는 동안 석주관에 도착했다.

석주관은 지리산의 왕시루봉 자락과 건너편 백운산 자락이 섬진강 청류에 발을 서로 담그려고 달려오다가 마주치자 우뚝 멈춰서면서 협곡이 형성된 곳이었다. 섬진강 하류에서 강물을 따라 내륙 쪽으로 올라오다 보면 이 석주관이 가장 좁다란 계곡이었다. 그런 천연요새의 지형적 특성을 갖고 있어서 아주 예로부터 이곳에 진鎭: 진은 군사상 중요한 지역에 설치한 지방 행정구역이나 관關: 국경이나 요지의 통로에 두어 사람이나 화물을 조사하던 곳을 두었고, 구례지방뿐만 아니라 호남을 지키는 전진기지 역할을 했다.

매천의 발자취를 찾아 나섰다가 석주관에 멈췄던 이유가 있었다. 물론 백운산과 지리산 일대의 도처에 그의 발자취가 남아 있다고 해도 과언은 아니라서 어디를 답사한들 별다른 문제가 없을 터였다. 하지만 내가 이곳을 중요하게 여기고 답사 코스로 선정했던 것은 매천의 스승인 천사 왕석보와 그의 선조들 때문이었다.

매천의 일생을 알고 싶다면 구례지역의 개성왕씨에 대한 공부를 먼저 할 필요성이 있었다. 또 매천이 만년晩年에 민족의식을 갖고 호양학교를 세우는 등의 현실참여 상황을 이해하려면 구례지역의 의병활동에 대한 공부도 필수코스였다.

석주관은 진이나 관이 갖고 있는 본래의 기능보다 치열한 전투장으로 더 잘 알려져 있었다. 『동국여지승람』 '고적조'의 기록을 보면 이런 내용이 있다.

> 석주관石柱關은 현의 동쪽 25리에 있으며, 좌우로 산세가 험하고, 강변에 길이 있는데, 사람과 말이 가까스로 지난다. 북쪽에는 커다란 협곡이 있고, 그 안에 수십 리의 긴 강이 있다. 고려 말기에 왜구를 막기 위하여 강의 남북 쪽 산에 성을 쌓았는데 지금은 없어지고, 단지 성터

만 남아 있다. 여기에서 호남·영남으로 나누어진다.

이런 기록을 보면, 고려 말기에 진이 설치되어 있었으나 세월이 흘러가면서 성이 무너지고 그 기능을 다하지 못했다는 것을 알 수 있다. 그리고 고려시대에 섬진강 하류를 통해 물길을 거슬러 올라와서 내륙지방을 노략질하려는 왜구들과 치열한 전투가 벌어졌다는 것을 충분히 짐작하게 만들어주기도 했다.

1592년선조 25 왜(倭)가 조선을 침략하는 임진왜란이 발생하여 그 이듬해 6월에는 왜적들이 진주성을 함락시켰다. 왜적들은 그 여세를 몰아 전라도에 침입하려고 이곳 석주관에 이르렀으나 산세가 험했던 탓으로 후퇴하면서, 화개와 연곡 일대에 침입하여 닥치는 대로 살육과 약탈을 일삼았다. 그럴 즈음에 방어사 곽영이 석주진을 다시금 쌓았던 것이다.

그런데 다시금 왜적이 침범했을 때, 그곳을 지키던 병력들이 제대로 대적도 하지 못하고 도망치고 말았다. 그리고 구례성을 지키던 병력마저 성을 포기하고 남원으로 퇴각해버려서 왜적들이 구례지역에서 닥치는 대로 살상과 약탈을 감행했다.

그 후, 1597년선조 30 7월에 왜적 소서행장이 대군을 이끌고 다시 침략하여 8월에 석주성을 공격했다. 구례 현감 이원춘이 소수의 병력으로 석주진을 지키면서 사력을 다해 싸우다가 퇴각했고, 구례지역으로 침입한 왜적들이 또 다시 살상과 약탈을 일삼았다. 남원으로 퇴각한 이원춘은 남원성을 방어하다가 순절했다.

이런 일련의 상황을 지켜보았던 구례 출신의 선비 왕득인이 의병들을 모집하여 석주관의 방어에 나섰다. 그러나 안타깝게도 왜적의 대군에 맞서 싸우다가 중과부적으로 그만 패하고 말았다. 이때 왕득인은 전사하여 시신마저 수습하지 못했고, 그의 애마愛馬 백전마白顚馬까지 몰살했다고 한다.

이에 격분한 왕득인의 아들인 왕의성을 포함한 이정익, 한호성, 양응록, 고정철, 오종 등의 육의사六義士가 죽음을 각오하고 석주관을 지키기로 맹세한 뒤 화엄사로부터 의승병의 지원까지 받아 전투에 임했다.

그 결과 수많은 전공을 올리기도 했지만, 왜적이 대거 공격함으로써 결국 왕의성병자호란 때 또 다시 의병활동을 함을 제외한 나머지 의사들은 모조리 전사하고 말았다. 여기에서 왕득인과 왕의성 부자는 매천의 스승인 왕석보의 선조들이었다.

이런 석주관 의병항쟁은 1798년정조 22이 되어서야 세상에 널리 알려지게 되었는데, 화엄사에서 '기서화엄사화상승寄書華嚴寺和尙'이란 격문과 '정유란일기丁酉亂日記'가 발견되었기 때문이었다. 그 기록물에서 왕득인과 왕의성에 대한 내용을 살펴보면 다음과 같다.

> 자모장自募將 왕득인이 군사 50여 명을 이끌고 숙성치宿星峙를 넘어와 조경남진趙慶男陣에 이르러 비어책備禦策을 논의한 다음 석주관으로 가다.

> 왕의성이 부친의 석주관 순절에 대한 복수를 하고자 의병을 일으켜 이정익, 한호성, 양응록, 고정철, 오종 등 제 의사諸義士와 더불어 수백 명의 의병을 인솔, 구례 화정花亭에 이르러 그곳에 진군한 남원의병장 조경남과 토적지책討賊之策에 대하여 의논하다.

석주관 의병항쟁이 끝난 후, 구례지역의 중론에 따라 현감 이원춘과 왕득인, 왕의성을 비롯하여 석주관에서 전사했던 의사들은 1802년과 1814년에 충효사에 배향되었다. 그리고 나라에서는 칠의사들에게 각각 관직을 추서했고, 1963년 사적 제 106호로 지정되어 보존하게 되었다.

임진왜란의 고전장古戰場이었던 석주관 주변에도 때 이르게 피어난 코스모스 꽃들의 무도회로 인해 화사하고 흥겨웠다. 하지만 참혹한 역사를 알고 있는 나에게 그 코스모스들의 의미는 전혀 다른 느낌으로 다가왔다. 그 코스모스 꽃들이 화사했고 무도회에 나온 무희들처럼 춤추고 있어도, 나의 눈에는 왜적의 분탕질에 어찌할 바 모르고 이리저리 쫓기다가 속절없이 당해야만 했던 당대의 민초들의 가련함처럼 보여서 가슴이 사뭇 저려왔다.

광양에서 태어나 성장기를 거치고 구례에서 활동하다가 순절했던 매천이 석주관을 지나 연곡사를 다녀오고 또 하동 진암마을의 성혜영을 만나러 가거나 남해지방을 여행하러 다니면서 아무런 감정 없이 그냥 지나쳤을 턱이 없다.

또 그는 어렸을 때 왕씨 가문에서 공부하면서 칠의사에 대한 이야기를 귀가 닳도록 들으면서 충의를 키웠기 때문에 석주관을 지나칠 때마다 남다를 감회를 느꼈을 터였다.

1895년, 그러니까 매천의 나이 41세 때 '석주관조고石柱關弔古 : 석주관의 옛 일곱 의사를 조상함' 이란 칠언고시 1수를 남겼다.

    선조 때는 세상이 성하던 때라
    조정 사람도 역시 장상將相감이었네.

때가 위급하면 별난 사람이 생기기 마련이니
왕왕 그 사람들은 시골에서 나왔지.
지금까지 고경명, 조중봉, 곽재우는
말[語]이 귀신에 미쳐 문득 왕의 자격이었네
동시에 태어나 호영남 간에
의병깃발 또한 많았네.
슬픈 것은 그들이 혹시 미미했다 하나
일이 오래 되어 그 영향도 희미해지네.
몸은 해체되고 훈공에서 빠지며
이름은 씹어도 야사에서도 잊혀지네.
싸움의 뼈다귀[戰骨]는 한갓 스스로 향기로우나
천추에 족히 몹시 구슬프고 애달프기만 하네.
가련한 석주성에
근심스런 구름 첩첩하고 가파른 산에 에돌 뿐
한 고을에서 일곱 선비가 순절했으니
기를 토하는 그 절개는 과거에 없었네.
어찌 성패로만 논할 것인가.
이런 일을 함에 이미 장하였도다.
남아대장부가 몸뚱이를 버리는 날엔
요긴하게 스스로 강개함에 응할 뿐
누가 기꺼이 뜨거운 물불을 즐겨
널리 후세에 추앙을 받으리오.

전남 구례군 토지면 송정리 171번지.

사적 제 106호인 석주각칠의사비와 초혼총이 모셔진 곳으로 올라갔다. 입구에 '칠의사순절사적비'가 서있었고, 그 위쪽 담장 부근에 석주관 전투를 형상화한 듯한 부조물이 설치되어 있었다. 비석에는 "피가 강물이 되어 푸른 강물이 붉게 물들었다血流成川 爲碧爲赤"는 글귀가 새겨져있었다.

칠의사단에는 예상했던 것과 달리 1기가 더 많은 8기의 봉분이 일렬횡대로 놓여있었다. 웬일인가 하여 살펴보니, 가장 왼편에 구례현감 이원춘의 봉분이 있었고, 이어서 왕득인을 비롯하여 7기의 봉분을 모셔 도합 8기였다.

맞은편에는 칠의사의 정신을 기리기 위한 기념관이 건립되어 있었다. 사당은 정면 3칸, 측면 2칸의 팔작와가로 되어 있었다. 내삼문 밖에는 동·서재東·西濟의 건물로 정면 3칸, 측면 2칸의 규모인데 동재는 팔작지붕이고 서재는 맞배지붕이며 그밖에 외삼문 등이 갖추어져 있었다.

석주관성은 우측 산 능선을 따라 왕시루봉 쪽으로 뻗어있었다. 자료에 따르면, 현존하는 성곽의 길이는 736m이며 높이는 50~120㎝라고 했다. 이 성은 의병 천여 명과 승병 153명이 왜적을 맞아 싸우다가 장렬하게 옥쇄했던 장소이기도 했다.

그 옛날, 매천은 칠의각 상량문을 지으면서 "석주관은 호남의 요새를 잡고 있어 성의 요충지를 통괄한다……. 섬 오랑캐들의 날뜀에 당하여 구례 의인들의 거사가 있었다……. 애국심은 오히려 천추에 남고 하룻밤에 몸서리치니 기슭에 단풍지도다……. 엎드려 바라옵건대 상량한 뒤에 성주님께 비옵기로 제사처럼 향기 피우리."라고 했다.

또 『국역 황매천 및 관련인사 문묵췌편文墨萃編』의 '여성남파혜영서與成

南坡蕙永書'를 보면, 매천이 성혜영에게 석주각 현판에 새겨야할 글을 부탁하는 내용이 나오는데 중요 부분만 소개하자면 다음과 같다.

칠의사의 전쟁터였던 석주관은 형이 옛적에 지났던 곳입니다. 이제 그 후손들이 제단을 설치하고 제각을 세워 봄가을에 향화香花를 받드는 곳으로 삼았습니다. 이에 한 고을 선비들을 맞이하여 술자리를 베풀고 글을 지어 문미門楣 사이에 걸어 영구히 전할 것을 도모하기에 저는 이산二山, 소천小川과 더불어 모두 모임에 갔습니다. 다만, 이 일은 형에게 알리지 않을 수 없는 것이며, 또 현판에 새겨야할 글씨는 보통 솜씨로써 할 바가 아니므로 여러 의견이 한결같아 드디어 이 소년을 보내니, 그의 말을 들으면 그 곡절을 잘 알게 될 것입니다. 형은 본래 이러한 일을 좋아하시니, 바라건대 좋은 글씨로 휘둘러 써서 그의 충의의 빛을 영구히 강산에 비쳐 빛나게 하여 주십시오.

매천은 운조루의 주인 유제양二山, 스승이었던 왕석보의 셋째아들인 왕사찬小川과 함께 칠의사 제사에 참여했음을 밝히고, 또 석주각 글씨를 써달라고 부탁하는 내용의 편지를 써서, 왕봉주의 둘째아들 왕경환을 시켜 하동의 남파 성혜영에게 보냈던 것이다.

그러자 성혜영이 답서를 보내왔다. 그 편지 역시 위의 책 '답매천서答梅泉書'에 나와 있는데, 중요한 부분만 소개하면 다음과 같다.

칠의각 일필一筆에 대해서는 원래 전중해야할 것인데 어찌 졸필로 감당하겠습니까. 그러나 형과의 일찍이 좋아한 두터운 정과 멀리 부탁함을 저버리기 어려워 감히 이에 써서 바치오니, 기양技癢:자기의 재주를 발휘할 기회가 없어 안달함이 있는 바에 거칠고 보잘 것 없음을 꺼려하지 않고 겨우 두어 글귀를 지어 써 보냅니다. 형께서 한번 보시고 시나 글씨를 자세하고 바르게 고쳐 하자瑕疵:흠이나 결함가 없도록 하시어 대방가大方家:문장이나 학술이 뛰어난 사람에게 웃음거리가 되지 않도록 함이 어떻습니까?

성혜영이 매천의 편지를 받고 곧바로 답장을 써서 왕경환을 통해 보내면서 겸손한 자세를 보여주고 있는 내용이었다.

그 당시 성혜영이 지어서 매천에게 보냈던 '칠의각 원운原韻'은 "한 번 서풍에 휘파람 불매 온 골짜기 슬픈데/의로운 배 단풍 숲에 강을 거슬러 오른다./제단에는 아직도 제공諸公의 존재가 놀랍고/ 쇠해진 집안 십세十世를 내려오니 어여쁘구나./늦가을 순채와 농어회로 물굽이에 잔치를 열고/한밤중 반딧불 거친 누대로 모인다./몇 줄기 난초와 국화 맑은 강 물가에/ 지나는 길손도 감사의 술잔 드린다.//〈중략中略〉산골 달은 싸늘하고 원숭이 밤에 우는데/일곱 장군 가고는 다시 오지 않는구나./석주관은 아직도 단풍 숲 곁에 있는데/무장한 기병이 강물 따라 오는 듯하네./뒷날에 등불 돋워 역사에 기록을 볼 것이요/행인들 칼장단 치며 수루를 가리키리./새로 지은 사당에 옛 한이 함께 생기니/늙은 유손遺孫들 의로운 술잔으로 인연 맺었네.//라고 되어 있었다.

매천은 칠의각 상량문을 썼을 뿐만 아니라 1901년, 그러니까 그의 나이 41세 때에는 '석주칠의각이수石柱七義閣二首'라는 칠언율시 2수를 남겼는데, 그 중에 1수는 다음과 같다.

한 번 의를 판단하여 위험을 돌보지 않았고
전쟁터에서 발길 돌림이 죽음 더디어 싫었네.
일어나는 벌 떼 소리 군사들의 함성인 듯싶고
분노하여 싸우던 돌멩이 섞어 순절비 빚었네.
밤을 맞은 모래사장에는 무지개가 섰고
차가운 강가의 단풍나무엔 궂은비만 내리네.
고래가 파도를 자게 하리라는 헛된 생각 버리기 어렵고
오늘에야 임들이 애타게 그리워지네.

 일찍이 맹자는 "생生도 내가 원하는 것이고, 의義도 내가 원하는 것인데 두 가지를 함께 얻을 수 없으면 생을 버리고 의를 취할 것이다."라고 했다.
 매천은 맹자의 말처럼 구례의병들이 귀한 목숨을 초개처럼 여기고 의義를 따라 순절했음을 추앙하고 있다.
 "석주관성 능선을 따라 올라가보자."
 내가 친구에게 말했다.
 "시간이 빠듯하다면서?"
 "그래도 저기는 올라가봐야 해."
 "그렇게 중요해?"
 "응."
 우리는 석주관성의 능선을 따라 위쪽으로 올라갔다. 계속 올라가면 연곡사와 오고갈 수 있는 고갯길로 이어졌다.

잠시 걸음을 멈추고 이마에 맺힌 땀을 식힐 겸 뒤돌아서서 섬진강을 내려다보았다. 지리산과 백운산 사이를 비집고 흘러내려가는 강줄기가 아름답다 못해 슬프기까지 했다. 그 강줄기는 청상과부가 머리를 헤쳐 풀고 느끼어 우는 듯했다. 저 아름다운 강줄기가 조선 백성들의 피로 물들었다니 슬픔이 분노로 뒤바뀌어 하늘로 치솟았다.

"섬진강이 저렇게 아름다운지 예전에 미처 몰랐다."

친구가 감탄사를 터트렸다.

"조지훈의 시에서 '정작으로 고와서 서러워라'고 했지? 그런 것처럼 슬프기 때문에 더욱 아름다울 수밖에 없을 거야."

"하긴 극과 극은 통한다고 했으니까."

"근데 말이야, 피아골보다 더 많은 의병들이 저 석주곡수에서 죽었대. 세상 사람들이 피아골이 제일 처참하다고 여기고 있는데 사실은 이 석주관성과 저 석주곡수에서 의병들이 제일 많이 순국했거든. 그래서 피내[血川]라고 부르기도 한대."

"정말! 저 하천은 송정리를 관통하여 섬진강으로 흘러드는 계류인데, 여름철이면 피서객들이 엄청나게 몰려오는 곳이거든. 그런데 나는 여태 그런 역사적인 사실을 전혀 모르고 살았다."

친구가 놀랍다는 눈빛으로 석주곡수石柱谷水를 내려다보았다.

"저 하천이 피의 내를 이루어 흘러내려 결국 섬진강을 핏빛으로 물들였다고 해."

나도 모르게 침통한 목소리로 변해 있었다.

피아골의 연곡전장에서 수백 명의 의병들이 전사했다지만 이 석주관성의 석주곡수 일대에서는 무려 수천 명에 달하는 의병과 승병들이 전사하여 문자 그대로 시산혈해를 이루었던 곳이었다. 그래서 지리산 일대의 역사를 통틀어 볼 때, 가장 처절한 전투가 벌어졌고 가장 비참한 상황이 연출되었던 곳이 바로 이 석주관이었다.

매천의 시우詩友였던 남파 성혜영도 이 석주관을 지나가다가 순국 의병들에게 추모의 술잔을 올리면서 "강 제방이 무너지고 산이 무너져 장사는 슬픈데/풍진에서 한 꿈에 머리를 거듭 돌렸네./석주관은 마치 단풍 숲 옆에 있는 것 같고/철기鐵騎가 강 따라 오는 것 같네./세월에 쌓인 유린遺燐이 옛 벼랑에 생기는데/ 밤이 깊어 깃들인 학이 차가운 대에 오르네./높은 가을에 길이 쓸쓸한 단 아래로 나타나고/빈화蘋花를 올리며 엷은 잔으로 보답하네.//라고 애달픈 마음을 표현했던 적이 있었다.

나는 고개를 돌려 지리산을 올려다보았다.

지금은 고인이 된 박현채 선생은 이 지리산에서 "산의 모성은 내일의 창조를 준비하게 한다. 민족과 민중의 에너지는 때로는 민족과 민중의 한이 되기도 한다. 산은 우리 밖에 있지 않고 우리 속에, 우리들 그 자체로 있다고 말할 수 있으리라."고 했던 적이 있었다.

역사학자 이이화 선생은 이 지리산을 바라보며 "인자와 덕성의 산"이라고 말했고, 지리산 골짜기에서 어머니를 연상했다며 "나를 포근히 감싸주고 나에게 자양분을 날라다 주시던 우리 어머니, 그야말로 유목인의 '다육소골多肉少骨' 이라는 표현에 나는 흔쾌히 동의한다. 이렇게 먹을 것이 있는 곳, 몸을 감싸주는 곳이기에 지리산은 인간과 너무나 친밀한 산이었다. 그러나 이런 덕성 속에 비극이 흐르고 있었다. 천년만년 우리 겨레와 함께 숨쉬면서 안식처가 되기도 했지만, 피가 튀기고 살림이 찢기는 비밀을 그는 알고 있으리라."고 말했던 적이 있었다.

지리산은 우리 고대사뿐만 아니라 근현대사의 비극을 가장 잘 성찰해 볼 수 있는 무대였다. 그래서 민족의식이 투철한 사람들은 이 지리산을 찾아 역사를 되새겨보고 자신의 몸과 마음을 닦는 수행처로 삼기도 했다.
이중환은 『택리지』를 통해 지리산을 다음과 같이 기록해 놓았다.

> 계곡이 서리어 깊고 크며, 땅 성질이 두툼하고 기름져 온 산이 모두 사람 살기에 적당하다. 산속에는 백 리나 되는 긴 계곡이 많은데 밖은 좁고 안쪽은 넓어서 왕왕 사람들이 알지 못하는 곳이 있고 세금을 내지 않는 수가 있다. 기후가 온난하여 산속에 대나무가 많고 또 감과 밤도 대단히 많아서 가꾸는 사람이 없어도 저절로 떨어진다. 높은 봉우리 위에 기장과 조를 뿌려도 무성하지 않는 곳이 없다. 평지의 밭에도 거의 심을 수 있으므로 산속의 촌거村居는 승사僧寺와 섞이어 산다. 대를 꺾고 감과 밤을 주워서 수고하지 않아도 생리가 족하며, 농부와 공인工人들도 그리 노력하지 않아도 모두 풍족하다. 그런 까닭에 풍년과 흉년을 모르고 지내므로 부산富山이라 부른다.

아마 지리산은 지금의 우리에게 잘 알려지지 않은 고대역사에서도 수많은 비극을 안고 있음에 틀림없을 터였다. 그런데 이중환은 그런 역사의 기록은 제외한 채 지리산의 형태나 생리에만 치중하여 기록했다는 게 유감이라면 유감이었다.

석주관성을 따라 끝 간 데까지 답사해보지 못한 아쉬움을 안고 토지면 소재지로 향했다. '삼현가사년표三峴家史年表'를 살펴보면, 매천이 1859년에 광양 석현에서 지금의 구례인 남원 대전리 상촌으로 이거했으며, 동년에 또 상촌에서 토지로 다시금 이거했다가 1861년에 토지에서 광양 석현으로 돌아왔다는 기록이 있었다. 그러니까 매천이 다섯 살에서 일곱 살까지 토지에서 살았다는 것을 알 수 있었다.

그런데 안타까운 것은 광양 석현에서 구례 토지로 이거했던 이유나 목적 그리고 그 기간의 행적을 소상하게 밝혀낼 수 없다는 점이었다. 하지만 매천이 어린 시절에 서당 공부를 하기 위해 이곳으로 옮겨와 2년여 동안 머물렀지 않았나 하는 추정은 가능했다.

어린 시절의 매천이 토지면과 연관성을 갖고 있듯이, 나도 어린 시절에 이곳과 특별한 인연을 갖고 있었다. 내가 초등학교 2학년이었을 때 선친이 광양에서 이곳 토지초등학교 교장으로 전근하게 되자 나도 따라서 전학 왔기 때문이었다.

그 당시 나는 교장 관사였던 일본식의 낡은 건물에서 생활하면서 친구가 별로 없어 외로울 때마다 지리산을 멀거니 바라보곤 했다. 지리산은 고향의 백운산과 마찬가지로 나에게는 '큰바위얼굴'이었고, 그 산이 계속 자라나고 있다는 느낌을 받곤 했다.

나의 어린 시절 추억 중에서 토지에서의 생활은 매우 중요한 부분을 차지하고 있었다.

학교 앞 건너편 중국집에서 자장면을 난생 처음으로 맛보았고, 나는 어른이 된 지금도 그 맛을 잊지 못하여 중국집의 음식 중에서 자장면을 최고로 여기고 있다.

선친의 자전거 뒤에 타고 수력발전을 일으키는 댐문수제로 추정됨에 가보았고, 전기라는 것이 무엇인지 처음 알았던 것도 바로 그때였다.

아, 전깃불이 처음 들어왔던 날, 일본식의 낡은 관사 안에 감돌았던 을씨년스러움이나 외로움 같은 것이 일시에 사라지는 느낌을 받았다. 그리고 밤도 이렇게 밝을 수 있다는 것을 알고 놀라워 했으며, 그 당시 선친께서 가르쳐주었던 상식인데 전기는 맨손으로 만지면 감전되어 죽을 수도 있다는 이야기가 무서워서 백열전등 근처에 가지도 못했다.

또 나는 문수골에서 흘러내리는 물줄기에서 헤엄치는 것을 처음으로 배웠다. 그러니까 구산마을과 파도마을을 잇는 덕천교 약간 위쪽의 자그마한 보가 있었던 곳에서 개헤엄을 배우게 되었는데, 선친께서 말씀하시기를 "손으로 코를 잡고 물 속에 잠기면 몸이 뜬다. 그렇게 해봐라."고 하여 그렇게 시도해보다가 마침내 개헤엄을 간신히 배우게 되었다. 그리고 덕천교 아래에서 헤엄치다가 몇 모금의 물을 먹으며 바동대다가 간신히 밖으로 나오기도 했다. 그때 나는 다리 아래의 물이 깊다는 것을 몰랐다가 된통 당했는데, 그런 경험을 통해서 자만은 금물이라는 교훈을 배웠는지도 모른다.

그밖에도 토지에서 생활하는 동안의 추억 중에서 중요한 것이 많이 남아 있었다. 이야기꾼이 학교로 찾아와서 상급학생을 대상으로 삼국지를 매우 실감나게 이야기해준 적이 있었다. 그때 하급생이었던 나는 교실에 들어갈 수 없었다. 하지만 그 이야기꾼의 이야기가 너무나 재미있어 창밖에 서서 귀를 쫑긋거리며 들었는데, 그게 곧 내가 소설가의 길을 걷게 된 동기는 아니었을까?

선친과 함께 '줄배'를 타고 섬진강을 건너 간전마을로 갔던 적도 있었는데, 그때 난생 처음으로 배라는 것을 타보았고, 읍내에서 팔러온 '아이스께끼'도 그때 처음 맛본 별미였다. 또 파도마을 입구에 있는 참나무 숲에서 장수풍뎅이와 딱정벌레를 잡아서 땅바닥에 뒤집어놓고 손바닥으로 땅을 치며 "마당 쓸어라!"고 노래했던 기억도 스멀스멀 피어올랐다.

나는 어린 시절의 추억에 그리움의 색깔을 덧칠하여 하나 둘 펼쳐보며 덕천교를 지나 면소재지로 접어들었다. 토지면은 마치 고향처럼 정겨운 곳이었다.

이곳 토지에는 예전에 전라남도 교육감을 역임했던 정동인 선생님이 계시는 곳이었다. 그분은 정년퇴직을 한 뒤에 '금환락지金環落地' 전설을 갖고 있는 이곳 토지로 내려와서 생활하며 구례지역 후학들을 위해 여러 가지 사회활동을 하고 있었다.

내가 구례지역으로 몇 차례의 답사를 하던 중에 정동인 선생님을 읍내 다방에서 만나게 되었다. 그때 '삼현가사년표三峴家史年表'와 '삼현세계도三峴世系圖'를 나에게 건네주었고, 돌아갈 때는 차표까지 손수 끊어주었는데 그 고마움을 여태 잊지 못하고 있다.

그때 정동인 선생님께서 이런 이야기를 했다.

"이순신 장군의 사당은 곳곳에 있지 않습니까. 그것과 마찬가지로 구례든 광양이든 어느 곳이든 매천의 정신을 올곧게 이어갈 수 있는 사업들이 번창했으면 좋겠습니다."

나는 그런 이야기를 듣고 역시 그분이 지역의 큰 어른이라는 느낌을 받았다.

"정말 옳으신 말씀입니다. 일전에 광양시에서 주최한 회의에서 순천대 홍영기 교수도 그런 뜻으로 광양과 구례가 서로 협조하며 선양사업을 했으면 좋겠다는 이야기를 했고, 저도 그런 이야기에 찬동했던 적이 있습니다."

항간에 떠도는 이야기를 들어보면, '광양 매천, 구례 매천'이라며 지역을 구분하는 사람들이 더러 있었다. 그런데 나는 태어난 곳과 주로 활동했던 곳을 따로 분리하여 서로 경쟁이라도 하듯 자기지역만의 인물인양 차지하려는 것은 속 좁고 어리석은 마음의 소산이라고 평하고 싶었다.
  매천은 어느 한 지역의 인물이 아니라 정확히 표현하자면, '광양 매천, 구례 매천'도 아니고 '대한민국 매천'이었다.
  만약에 어떤 사람이 자기 지역만의 매천으로 여기려한다면 그것은 매천을 사랑하는 것이 아니라 오히려 욕되게 하는 일이요, 평범한 인물로 전락시켜버리는 결과를 낳게 될 것이다. 그래서 나는 매천에 관한한 대승적인 차원으로 접근하는 것이 바람직하며, 지역을 뛰어넘어 민족의 인물로 격상시켜서 그의 정신을 이어받아야한다는 생각을 갖고 있었다.
  나는 정동인 선생님을 만나 이야기를 나누면서 매천 선양사업에 대한 생각들이 동일하다는 것을 알게 되었고, 고령의 연세임에도 불구하고 매천과 지역을 위해 사회활동에 기꺼이 뛰어든 모습을 보면서 잔잔한 감동까지 느꼈다.
  이곳 토지면에는 한학자 율계 정기와 고당 김규태가 거주했던 곳이었다.
  정기는 합천 출생이며 율계집이라는 문집을 남겼는데, 그는 매천의 제자였던 서당 윤종균의 제자이기도 했다. 그리고 토지면 오미리에는 그를 기리는 덕천사라는 사당이 있었다.
  김규태는 대구 출생이며, 이승만 전 대통령이 당시 27세 연하인 그를 한학에 대한 개인적인 고문으로 모셨던 인물이었다. 그는 한학자이면서도 서예가이기도 했는데, 글씨에 시문이 녹아 있고 유학의 정신까지 함축되어있기 때문에 품격이 다르다는 평을 받고 있는 인물이었다. 나는 그의 붓글씨로 된 8폭의 병풍을 소장하고 있는데, 그 작품은 선친께서 토지초등학교 재직시절에 선물 받은 것이었다.

　나는 토지 면소재지에 들어서면서 이원규 시인을 떠올렸다. 그는 지리산 자락에서 자연의 일부가 되어 살아가고 있는데, 이곳 토지면의 문수골에 살고 있다는 소문도 있고 지리산 아래라면 어느 빈집이거나 절집도 마다하지 않고 떠돈다는 소문도 있는 시인이었다.

　서울에서 잡지사와 신문사 기자생활도 했던 그는 매천이 만수동으로 들어가 은자隱者 생활을 했던 것처럼 지리산 자락을 바람처럼 떠돌며 시를 쓰고 때로 환경운동도 하며 그렇게 살아가고 있었다.

　나는 이원교 시인의 '행여 지리산에 오려거든' 이라는 시를 떠올려보았다.

　그는 "피아골의 단풍을 만나려면/먼저 온몸이 달아오른 절정으로 오시라."고 했으며, 또 "그래도 지리산에 오려거든/세석평전의 철쭉꽃 길을 따라/온몸 불사르는 혁명의 이름으로 오고/최후의 처녀림 칠선계곡에는/아무 죄도 없는 나무꾼으로만 오시라/진실로 진실로 지리산에 오려거든/섬진강 푸른 산그림자 속으로/백사장 모래알처럼 겸허하게 오고……."라며 노래했다.

　오늘 나는 어떤 모습으로 지리산 아래를 헤매고 있을까?

　이원규 시인이 보고 싶었고, 그를 만나면 나의 정체가 무엇인지 묻고 싶었다. 그런데 그는 지리산의 바람이었다. 안타깝게도 나의 손으로는 그 바람을 잡을 수 없었다.

3

구례군 토지면 오미리五美里.

국어사전을 찾아보면 순수한 우리말인 '오미'는 평지보다 조금 얕은 곳으로, 물이 늘 괴어 있는 곳이라고 되어 있었다. 그리고 한자어인 '오미五美'는 다섯 가지의 아름다운 덕을 뜻한다고 되어 있었다. 그러니까 남에게 은혜를 베풀되 낭비하지 않고, 수고하되 원망하지 않고, 욕심을 갖되 탐하지 않고, 태연하되 교만하지 않으며, 위세가 있되 사납지 않은 다섯 가지를 꼽았다.

『구례군지』에 소개되어 있는 '토지면 오미리' 편을 보면 "1914년 행정구역 개편에 따라 환동, 내죽과 하죽마을의 일부를 병합해 토지면 오미리라 개칭했는데 들 가운데 작고 둥근 산이 있다고 오미, 오미동이라고 불렀다······."라고 되어 있었다.

같은 책에서 운조루의 창건주인 유이주의 현손 유제양은 오미를 다음과 같은 다섯 가지의 아름다움으로 풀이했다고 되어 있었다.

첫째, 마을의 안산이 되는 오봉산의 기묘함. 둘째, 사방으로 둘러싸인 산들의 5성토. 셋째, 물과 샘이 족함. 넷째, 풍토가 모두 질박함. 다섯째, 터와 집터가 살아가기에 좋음.

또 같은 책에서 마을사람 이순백과 조판동이 제보했던 내용에 따르면, 오미마을의 다섯 가지 아름다움은 월명산, 방장산, 오봉산, 계족산, 섬진강이라고 했다.

내가 예전에 풍수지리설의 비조인 도선 국사를 소재로 한 장편소설 《도선비기》를 집필하며 공부했던 게 있어서 약간은 알고 있는데 오미리와 인근 지역은 풍수지리설에 관련된 흥미로운 이야기를 많이 간직하고 있는 곳이었다.

신라 말기에 어떤 이인이 마산면 사도리沙圖里의 모래밭에 우리나라 산천지형을 그려놓고 도선 국사에게 비법을 전수했다고 하는 이야기가 전해오고 있어서, 이 일대는 우리나라 풍수지리설의 발원지라고 해도 과언이 아니었다.

또 사도마을은 순천대학교 사학과 홍영기 교수의 집이 있기도 했다. 그는 근현대사를 연구했던 학자이며, 특히 매천에 관한 연구의 업적은 가히 일가를 이루었다는 세간의 평을 받고 있었다.

풍수지리에 따르면, 오미리 일대는 금환락지金環落地의 길지라고 했다. 금환락지는 금귀몰니金龜沒泥:금거북이 진흙 속에 묻힌 터, 오보교취五寶交聚:금, 은, 진주, 산호, 호박 등 5가지 보물이 쌓인 터와 더불어 3대 명당으로 꼽혔다.

금환락지는 선녀가 지상으로 내려와 목욕을 한 뒤 다시 하늘로 올라가다가 금가락지를 떨어뜨린 곳을 뜻하는 길지吉地였다. 또 한반도의 형상을 무릎 꿇고 앉으려는 여성의 모습으로 보았을 때 구례 땅은 여성의 옥음玉陰에 해당하는 곳이라고 했다.

옛날에는 여성이 출산하거나 성행위를 할 때만 가락지를 빼놓았다고 하는데, 이곳이 바로 출산이라는 생산행위를 위해 금가락지를 빼놓은 명당이라는 것이다. 그건 곧 풍요와 부귀영화가 샘물처럼 마르지 않는 땅이라는 의미이기도 했다.

토지면土旨面)은 금가락지를 토해냈다는 뜻의 토지면吐指面이었다고도 하는데, 그런 이야기는 풍수지리설에서 비롯된 것이기도 했다.

이곳의 풍수지리상의 형국은 지리산의 주봉 노고단에서부터 그 신령스러움이 흘러내리는데, 월령봉을 타고 내려온 노고단의 용龍이 천황치에서 건너편 왕시루봉 줄기와 어우러져 섬진강을 끌어안고 있었다. 그래서 전형적인 배산임수의 조건을 갖추었으며, 심진강 건너 문척면에 있는 오봉산이 안산案山 격이었다.

우리는 토지 면소재지에서 국도 19호선을 따라 구례 방향으로 1km쯤 가다가 우측으로 꺾어들었다. 매천의 발자취를 찾아 나섰던 답사 처는 지호지간에 자리 잡고 있었다.

구례군 토지면 오미리 103번지.

그곳에 있는 운조루는 조선 중기에 지어졌으며 우리나라 대표적인 양반가옥으로서 중요민속자료 제8호로 지정되어 있었다.

친구는 운조루가 눈에 들어오자 설명을 하기 시작했다.

"운조루라는 택호는 원래 사랑채 누마루의 이름이라는 거 알고 있냐? 이 집을 지었던 유이주라는 인물이 처음으로 입주해서 살았을 때는 이곳 구만들녘의 이름을 따서 자신의 호를 귀만歸晚이라 했고 택호를 귀만와歸晚窩라고 했거든. 그런데 문화재 이름이 운조루로 되어 있어서 흔히 그렇게 부르고 있는 거야."

구만들에서 초록빛으로 출렁거리는 벼들이 풍년을 예고하고 있었다. 운조루의 앞에 있는 뜰은 특히 '종자뜰'이라고 부르는데, 가뭄에도 물 걱정이 없이 농사를 지을 수 있는 상 전답이었기 때문이다. 그 '종자뜰' 가운데에 금가락지 형상의 대밭을 만들어 놓은 것은 풍수지리설에 따른 것이었다.

"응, 나도 알고 있어. 그런데 너는 운조루라는 이름이 어떻게 해서 연유했는지 아냐?"

나는 여러 가지 자료를 통해 답사할 곳의 공부를 이미 끝냈기 때문에 운조루에 대한 이런저런 이야기를 제법 잘 아는 편이었다.

"그건 잘 모르겠는데."

"도연명의 '귀거래혜사'에서 나온 두 구절의 앞 글자를 조합해서 그런 이름을 지었대. 그러니까 운조루는 '구름 속을 나는 새가 사는 집' 쯤으로 풀이해도 되겠지."

내가 도연명의 "구름은 무심히 산골짜기를 나오고雲無心以出岫, 새는 날다 지치면 돌아올 줄 아네鳥倦飛而知還"를 읊조려주었다.

"저 운조루를 지을 때 땅속에서 어린아이의 머리 크기만 한 돌거북이가 출토되었단다. 그래서 집을 앉힐 때, 난방을 하기 위해 불을 지피면 거북이가 말라죽을까봐 거북이가 나온 곳을 습기 많은 부엌 자리로 배치하기도 했다는 거야."

친구의 이야기였다.

운조루를 세운 사람은 삼수공三水公 유이주柳爾胄였다. 그는 낙안군수와 삼수부사를 지낸 인물이었다.

그 집터는 풍수지리설로 보았을 때 금환락지요 금귀몰니형이었다. 그런데 원래 땅은 산사태의 위험이 있었으며 고인돌이 주변에 널려 있어서 개간을 꺼렸던 곳이었다. 그런데 유이주가 수백 명의 장정을 동원하여 터를 닦았고, "하늘이 이 땅을 아껴 두었던 것으로 비밀스럽게 나를 기다린 것"이라며 기뻐했다는 이야기가 전해오고 있었다.

그런 풍수지리설이 제대로 들어맞았던 것인지 아니면 우연한 일이었는지 모르지만, 집터를 닦을 때 땅속에서 돌거북이 출토되었던 것이다. 그리고 『조선왕조실록』에 따르면, 그가 낙안군수 시절에 세곡선이 한양으로 가다가 침몰했던 책임을 지고 귀양 갔다고 되어 있었다. 그런데 집을 착공하자마자 정권이 바뀌면서 곧바로 사면되어 정삼품인 오위장에 발탁되어 함흥으로 갔으며, 그 이듬해에 상주 영장을 거쳐 평안북도 용천 부사 등을 지내기도 했다.

그래서였을까? 혹자들은 이 운조루를 가리켜 두 마리의 학이 춤추고 있는 쌍학지지雙鶴之地 청학동으로 비정比定하기도 했다.

특히 세상이 어지러울 때면 난세를 피해 이곳으로 찾아오는 사람이 많았다고 하는데, 그것은 기록에도 잘 나타났다.

일제강점기 조선총독부에서 조사한 토지면 가구 수와 인구 변동의 연도별 통계를 살펴보면, 1918년 70호에 350명이었던 인구가 1922년 148호에 744명에 이르러 불과 4년 사이에 무려 두 배의 증가 폭을 보이고 있었다.

그 시절이라면 망국의 아픔을 겪고 있을 때였고, 일제의 수탈이 날로 가혹해졌을 테고, 서양문물이 걷잡을 수 없이 밀려와서 혼란을 가중시키는 판국이었다. 그래서 길지를 찾아 몸을 숨겨 안위를 도모하려고 찾아들었던 모양이었다. 그도 그럴 것이 이곳은 관청구례과 멀리 떨어졌고, 위급시에는 지리산 자락을 타고 깊은 곳으로 숨을 수 있는 지리적인 조건을 갖추고 있었기 때문일 것이다.

운조루의 솟을대문 앞에 섰다. 이곳의 명물 중의 하나인 호랑이 뼈가 홍살문에 걸려 있었다.

일설에 따르면, 유이주가 평안북도 병마절도사로 부임하면서 삼수갑산을 넘게 되었는데 새재에 이르러 호랑이를 만났다고 했다. 그때 그가 채찍으로 후려쳐 호랑이를 잡아서 가죽은 영조대왕에게 바치고 뼈는 잡 귀가 침범하지 못하도록 운조루 홍살문에 걸어 두었던 것이 오늘날까지 전해오는 것이라고 했다. 이런 일로 그는 영조대왕으로부터 박호장군이라는 칭호를 얻게 되었다는 것이다.

내가 이번 답사 길에 운조루를 찾았던 것은 5대 주인이었던 유제양과 매천이 절친한 시우詩友 관계를 유지했기 때문이었다.

매천이 초반기에 중앙의 이건창, 김택영, 강위 등과 교류했다면 후반기에 유제양, 성혜영, 왕사찬 등과 함께 그의 문학적 정리를 마쳤다고 볼 수 있었다.

매천이 23세 때 썼던 오언율시 '방류쌍봉제양, 미우류제재백' 등에서도 드러나듯, 그가 일찍부터 운조루에 들러 유제양과 교류했다는 것을 알 수 있었다. 그리고 백운산 북쪽 산자락에 있는 만수동에서 생활했던 16년과 광의면 월곡마을로 나가 살았던 8년간의 세월 동안 유제양을 비롯한 지역의 문인들과 시사를 조직하여 본격적인 문학 활동을 했다. 그 외에도 이기나 이정직 등이 운조루에 들릴 때 매천도 가세하여 창수唱酬:시가나 문장을 지어 서로 주고받음하곤 했다.

매천은 1990년정자년, 그러니까 그의 나이 46세 때 평생 잊지 못할 교우交友 20명을 그리워하며 오언고시를 썼다. 그중에서 유제양을 읊은 '유이산 제양'은 다음과 같았다.

> 문 안에는 한 쌍의 백학이 있고
> 문 밖에는 길 양쪽에 버드나무 늘어서 있네.
> 정원을 안고 도는 개울은 비단결처럼 곱고

신발 자국은 밝은 모래 위에 뚜렷하네.
응당 오고가는 사람이 있어
날마다 연못 가운데의 연꽃을 쳐다보네.
묻건대, 인생이란 무엇과 같은가
번민하고 한가하다가 백발을 재촉함이라.
항상 꽃밭을 찾아가고
손님 없이 혼자서는 술을 마시지 않는다네.
당시唐詩를 작은 책자에 베껴놓고
언제나 손 안에 책이 있다네.
사방 벽에는 아름다운 산수화가 있어서
누워서 놀면서 생을 마치려하네.
나는 매번 이것을 보고 놀라서
묻건대, 옛날에도 이런 일이 있었던가.

한때 99칸의 영화로운 모습을 자랑했던 운조루가 세월의 무게를 이기지 못해 지금은 쓸쓸하고 퇴락한 느낌마저 감돌아 역려성쇠逆旅盛衰라는 단어를 곧장 떠올리게 만들어주고 있었다.

운조루의 유씨 집안이 몰락하게 된 이유는 일제강점기의 식민통치 아래의 토지조사 사업으로 많은 농토를 빼앗겼기 때문이라는 이야기가 있었다. 그건 곧 유씨 집안에서 일제의 앞잡이 노릇을 거부하고 지조를 지킨 것에 대한 반증이라고 보아도 무방할 것이다.

그런 점으로 보았을 때, 망국의 한이 사무쳤던 당대의 현실이 오늘날 이 운조루라는 공간을 통해 느낄 수 있어서 내 가슴이 사뭇 저려왔다.

유이주는 7년간의 대공사로 운조루를 완공했다. 『경국대전』의 '공전工典 잡령'에서 대군은 60간間, 왕자군과 옹주는 50간, 옹주와 종친 및 1·2품 문관은 40간, 3품 이하는 30간, 서민은 10간으로 가옥의 한도를 정했다. 그런데 그는 무려 99간에 달하는 대저택을 지었던 것이다.

그런데 사실상 운조루 외에도 주변에 건축한 친인척들의 집을 합하면 100간은 족히 넘었다는 이야기가 전해왔다. 하지만 200여 년의 세월이 흐르는 동안 일부 건물이 낡아버려서 현재는 60여 간만 남아 있었다.

운조루의 구성은 T자형 사랑채, ㄷ자형 안채가 중문간과 행랑채 등으로 연이어 있고, 사당이 동북부에 있었다. 집의 구조는 민도리집 양식으로 사랑채와 안채가 연이어 있으나 합각을 형성해 팔작지붕을 이루고 있었다.

현재는 대문, 행랑채, 사랑채, 안채, 사당, 연당 등으로 되어 있고 벽은 안팎에서 이중으로 발라 외부 온도 변화에 잘 적응할 수 있는 과학적인 건축양식을 보여주고 있었다.

운조루의 출입문은 솟을대문 형태이며 홍살을 세웠다. 문 앞에는 말을 묶어 두는 하마석도 있었다. 대문 앞으로는 도랑을 내어 맑은 물이 흐르도록 했다.

솟을대문 안으로 들어서면 큰 사랑채가 있는데, 4칸의 몸채에 뒤쪽으로 꺾여 이어진 2칸의 날개가 달려 있는 형태를 하고 있었다. 그리고 몸채 왼쪽 끝의 1칸은 내루형內樓形으로서 기둥 밖으로 난간이 둘러져 있었다.

큰 사랑채의 구성은 궁전 침전처럼 완전한 누마루 형식을 취하고, 여기에 일반 대청이 연립해 있었다. 또 사랑채에는 통상 큰 부엌이 없는 법인데, 안채 통로까지 겸한 큰 부엌이 마련되어 있었다.

큰 사랑채의 오른쪽은 안채였으며, 중행랑채는 일자형 곳간채의 왼쪽 끝에서 2칸이 앞쪽으로 돌출해 있었다. 이 2칸은 내루형으로 처리되어 1칸은 방이 되고 1칸은 판상板床을 높이 설치한 다락이었다.

우리는 운조루를 한 바퀴 둘러보며 혀를 내둘렀다. 내가 운조루를 찾은 횟수가 여태 예닐곱 차례나 되었지만 그때마다 우리 전통가옥 건축기술이 매우 과학적이라서 어느 나라 어떤 가옥구조도 감히 따라올 수 없다는 것을 느끼곤 했다.

운조루에는 유씨 집안의 생활용품 등 수많은 자료가 원형 그대로 보존돼 있어 사료적인 가치를 매우 높게 평가하고 있었다. 그중에서 가장 귀중한 사료는 유제양의 일기인 『시언是言』과 그의 손자 유형업의 일기인 『기어紀語』라고 해도 과언은 아닐 것이다.

『시언』은 1851년부터 1922년 사이, 『기어』는 1898년 1937년까지 기록된 것인데, 동학농민혁명, 의병, 3·1만세, 고종 및 순종의 승하, 토지조사 및 측량, 주세제도, 담배전매 과정 등의 당대 현실이 자세하게 드러나 있었다. 그 일기들은 한국농촌경제연구소에 의해 번역 간행되었다.

운조루의 5대 주인이었던 유제양은 6~7세 때 부친과 조부를 연달아 여의었고, 편모슬하에서 자랐다고 했다. 그는 숙부인 택선의 보살핌을 받으며 8세부터 공부를 시작했는데, 17세 때는 스승과 벗도 없이 과거를 공부했다.

그는 든든한 재력과 시적 재능, 넉넉한 마음으로 시사를 조직하고 이끌었다. 1869년에는 덕은천 상류에서 집안사람들을 중심으로 시사를 조직했고, 그 이듬해에 왕사각 등 10여 명을 모아 '일기회'라는 시회를 조직했다. 또 천사 왕석보를 스승처럼 모셨고, 매천 황현, 소천 왕사찬 등과 어울려 '남호아집南湖雅集'이라는 시회를 결성하기도 했던 인물이었다.
"야, 한마디로 해서 끝내준다. 현존하는 건물만 해도 대단한데, 그 당시는 얼마나 으리으리했을까?"
친구가 감탄사를 연발했다.
"건물의 규모로만 치자면 경복궁이나 창덕궁이 더 훌륭하니까 크게 놀랄 일은 아니라고 생각되는데, 나는 창건주 유이주나 5대 주인 유제양이라는 인물들이 아주 대단하다는 생각을 갖고 있다."
이야기가 끝나자 친구가 나의 눈을 똑바로 쳐다보았다. 그 이유를 짐작하고도 남음이 있었다. 나는 평소에 조선시대의 양반집안에서 남겼던 화려하고 웅장한 건축물들을 대수롭지 않게 여기곤 했다. 특히 지역의 대지주들이 남겼다는 무슨 정자니 가옥이니 하는 것을 마뜩치 않은 시선으로 보았던 것이다.
왜냐하면 그런 건축물을 대할 때면 민초들의 가없는 고난과 수탈이 먼저 떠올랐기 때문이다. 물론 그런 양반들이 건축물을 어떻게 만들었느냐 하는 점을 제쳐놓는다면, 오늘날의 위대한 문화유산은 그들의 뜻과 노력에 따른 결과물로 평가할 수 있을 것이다. 나는 그런 긍정적인 면을 아주 무시할 마음은 없었지만, 그래도 웅장한 건축물이나 성곽 등을 대할 때면 문화유산이라는 느낌보다 고난을 겪어야 했던 민초들의 모습이 먼저 생각나곤 했던 것이 사실이었다.
"혹시 네가 운조루의 위용 앞에서 굴복하거나 아부하는 것은 아니겠지?"
친구가 장난스러운 웃음을 지었다.
"물론."

"그렇다면 운조루의 유씨 집안에 대해서 전에 없이 후하게 평가하는 이유는 뭐냐?"

"그럴 만한 이유가 있거든……."

내가 그 이유를 설명해주었다.

앞서 말했듯이 운조루의 몰락은 우리 민족의 몰락과 궤를 같이했다는 점이었다. 일제강점기에 지주들 대부분은 일제에 협력하고 친일함으로써 기득권을 놓치지 않으려고 애썼거나 더욱 많은 부를 쌓으려고 발버둥쳤던 게 사실이었다. 친일파로 지목되어 역사의 심판대에 섰던 구한말 사대부들도 민족과 나라는 안중에 없었고 오로지 자신이나 집안을 위해 친일 행로를 택했다는 것도 잘 알려진 사실이었다. 그런데 운조루의 유씨 집안은 지조를 지킴으로써 영화로움을 박탈당했으니 대단하다 하지 않을 수 없는 노릇이었다.

지리산 일대는 성난 동학도들이 휩쓸고 지나갔던 곳이었다. 또 좌우 이데올로기의 대결이 치열했던 땅이기도 했으며, 그 당시 이 일대에는 '밤은 인민공화국이요 낮은 대한민국이다' 라는 말이 공공연하게 나돌기도 했다. 그런데 지리산의 빨치산의 출몰과 군경의 '견벽청야' 라는 작전 아래에서도 99칸의 대저택이었던 운조루가 큰 탈 없이 건재할 수 있었던 이유는 무엇이었겠는가?

견벽청야堅壁淸野.

이 말은 성벽을 굳게 하고 곡식을 모조리 걷어 들인다는 뜻으로, 적의 양식 조달을 차단하는 전술의 하나였다. 그리고 이 말이 처음 등장한 것은 『삼국지』의 '순욱전荀彧傳' 이었다.

그 책을 보면, 조조가 서주목사 도겸이 죽었다는 정보를 듣고 서주를 빼앗기 위해 군사를 돌리려했을 때 참모였던 순욱이 말리면서 이렇게 말했다.

"도겸이 죽으면서 서주의 인심이 동요하고 있는 것은 사실이나 깔보는 것은 금물입니다. 지금은 보리를 걷어 들일 때이므로 서주에서는 주민을 총동원해 보리를 성내로 걷어 들이고 성벽을 다져 전쟁 준비에 만전을 기할 것입니다. 이것이 바로 '견벽청야'이므로 우리의 공격은 먹혀들지 않을 것이며, 만약에 여포가 그런 틈을 노려 공격해온다면 그때는 큰 곤경에 처하고야 것입니다."

나는 당대를 경험했던 사람이 아니라서 자세한 내막은 모르겠지만, 이곳에 아직도 남아 있는 '타인능해'라는 글귀가 붙은 통나무 뒤주로부터 99칸의 대저택이 건재할 수 있었던 상황을 짐작할 수 있었다.

타인능해他人能解.

이 말은 누구든지 열 수 있다는 뜻이었다. 그러니까 운조루의 식구가 아닌 다른 사람들도 이 뒤주의 덮개를 열어 쌀을 퍼갈 수 있다는 말이었다.

내가 운조루의 웅장한 건축물보다 유씨 집안의 인물들을 높이 샀던 이유는 친일을 하지 않았다는 것뿐만 아니라 적선을 몸소 실천했기 때문이었다.

운조루 유씨 집안사람들은 뒤주를 문간에 비치해놓고 수확량의 18% 정도에 해당하는 쌀을 넣어두어 빈민구휼에 앞장섰다. 또 굴뚝 높이를 1미터도 채 안 될 정도로 낮게 만들어서 밥 짓는 연기가 지붕 위로 올라가지 않도록 하여 주위에 살고 있는 배고픈 사람들에게 고통을 주지 않으려고 노력했다.

나는 운조루가 격동과 혼란의 시대를 거치면서도 무사할 수 있었던 이유가 명당 터의 복을 받았다기보다 그들이 공덕을 쌓았기 때문이라고 생각했다.

공덕功德이라는 것이 무엇이던가. 연기와 윤회를 근본으로 하는 불교에서 가장 중시하는 행위의 하나가 바로 이 공덕이 아니던가.

공덕의 종류에는 징검다리를 놓아 다른 사람들이 쉽게 건널 수 있게 하는 월천공덕, 빈민에게 의식衣食을 제공하는 구난공덕과 걸립공덕, 병자에게 인술을 베푸는 활인공덕 등 그 종류가 매우 많았다.

그뿐만 아니라 굴뚝 높이를 낮게 만들어서 빈민들에게 정신적인 고통을 줄여주려는 행위처럼 타인을 배려하는 마음, 윤리를 저버리지 않으며 법과 질서를 지키는 마음, 매천의 인과 충을 실천했던 모든 정신들도 일종의 공덕이라고 할 수 있을 터였다.

또 『주역』의 '문언전'을 보면 "적선지가필유여경積善之家必有餘慶"이라는 말이 있었다. 번역하자면 '선한 일을 많이 한 집안에는 반드시 남는 경사가 있다.' 가 되겠는데, 운조루가 후대까지 건재할 수 있었던 것도 이 말과 무관하지 않을 성싶었다.

나는 운조루의 통나무 뒤주를 보며 많은 깨달음을 얻고 아래사랑채가 있는 곳으로 발걸음을 옮겼다.

아래사랑채는 농월헌弄月軒이라고 불렀으며, 거기에 있는 누마루는 귀래정歸來亭이라 이름 지었다고 했다. 그곳에 잠시 앉아 건너편 안산 오봉산을 바라보면서 유이주의 8세손이며 전북대학교 교수인 류응교 시인이 쓴 '타인능해' 라는 시를 생각해보았다.

조선조/아흔 아홉 칸 옛 주인은/백미 두 가마니 닷 되가 들어가는/

나무 쌀독에 쌀을 담아놓고/끼니를 끓일 수 없는/가난한 이웃에게/쌀을 빼 갈 수 있도록/쌀독 아래에 구멍을 낸 뒤에/그 마개에/타인능해他人能解 라고 써놓고/타인이라도 누구나 마개를 쉽게 풀 수 있다 하였으니/그 음덕 입지 않은 이 없었네.//

    그러나 이제/세월은 흘러/모두가 잘 사는 세상이 되어/자가용 타고 오는/관광객들의 호기심 어린 시선 아래/용도 폐기된 쌀독이/효용 가치가 만료된 채/운조루 중문간 헛청에/석양빛만 가득 보듬고/외로이 서 있네./11대 200여 년을 그대로 지키는/종부를 맞이하면서……//

  유제양과 매천 등의 시우들이 모여앉아 책상다리를 하고 앉아서 시를 읊는 낭랑한 목소리가 내 귓가에 들리는 듯했다.

  매천은 대지주의 집을 찾아와서 시를 짓고 읊을 때마다 어떤 느낌을 갖고 있었을까?

  그는 백운산 북쪽 산자락에 있는 만수동에서 구안의식苟安意識을 굳게 지키며 16년간 살아가는 동안 몸소 농사를 짓고 또 주변의 농민들과 어울리면서 민시우국憫時憂國의 시를 짓곤 했다. 하지만 물질이 풍요한 유제양을 볼 때마다 갈등이 싹트지 않았을 리 없었을 것이다. 그리고 구한말의 격동하는 세월을 살아가면서 구안의식에만 머물러 있기에는 양심적인 고통을 받았을 것임에 틀림없었을 것이다.

  매천은 시골에 묻혀 있었지만 사실상 나라 안팎으로 촉각을 곤두세우고 있었다.

  그런 증거는 매천이 야록을 꾸준하게 집필했다는 점에서 잘 드러나고 있다. 또 그의 시를 살펴보면 구안의식에서 자칫하면 빠질 수 있는 목가적인 경향의 시를 쓴 것이 아니라 농촌 현실을 끊임없이 대변하며 고달프게 살아가는 빈농들의 모습을 애절하게 읊었고, 갑오개혁 이후 사라져가는 우리의 풍물을 노래하면서 역사의식을 반영했고, 기울어가는 나라를 한탄하며 애국시를 줄기차게 짓곤 했다.

1906년병오년 매천의 나이 52세가 되던 해에는 난세에 처했던 중국 은사隱士들의 충절을 그리며 '제병화십절題屛畵十絶:병풍 속의 그림, 십 수에 대해' 이라는 칠언절구 10수를 짓고 염재 송태회에게 그림을 부탁하여 병풍으로 만들었다. 그건 중국 은사들을 그리워하며 매천도 자신의 삶을 의롭게 마치겠다는 의지를 드러낸 것이었다.

그중에서 당나라 말기의 시인이었던 사공도를 읊은 '왕궁에 홀을 떨어뜨림' 이라는 칠언절구는 다음과 같았다.

    중조산에 삼의휴정 지으니 만사가 한가롭고
    이따금 시 품평하며 다시 인간사 돌아보네.
    중년 나이에 무덤은 왜 그리 일찍 팠던가.
    이것은 당나라 산을 사랑했기 때문이라오.

사공도司空圖.
그는 진사 급제 이후에 예부낭중이 되었던 인물이었다. 그런데 황소의 난으로 장안이 침범을 당하자 희종이 촉나라로 피난하게 되었다. 그때 뒤따라가려다가 뜻을 이루지 못하고 고향인 산서성 허중으로 돌아갔다.

그 후, 중조산 왕관곡에 휴휴정休休亭이라는 정자를 짓고, 스스로 내욕거사耐辱居士라 일컬었다. 그리고 무덤과 관을 마련해놓고 광중壙中:무덤을 판 구덩이에 앉아 술을 따르며 시문을 읊기를 일삼았다.

그는 황소의 부장이었던 주전충이 당나라를 멸망시키고 나서 자신을 불렀으나 나가지 않았고, 애제哀帝가 살해되었다는 소식을 듣자 식음을 전폐하며 죽음을 택함으로써 충절을 보여준 인물이었다.

나는 매천과 사공도를 머릿속에 그리며 운조루 밖으로 서서히 나섰다.

사공도는 시를 짓는데 있어 자기 속에서 우러나는 것, 곧 자기의 특색을 나타내는 것을 주안점으로 한다는 뜻을 천명하고, 그것을 "득제기得諸己:자기한테서 얻는다"라는 단어로 표현했다.

그는 이것을 출발점으로 해서 직치直致:자기한테서 우러나서 나타내려고 하는 것을 곧이곧대로 내놓는의 방법으로 시에 풍격風格을 갖게 하는 것이 시의 올바른 길임을 밝혔다. 그리고 "얻은 바를 곧이곧대로 내놓고 풍격으로 절로 기묘하게 되는 것"이 올바른 길이고, "절름거리고 떫게 끌고 나가 재주를 내놓는 것"은 시 자체에 제대로 갖추어져 있지 않은 점이 있기 때문이라고 지적했다.

매천은 이정직과 수년에 걸쳐 시문詩文:시가와 산문에 관한 논쟁을 벌였다. 그 쟁점은 성정론性情論과 법고론法古論 등이었다.

매천은 시문에 있어서 독창성을 강조하고 성정론을 주장하며 이정직에게 이런 편지를 보낸 적이 있었다.

"어떤 특정인의 문을 배우는 것은 불필요하고, 오로지 가슴으로 말하고 싶은 바를 토해 내어 글을 써내야 합니다. 참됨이 쌓이고 힘이 오래되면 저절로 법에 합치될 것입니다. 그렇지 못하다면, 마땅히 나의 재능 없음을 탓해야 하고, 나의 법 없음을 탓하는 것은 부당한 것입니다."

그리고 이정직에게 다음과 같이 질타했다.

"지금 족하足下는 첫째는 대가大家요, 둘째는 법고法古라 말하면서, 현재의 이석정이정직은 알지 못한 채 머리를 내두르고 발을 굴리면서, 반드시 천 년 위아래를 널리 찾으면서 누구의 가면인지도 모르는 것을 힘써 쓰려고 합니다. 그것은 또한 미혹하다 하겠습니다."

여기에서 '족하'라는 칭호는 얼핏 생각하기에 상대를 얕잡아보는 단어처럼 느낄지 모르지만, 편지글 등에서 가깝고 대등한 사람에 대한 경칭으로 쓰였다. 『삼국사기』를 보면 견훤과 왕건이 서로를 족하라고 불렀던 기록도 있다.

법고론을 주장한 이정직은 다음과 같이 반박했다.

"법을 추구하면서 재능이 미치지 못하는 자는 있지만, 법을 추구하지 않으면서 재능을 다하는 자는 없습니다. 옛것을 추구하면서 공교하지 못하는 자도 있지만, 옛것을 추구하지 않으면서 공교함에 도달하는 자는 없습니다."

운조루는 나에게 많은 느낌을 주었던 공간이었고 소중한 답사처였다. '타인능해'라는 글귀가 적힌 뒤주에서 나눔의 미학을 깨닫게 해주었고, 옛 문사들을 떠올리며 '좋은 문장이란 무엇인가?', '글은 어떻게 써야 하는가?' 등을 깊이 생각하는 계기가 되었다.

4

    매천이 『천사시고川社詩稿』의 서문에서 "호남의 동쪽에 봉성현鳳城縣이 있으니, 전도全道 중에서 탄환지彈丸地만한 고을이다."라고 표현했던 구례 읍내로 들어섰다. 여기에서 '봉성'은 구례의 옛 이름이었다.
    그런데 곰곰이 생각해보면 '탄환지만한 고을'이 아닐 수도 있었다. 예로부터 구례는 세 가지가 크고 아름다운[三大三美] 땅이라고 했기 때문이었다.
    세 가지의 큰 것은 지리산, 섬진강, 넓은 들판이었다. 세 가지의 아름다움은 지리산과 섬진강이 빚어놓은 자연환경, 기름진 전답에서 오는 풍요로움, 순박하고 인정미 넘치는 마음씨였다.
    이곳 사람들에게 지리산과 섬진강은 천혜의 삶터였다. 지리산이 얼마나 대단했으면 『택리지』를 쓴 이중환이 "풍년과 흉년을 모르는 부산富山"이라고 표현했을 것인가. 그는 살기 좋은 땅으로 구례 외에도 남원, 경상도 진주와 성주를 함께 지목했다. 그 이유로는 땅이 기름져서 볍씨 한 말을 뿌려 예순 말 넘게 거두어들일 수 있기 때문이라고 했다.
    구례는 이처럼 땅이 기름질뿐만 아니라 섬진강의 혜택을 톡톡히 볼 수 있는 곳이었다. 그 강의 물줄기는 가뭄 없이 농사를 지을 수 있게 해주었고, 그곳에서 잡은 물고기들은 이곳 사람들의 밥상을 풍성하게 해주었다.
    구례는 마한지역에 속해 있었으며, 백제시대에는 구차례현 또는 구차지현이라고 했다가 삼국통일 후에 구차현이 되었다. 그리고 경덕왕 16년에 구례현으로 개칭되었다.

　구례는 통일신라시대에 곡성군의 속현이었다가 고려 초에 남원부의 속현이 되어 통제를 받았다. 조선시대 세조 때에는 남원부에서 순천부의 관할로 바뀌었다. 그런데 연산군 때 고을 사람 배목인과 문빈이 연산군의 폭정을 비난했다고 해서 유곡부곡으로 강등되고 남원부에 예속되었다. 그 후, 8년 만에 구례현으로 복구되었고, 1895년에 구례군이 되었다가 이듬해에 전라남도에 속하게 되었다.

　지리산의 서쪽 사면에 자리 잡은 구례는 동쪽으로 노고단, 북쪽으로 만복대, 서쪽으로 곡성군과 경계지역에 걸쳐 있는 만복산, 남쪽으로 광양시의 백운산 등이 병풍처럼 둘러쳐진 전형적인 산간분지였다. 그런데 그 산간분지라는 것이 남북 8km, 동서 4km에 달해 흡사 광활한 평야지대처럼 느껴질 정도였고, 섬진강 유역에서는 제일 크고 넓은 벌판으로 손꼽히기도 했다.

　우리는 섬진강을 따라 뻗어 있는 국도 19호선을 타고 올라오는 동안 양 옆에 서있는 웅장한 지리산과 백운산의 위용에 눌려 답답함을 느끼기도 했다. 그런데 토지를 지나면서부터 분지가 서서히 넓어지기 시작하더니 마침내 읍내에 들어서자 광활하다는 표현을 써도 좋을 만큼 널따란 산간분지를 만나면서 가슴이 트였던 것이다.

　나는 구례읍내로 들어오기 전에 매천의 친구였던 해학 이기를 떠올렸고, 선배 문인 이시영을 그리워했다.

　매천의 친구였던 해학 이기는 전북 만경 출생이었으나, 그의 처가가 있었던 구례군 마산면 냉천마을에서 한동안 거주했던 인물이었다. 그런데 이기가 냉천마을에서 지냈던 동안의 거주지나 행적을 전혀 알 수 없어서 그냥 눈빛으로만 오래 머물다가 구례읍내로 들어올 수밖에 없었다.

이기는 1902년에 매천에게 편지를 보내어 초야에서 은둔하지 말고 구국운동의 일선에 참여할 것을 촉구했던 적이 있었다.

그 후, 1905년에 을사늑약이 체결되자 한성사범학교에서 교편을 잡으며 장지연, 윤효정 등과 대한자강회를 조직하여 항일운동과 민중계몽운동을 했다.

1907년에는 나인영 등과 자신회를 조직하여 을사오적의 암살을 계획했으나 실패로 돌아갔다. 그 사건에 연루되어 체포되었고, 7년의 유배형을 받아서 진도로 귀양 갔다. 석방된 후에는 서울로 돌아와 『호남학보』라는 잡지를 발행하면서 민중계몽운동에 종사했던 인물이었다.

이시영 시인은 구례에서 태어났다. 그는 1980년 창작과 비평사에서 편집장을 맡았다가 2003년 대표이사를 그만둘 때까지 23년 동안 출판 업무에 종사했다. 또 그 기간을 포함하여, 1974년 자유실천문인협의회에서 '개헌청원지지 문인 61인 선언', '자유실천문인협의회 101인 선언' 등 유신 반대운동으로 시작해서 30년 넘게 민주화 운동가의 삶을 살았던 인물이었다.

나는 그 선배 문인을 대할 때마다 강직한 투사의 풍모보다 잔잔하게 흐르는 섬진강을 연상하곤 했다. 그는 말없는 지리산이요, 유연하게 흐르는 섬진강의 화신임에 틀림없을 것이다.

그의 시 '마음의 고향 4'를 읽어보면, 그가 고향을 사랑하며 또 향수에 함초롬히 젖어있다는 것을 느낄 수 있었다.

"내 생에 그런 기쁜 날이 남아있을까/중학 1학년,/새벽밥 일찍 먹고 한 손엔 책가방,/한 손엔 영어 단어장 들고/ 가름쟁이 콩밭 사잇길로 시오리를 가로질러/읍내 중학교 운동장에 도착하면/막 떠오르기 시작한 아침해에/함뿍 젖은 아랫도리가 모락모락 흰 김을 뿜으며 반짝이던,/간혹 거기까지 잘못 따라온 콩밭 이슬 머금은/작은 청개구리가 영롱한 눈동자를 이리저리 굴리며 팔짝 뛰어 달아나던,/내 생에 그런 기쁜 길을 다시 한번 걸을 수 있을까……//"

또 '유쾌한 뉴스'라는 산문시를 읽어보면 세상을 관조한 그의 얼굴과 눈빛을 포근한 석양빛 아래에서 보는 듯한 느낌이 들었다.

"가슴에 흰 줄무늬가 있는 지리산 반달가슴곰 두 마리가 어느새 자라 내 고향 뒷마을인 문수리까지 내려와 벌통 사십 개를 작살내고 사라졌다고 한다. 먼 남쪽에서 아카시아 꽃을 따라왔다가 하루아침에 벌 농사를 망친 양봉업자 최씨가 곰들의 배설물을 증거로 들고 나와 내 이놈들을 가만두지 않겠다며 TV 속에서 마구 핏대를 올리는데 글쎄 절도죄가 성립될지 모르겠다면서 '뉴스 24'의 여자 앵커가 고른 이를 드러내며 웃고 시청자들이 웃고 무엇보다 발밑을 묵묵히 흘러가던 지리산 개울물이 큭큭 웃는다."

나는 이시영 시인의 수많은 시들을 되새겨보며 마치 고향을 돌아다니듯 매우 편안한 마음으로 구례 읍내까지 올 수 있었던 것이다.

구례군청은 읍내 봉남리 51번지에 자리 잡고 있었다. '자연으로 가는 길, 구례'라는 브랜드 슬로건을 떠올리며 정문을 통과했다. 지리산과 섬진강을 형상화시킨 심벌마크가 새겨진 깃발이 바람에 휘날리고 있었다.

"지금은 점심시간이 끝나지 않았으니까 밖에서 10여분쯤 기다리는 게 좋을 거야."

친구가 승용차를 주차장에 멈추면서 말했다. 그는 기자 생활을 오랫동안 했기 때문에 관공서의 성격이나 생리를 잘 알고 있었다.

"그래, 좀 쉬는 것도 좋겠지."

그동안의 답사 길은 강행군이나 마찬가지였다. 모든 것을 편안하게 부려놓고, 매천에 묶여있었던 생각들도 잠시 접어두고 편안하게 쉬고 싶었다.

군청 앞마당에 주렁주렁 매달려 있는 능소화가 눈길을 사로잡았다. 시나브로 부는 바람에 크고 탐스러운 적황색 꽃들이 시계추처럼 흔들리고 있었다.

"저 능소화가 멋지지 않니."

내가 손가락으로 가리키자, 친구가 능소화에 얽힌 이야기를 늘어놓았다.

"옛날에는 양반집 정원에만 심을 수 있는 꽃이라고 해서 양반꽃이라고도 해. 일반 상놈이 저 꽃을 심어 놓으면 잡아다가 곤장을 때려서 다시는 심지 못하게 만들었다는 이야기가 있어. 꽃이 이미 져버린 줄 알았는데 아직도 피었네. 야, 그놈 참 멋지다."

"동백꽃만 툭, 하고 떨어지는 게 아니라 능소화도 처음 피었을 때의 싱싱한 모습 그대로 있다가 땅위에 툭, 하고 떨어져서 시들어."

내가 땅바닥에 떨어진 꽃잎들을 손가락으로 가리켰다. 대부분의 꽃들은 피었을 때에는 매우 아름답지만 수명을 다할 무렵이면 시들어서 추하게 변하고, 또 무슨 미련이 그렇게 많은지 시든 채로 한동안 매달려 있어서 지저분하기 짝이 없었다. 그런데 능소화는 때가 되었다싶으면 미련 없이 땅바닥으로 떨어지는데, 비록 땅위를 뒹구는 낙화라고 해도 싱싱함을 그런대로 잘 유지하고 있어서 비장함을 물씬 풍겨주었다.

"네 말을 듣고 보니 정말로 그렇다. 예전에는 미처 생각하지 못해서 동백만 꽃잎이 시들지 않고 떨어지는 줄 알았거든."

"저 꽃을 보니까 매천 선생님이 생각난다……."

나는 말을 잃었다. 매천에 묶여 있던 생각들을 잠시 풀어놓고 휴식을 취하려고 했는데 그게 뜻대로 되지 않았다. 매천의 생애와 순국에 대한 생각 속으로 다시금 빨려 들어가기 시작했다. 마치 블랙홀 속으로 빨려 들어가는 것처럼.

매천과 능소화.

모든 사람들이 매천을 보고 매화를 연상하지만, 나는 또 하나의 꽃 능소화를 보면서 매천을 떠올리고 있었다. 매천의 충절정신이 매화였다면, 순국의 길을 택했던 그 기상은 능소화였다.

능소화 두어 개가 땅바닥으로 떨어졌다. 그 꽃들은 이글이글 타오르는 태양 아래에서 핏발 선 붉은 저항을 하다가 그 모습 그대로 땅바닥으로 떨어졌던 것이다. 그리고 낙화落花가 된 이후에도 그 핏발 선 붉은 저항을 잃지 않은 채 태양을 향해 무언의 시위를 하고 있었다. 그건 곧 일제에 저항했던 매천의 모습이나 다를 바 없었다.

생전의 매천은 능소화의 질긴 생명력과 싱싱함처럼 선비의 기개를 잃어본 적이 없었다. 그리고 망국의 치욕을 당하자 능소화 뚝뚝, 떨어지는 모습처럼 미련 없이 순국의 길을 떠났지 않았던가.

매천은 역사의식과 민족 주체의식에 누구보다 투철했고, 한국 근현대사의 격동기를 지조로 일관했던 참된 보수주의적인 유학자였다. 그리고 망천하망국가亡天下亡國家의 비참한 당대의 현실 앞에서 스스로 불타 죽은 윤곡尹穀을 따를 뿐 적극적인 행동으로 나섰던 진동陳東을 따르지 못했던 것을 부끄러워하고, 다시 말해서 자신이 의병항쟁의 일선에 나서지 못했음을 자책하며 순국의 길을 택했던 것이다.

매천의 그런 역사의식과 민족 주체의식은 신채호, 송상도, 정인보 등으로 이어져 일제강점기 아래에서 항일민족사학으로 발전되었으니, 그의 순국은 능소화가 땅위를 뒹굴면서도 핏발 선 모습으로 있는 것과 마찬가지였고, 죽음으로써 민족을 밝히는 횃불이었던 셈이었다.

"아참, 시간도 때울 겸 매천도서관이나 구경해볼래?"

친구가 생각에 젖어 있는 나를 깨웠다.

"매천도서관이라는 게 있다고?"

"그래, 매천의 정신을 기리기 위해 실내체육관 옆에 매천도서관을 만들었어."

얼마 후에 매천도서관을 만날 수 있었다. 그 도서관은 구례군청과 지척지간에 있는 봉북리 39번지에 있었는데, 2001년에 착공하여 2002년에 개관했다. 그곳에서는 공연, 전시, 문화 행사, 학술연구 등 다양한 프로그램이 마련되어있었다.

매천도서관 진입로의 화단에 지천으로 심어놓은 왕원추리들이 가는 여름을 아쉬워하며 손수건을 흔들고 있었다. 친구의 이야기에 따르면, 구례 서시천변의 원추리꽃밭이 장관이라고 했다. 하지만 거기까지 찾아가서 구경할 정신적인 여유가 없었고, 예전에 노고단에 올랐을 때 보았던 원추리 꽃들의 향연을 되새겨보는 것으로 아쉬움을 달랬다.

도서관에서 원추리 꽃을 닮은 청소년 두 명이 밖으로 나오고 있었다.

『본초강목本草綱目』을 보면 "원추리꽃을 삶아 먹으면 오장육부를 편하게 하고 몸이 가벼워지며 눈을 밝게 하여 사람으로 하여금 근심을 잊게 해주고 마음을 즐겁게 한다."는 내용이 있었다.

많은 청소년들이 매천도서관을 찾아와서 고매한 정신을 이어받고, 또 학문을 열심히 연구했으면 좋겠다는 생각이 들었다. 그리고 그 청소년들이 원추리꽃 성분의 효능처럼 '몸이 가벼워지고 눈이 밝아져서' 장차 우리나라를 짊어질 동량지재가 되길 기원하며 구례군청으로 다시금 향했다.

답사를 다닐 때마다 매번 느끼곤 했던 것이지만, 관공서에 드나들기가 왠지 모르게 어색하거나 꺼림칙하기도 했고 때로는 이유 없이 주눅 들기도 했다. 아마 관의 권위적인 모습 때문이 아니었을까? 아무튼 이럴 때 친구가 옆에 있다는 것이 무척이나 든든했다.

문화관광과의 방으로 들어가서 문화예술 담당자를 찾았다. 담당자가 궁금스러운 눈초리로 나를 바라보았다.

"무슨 일로 찾아오셨어요?"

"매천 선생님 자료를 찾으려고 왔습니다."

나는 명함을 꺼내 그녀에게 건네주었다. 담당자는 내가 방문한 구체적인 목적을 묻기 전에 명함부터 흘낏 살펴보더니 자신의 명함을 내밀었다. 그 명함에 '류효숙'이라는 글씨가 적혀 있었다. 나는 나의 졸작 『조선의 선비들』이라는 장편소설책에 서명을 한 다음 그녀에게 선물로 건넸다. 문화관광과에서 여러 가지 자료를 얻어가기 위한 답례품으로 준비한 것이었다.

"소설가이시네요."

"매천 선생님에 관한 소설을 쓰고 있는 중입니다. 좋은 자료가 있으면 구해볼까 하고 찾아왔습니다."

나는 그동안 매천에 관계되는 수많은 책을 구입해서 읽었다. 그런데 구입할 수 없는 비매품 자료들이 많았던 게 사실이었다. 그 중에서 매천 관련 논문집들은 인맥을 동원하여 몇 권 얻기도 했고, 그럴 수 없는 것은 도서관에서 수십 편을 복사하여 나름대로 열심히 공부했다. 그렇게 했어도 부족함을 느꼈고, 뭔가 더 많은 자료와 정보를 얻을 수 있지 않을까 하는 기대감으로 구례군청을 찾아갔던 거였다.

구례군은 매천 선양사업을 열심히 하고 있었다. 언론보도에 따르면, 구안실 복원과 매천문학관 건립을 위해 노력하고 있는 중이라고 했다. 또 매천의 정신을 기리기 위해 이 지역의 뜻있는 사람들이 모여 활동하고 있다는 정보도 듣고 있었다.

밝고 친절한 얼굴을 한 담당자가 의자를 권했고 커피까지 내주었다. 왠지 모르게 옥죄었던 마음이 풀려가는 것을 느꼈다.

세상은 몰라볼 정도로 많이 바뀌었다. 아주 예전의 관공서는 무척이나 권위적이었으나 지금은 환골탈태하여 친서민의 장소가 되어 있었다.

한 달 전쯤인가 무슨 업무 차 광양시청의 재난안전관리과를 찾아갔는데, 그 과의 최고책임자가 아주 친절하게 대해주는 바람에 오히려 쑥스러웠을 정도였다. 그건 시장 집무실을 찾아갔을 때마다 느끼곤 했던 것인데, 이성웅 광양시장은 항상 만면에 웃음을 지으며 친절하게 맞이해주곤 했다.

아주 예전의 단체장들이나 직원들 대부분은 고압적이고 권위적이었다. 그래서 우리의 부모님들은 자식들이 면서기라도 되어 허리를 펴고 살아봤으면 소원이 없겠다고 누누이 중얼거렸던 게 사실이었다.

매천이 살았던 당대의 관청들은 어떤 모습이었을까?

그는 『매천야록』을 통해서 조정과 관리들의 부정부패를 통렬하게 비판했다.

전라북도관찰사 이완용, 전라남도관찰사 민영철, 경상북도관찰사 김직현, 경상남도관찰사 이은용, 평안북도관찰사 조민희, 평안남도관찰사 정세원, 강원도관찰사 정일영, 황해도 관찰사 민형식 등은 백성을 할박割剝하여 병들게 해서 모두 관직을 해임시키고 부정을 조사하라 명했다. 그러나 마침내 징벌을 못했다.

여기에서 '할박割剝'이란 가죽을 벗기고 살을 베어낸다는 말이며, 탐관오리들이 백성의 재물을 강제로 빼앗는 일을 말했다. 그런데 이런 부정부패가 어느 한 두어 곳의 도가 아닌 조선팔도 거의 모든 도에서 행해졌으니, 심히 유감스러운 표현이지만 망국의 길을 걷지 않을 수 없었을 터였다.

나는 그런 기록을 읽으면서 통탄을 금치 못했다. 그건 100여 년 전의 역사에 대한 감정의 표현이었다기보다 지금 우리들의 눈앞에 벌어지고 있는 현실의 아픔 때문이었다. 사실이 그렇지 않은가? 나의 판단으로는 100년 전의 그 옛날 역사와 청렴지수 운운하는 작금의 현실이 별반 다를 바 없다는 생각이었다.

『매천야록』의 '갑오이전' 편에 이런 기록도 있었다.

전주 아전은 돈 많고 흉악하기가 전국에서 제일이다. 대원군이 일찍이 조선에는 세 가지 큰 폐단이 있으니 호서충청도지방의 사대부 계층이요, 관서평안도지방의 기생이요, 전주의 아전이라 했다.

하지만 세상 모두가 부패하지 않았고, 당대에 탐관오리들만 들끓었던 게 아니었다. 나는 그 글에서 우리 민족의 희망을 엿보기도 했는데, 매천이 성균관 생원시에 장원급제했을 때 시관試官을 맡기도 했던 정범조가 청백리였으며 만사를 정직하고 공평하게 처리했다는 내용을 발견했기 때문이었다.

정범조가 감사로 있을 때 아전 하나가 선비에게 태욕笞辱을 보였다. 정범조가 아전을 죽이라고 명했다. 아전은 정범조의 아버지 기세에게 많은 뇌물을 주고 호소했다. 기세는 그의 아들 범조를 불러서 완곡하게 말하되 "아전은 진실로 죄를 지었으나 우리 집 3대가 이 영營,전주에서 벼슬하면서 한 사람도 죽이지 않았는데 너는 어찌 그것을 생각하지 않느냐."고 했다. 아들이 대답하기를 "오직 3대가 감영에서 벼슬을 했다면 제가 어찌 감히 시소尸素:직책을 다하지 않고 녹만 먹는 일를 하겠습니까."라고 했다. 그의 아버지는 대답을 못했고, 아전은 마침내 죽었다.

오늘날 관공서의 분위기가 일신된 것은 민주주의가 정착되면서부터일 것이다. 특히 풀뿌리민주주의가 시행되고 정착되기 시작하면서 관공서의 분위기는 몰라보게 달라졌다. 그런 변모는 시청이나 군청에만 해당되는 것이 아니라 모든 관공서가 마찬가지였다. 그래서 이젠 모든 공무원들이 그야말로 명실상부한 공복公僕이 되어가는 중이었다.

"잠깐만 기다려주세요."

담당자가 자리에서 일어나더니 곧바로 매천 관련 서적들인 『매천 황현 시집』, 『구례군지』 등의 자료를 가져와서 건네주었다.

"감사합니다. 그런데 군청에서 구안실 복원과 매천문학관 건립을 계획하고 추진한다던데 거기에 관련된 자료도 구할 수 있었으면 좋겠는데요."

나의 부탁이 뜻밖이었는지 담당자가 고개를 들고 내 얼굴을 정면으로 바라보았다. 아마 담당자는 내가 100년 전의 인물인 매천 소설을 쓴다면서 현재의 자료가 무슨 소용이냐는 생각을 했을지도 모르겠다.

"아, 옛날이야기만 쓰는 게 아니라 현재의 이야기도 쓰게 되거든요."

내가 담당자의 마음을 읽어내고 말했다. 하지만 그 담당자에게 내가 구상하고 또 집필해나가는 소설 방향을 세세하게 설명해주고 이해시켜줄 수 없어서 간략하게 말했을 뿐이었다.

나는 매천 소설을 전기傳記 형태로 쓰고 싶지 않았다. 그래서 약간은 파격적이고 특이한 형태의 플롯을 기획했고, 또 그렇게 집필하고 있는 중이었다. 그 이유는 과거 속에서만 거닐지 않고 과거와 현재를 오고가는, 그러니까 소설의 자유분방한 기법을 이용하여 과거와 현대를 아울러 조망하는 이야기를 해보고 싶었기 때문이다.

"구안실 복원을 위한 타당성 조사 자료와 매천문학관 건립을 위한 타당성 조사 그리고 설계용역 보고서가 있는데, 그게 필요하시다면 드리지요."

"아 그런 게 있다면 집필하는데 큰 도움이 되겠는데요."

내가 반색을 했다.

담당자가 두 권의 자료집을 가져와서 건네주었다. 시간이 부족했던 관계로 재빨리 훑어보면서, 담당자를 만난 김에 혹시 질문할 것이 없나 찾아보았다.

구안실 복원 관련 자료에는 기본계획안 2가지가 있었다. 1안은 만수동에 정면 3칸 측면 2칸으로 된 전통초가의 안채, 정면 2칸 측면 1칸으로 된 서재를 짓는 거였다. 2안은 정면 4칸 측면 2칸으로 된 전통초가의 안채, 정면 2칸 측면 1칸으로 된 서재를 짓는 거였다.

매천문학관 건립에 관련된 자료는 매우 두툼했다. 건립 배경은 "매천 황현 선생의 충효사상을 고취시키기 위함이며, 올곧은 시대정신을 반추하는 역사교육장으로 활용하겠다."라고 적혀 있었다.

매천문학관을 세울 위치는 매천사 인근광의면 수월리 월곡마을 내과 호양학교광의면 지천리 자하마을, 철쭉동산 인근광의면 온당리 온동마을 중에서 한 곳을 택하는 것으로 되어 있었다. 규모는 661㎡였다.

이 매천문학관도 2가지 안으로 되어 있었다. 그중에서 예상사업비 항목을 보면 1안은 총 사업비가 45.1억 원이었고, 2안은 총사업비가 104.8억 원이었다.

그 자료에는 많은 내용이 들어 있었으나 그 자리에서 전체를 읽어볼 시간적인 여유가 없었다. 따로 제작되어있는 조감도를 보니 십여 채에 달하는 한옥들로 구성된 대규모였다. 그렇다면 명실상부한 문학관이 하나 태동되겠구나 하는 느낌을 받았다.

나는 전국에 산재해 있는 여러 곳의 문학관을 구경한 적이 있었고, 내가 문학 활동을 하는 광주시에 5월문학관을 활성화시킨 종합문학관을 건립하기 위해 노력했던 적이 있었다. 그래서 문학관 건립에 대한 정당성과 필요성 그리고 정보 따위를 나름대로 갖고 있었다.

　구례지역뿐만 아니라 전국 모든 지역에 해당되는 이야기지만, 마땅한 자격을 갖춘 문인의 문학관이라면 필히 세워야 한다는 것이 평소 나의 지론이었다. 그건 내가 문인이라서 팔이 안으로 굽는 이야기가 절대로 아니었다.

　혹자는 그런 돈으로 다리 하나 더 놓고 공장 하나 더 짓는 게 효과적이지 않느냐며 반론을 펼지도 모르겠다. 그러나 천만의 말씀이다. 건설을 통한 약간의 편리함이나 배부름은 일정 기간이나 당대의 효과에 지나지 않지만, 올바른 문화사업을 펼치는 것은 대대손손 축복을 받을 수 있는 토대가 되기 때문이었다.

　21세기는 문화가 화두로 대두된 세상이 아닌가. 그리고 문화만큼 고부가가치가 높은 것도 없는 게 사실이다. 그런데 훌륭한 문화자산을 갖고 있으면서 방치한다거나 제대로 활용하지 못한다면 그만큼 어리석은 일도 없을 것이다.

　문화의 정의는 인류의 지식과 신념과 행위의 총체이다. 그리고 모든 문화의 본질과 토대는 문학, 회화, 음악 등등의 기초 예술에서부터 출발한다. 그런데 그렇게 소중한 문화를 도외시한다거나 업신여기는 작태는 야만野蠻이나 다를 바 없다. 왜냐하면 문화의 반대말이 야만이기 때문이고, 문화와 동떨어진 세상은 황금만능주의에 빠져 물질의 아귀다툼만 벌어질 수밖에 없기 때문이다.

　외국의 경우를 보면, 유명 문인의 생가나 연고지에 그의 숨결을 느낄 수 있는 문학관을 건립하여 수많은 관광객들을 유치하고 있다. 그건 곧

문화가 돈이라는 공식이 성립된다는 이야기이기도 했다.

　그런데 나는 문화와 돈의 함수관계라는 자본논리에 치우치기보다, 문학관이라는 근거지 공간을 이용하여 작가의 훌륭한 문학적 향기는 물론이고 그의 올곧은 정신을 널리 알림으로써 민족의 무궁한 발전에 이바지하는 것이야말로 시급하고도 소중한 사업이라는 것을 역설하고 싶다. 그리고 이런 사업은 예산이 턱없이 부족하기 마련인 지자체에서만 고민할 것이 아니라 국가적인 차원에서 전폭적인 지원을 하여 꽃을 활짝 피워야 할 사업이라고 보았다.

　나는 구안실 복원이나 매천문학관 건립에 열성을 보이는 구례군의 모습에서 아름답고 당찬 느낌을 받아 박수를 아낌없이 쳐주고 싶었다. 그들이 계획했던 것처럼 모든 사업들이 성공적으로 마무리되어 매천의 정신이 만천하에 알려지기를 기원하면서 담당자에게 또 다른 부탁을 했다.

　"매천 선생님 선양사업을 하는 단체의 사람이나 그 대표를 소개받았으면 좋겠는데요."

　"그렇다면 문승이 선생님, 정동인 선생님, 이창기 선생님을 만나보세요."

　담당자가 각자의 연락처를 메모해서 건네주었다.

　나는 그런 정도에서 부탁을 끝내지 않았다. 어떻게 보면 담당자가 짜증이 날 정도로 끈덕지게 부탁을 하고 또 질문을 던졌다.

　"매천 선생님을 이해하려면 스승이었던 천사 왕석보 선생님을 깊이 공부해야 하거든요. 그래서 천사 선생님의 후손을 만날 수 있도록 연결해주시면 고맙겠습니다."

　"후손 몇 분이 광의면 지천리 천변마을에서 거주하고 있습니다. 직접

가보시겠어요?"

"그럼요. 그런데 그분들과 초면이라서 만나기 어려울지 모르니까 담당자께서 미리 연락을 취해주어서 답사 일정이 순탄하게 이루어질 수 있도록 해주면 좋겠는데요."

나는 그동안의 답사를 통해서 사람 만나는 일이 가장 어렵다는 것을 이미 체득하고 있었다. 더군다나 농촌지역의 사람들은 집을 비워놓기 일쑤여서 잠깐의 대담을 위해 몇 시간을 기다려야하거나 아니면 실패하는 경우도 왕왕 있었다. 그래서 사전에 연락을 취하고 약속을 해놓는 게 현명했다.

"그거야 어렵지 않은 일입니다."

담당자가 왕석보 후손들에게 전화를 걸어서 만나고 싶다는 뜻을 전해주었고 또 그들의 연락처가 적힌 메모지를 나에게 건네주었.

처음에 군청으로 들어왔을 때 옥죄었던 마음은 어느덧 녹아버렸고, 매천 소설에 관해 부족했던 자료와 정보를 하나 둘씩 챙기면서 희망이 점점 부풀어 오르기 시작했다. 구례지역의 답사에서 뭔가 큰 소득이 있을 것 같은 예감이 지리산처럼 솟구쳐 올랐다.

구례읍내의 노인복지회관으로 갔다. 구례향토문화연구회 문승이 회장님을 만나기 위해서였다. 구례 공영버스터미널 건너편에 위치한 그곳에는 노인복지회관뿐만 아니라 섬진아트홀과 청소년문화의 집이 각각 별개의 건물로 함께 모여 있었다.

문승이 선생님은 문학박사이며 향토문화연구회 회장으로 알고 있었는데, 그런 직책 외에도 섬진강물연구소 회장, 노인회 구례군지회장 등 여러 가지 책임을 맡고 있었다. 청력이 좋지 않을 정도로 연로하셨는데도 노익장을 과시하기라도 하듯 매우 활동적인 분이셨다.

내가 선생님께 구례를 찾아온 목적을 말씀드리자 책 한 권을 내밀었다.
"이게 도움이 될 줄 모르겠습니다."

매천사 창의회에서 제작한 『매천 황현의 생애와 사상』이라는 소책자였다. 나는 책만 보면 눈빛이 반짝거리곤 했다. 재빨리 훑어보았다. 머리말에 "매천 황현을 연구하려면 구례 매천사로 가야 한다."라는 목표를 세우고 그 말에 걸맞도록 매천 황현 선생의 모든 자료를 집대성하도록 노력하겠다는 글이 적혀 있었다. 그리고 다섯 사람의 매천 관련 글이나 논문이 실려 있었다.

차후의 일이었지만, 나는 이 책자에 수많은 밑줄을 긋고 찾아보기 종이까지 달아가면서 공부를 했다. 그럴 때마다 비록 소책자일망정 매천의 정신을 널리 알리는데 아주 효과적인 방법이라는 생각이 들었다.

"답사를 하신다는데 계획이나 일정은 어떻게 됩니까?"
"매천 선생님이 광양에서 구례로 오셨잖습니까. 그래서 광양의 백운산 일대의 답사는 이미 끝마쳤고, 이번에는 구례의 지리산 일대에 흩어져 있는 발자취를 돌아볼 계획입니다."

나는 이미 계획해 놓았던 답사 코스를 낱낱이 말씀드렸다.
"내가 안내해드리면 어떻겠소?"

문승이 선생님은 내가 부탁을 드리지 않았는데 동행해주겠다고 선뜻 나섰다. 여러 가지 업무로 바쁠 텐데, 동행과 안내를 자청해주었던 것이 고맙게 느꼈다기보다 그저 송구스러울 따름이었다. 아무튼 천군만마를 만난 셈이었다.

　친구의 승용차에 문승이 선생님을 모시고 지리산 일대 답사 코스를 돌기 시작했다. 백운산 일대를 답사 코스로 정해 놓고 이미 다녀왔던 간전면 만수동의 구안실 일대와 토금마을을 다시금 찾아갔다. 그때마다 문승이 선생님께서 많은 이야기를 해주었고, 나는 그런 이야기를 받아 적느라 바빴다.

　우리는 구례읍내로 다시 돌아와서 서시교를 건너고 냉천 입체 교차로 인터체인지에서 좌측 방향으로 뻗어 있는 국도 17호선을 따라 광의면 지천리로 향했다. 지천리 삼거리를 만나서 우회전하여 861번 지방도로를 타고 올라갔다. 그 도로를 따라 계속 올라가면 천은사와 상선암을 지나 성삼재에 이르고 지리산을 넘어 달궁과 실상사를 경유하여 남원을 만나게 되었다.

　지천리 삼거리에서 천변마을을 찾는 것은 그리 어렵지 않았다. 『구례군지』 광의면 지천리 천변마을 편을 보면, "조선 초기에 개성왕씨 왕언기가 서당골을 개척하여 마을이 형성되기 시작했고, 그들이 일촌을 이루어 살고 있다. 또 조선시대부터 현재에 이르기까지 애국의사를 비롯하여 많은 인물이 배출된 마을이다."라고 기록되어 있었다.

　그 옛날에 창강 김택영이 지천리 천변마을을 찾아와서 "한 띠풀로 지붕을 이은 집에서 낮과 저녁에 글 읽는 소리 대숲에서 나온다,"는 시를 읊었던 적이 있었다. 그런데 지금은 띠로 이엉을 올린 집은 없었으며 낭랑하게 글 읽는 소리도 들리지 않았고, 어느 농촌이나 마찬가지로 정적만이 감돌고 있었다.

　천사 왕석보의 후손인 왕태동, 왕두석 씨가 이미 연락을 받아 기다리고 있었다. 내가 그들에게 매천 황현 선생의 소설을 쓰기 위해 왕석보 선생에 대해 알아보려고 왔다는 이야기를 하자, 곧바로『국역 황매천 및 관련인사 문묵췌편文墨萃編』을 거론했고 그 책자까지 꺼내왔다.

"매천 선생 소설을 쓰려면 이 책을 꼭 봐야 합니다."

왕태동 씨가 말했다. 그러자 문승이 선생님이 말을 이어갔다.

"구례 개성왕씨 가문에 관련된 논문도 있습니다."

그 자료는 김은영 씨의 전남대학교 사학과 석사학위 논문집인『조선후기 구례 개성왕씨가문의 성장과 현손 현양활동』이었다. 문승이 선생님은 가까운 시일 내에 연구자인 김은영 씨가 자신을 방문하기로 되어 있으니 그때 논문집을 구해서 보내주겠다고 했다.

구례지역 답사를 끝낸 며칠 후에 문승이 선생님으로부터 그 책자를 받게 되었는데, 나는 그 사이를 참지 못하고 대학도서관을 찾아가서 논문집을 복사하여 통독을 이미 끝내고 말았다. 아무튼 그 논문의 저자 김은영 씨와 문승이 선생님께 더욱 좋은 소설을 써서 보답해야겠다고 다짐했다.

친구가 기자의 특성을 십분 살려 나 대신에 왕씨 문중의 인적상황을 질문하기 시작했다.

왕두석 씨는 왕석보의 현손이었다. 그러니까 왕석보가 고조였고, 그의 2남 왕사천이 증조였고, 왕진환이 할아버지였고, 그의 3남 왕재열이 아버지였고, 왕두석 본인은 장남으로 태어났다.

천사 왕석보는 아들 셋을 두었는데, 첫째가 봉주 왕사각, 둘째가 소금 왕사천, 셋째가 소천 왕사찬이었다.

왕사각은 아버지 대신에 매천을 가르치기도 해서 스승이나 마찬가지였다. 그의 장남은 왕수환이었는데, 매천이 공부를 가르쳤다.

왕사각의 장남인 왕수환은 키가 작고 뚱뚱했으며, 호양학교 한문교사와 2대 교장을 지냈던 인물이었다. 그는 매천의 구안실 시대에 계부季父: 아버지의 막내아우인 소천 왕사찬 등과 함께 토금리에 거주했다. 그 당시 논밭을 몇 년 간 얻어 지었으며, 상수리를 줍고 대광주리를 엮으며 짚신을 삼아 부모를 봉양했던 지극한 효자였다.

매천이 왕수환에 대해 평하기를, "여장왕수환의 字은 얼굴이 못생겼으나 성격이 굳세며 재주는 적으나 기질이 맑아서 옳지 못한 일이라는 것을 알게 되면 절대로 행하지 않는 사람이다."라고 했다.

특히 왕수환은 '민족자강론'을 주장했는데, "서구 사람들은 제정을 혁파하여 백성이 주主가 되게 했다. 그러므로 인민들의 뇌리에는 한 나라가 있기 때문에, 그 백성이 백만이면 백만의 국가가 모여서 하나가 되는 것이다. 그러므로 그 백성은 수고해도 원망하지 않으며, 죽어도 후회하지 않고 살아있을 때처럼 밝은 표정을 짓는다. 왜 그러느냐 하면 나라의 일이 나의 것이기 때문이다."라고 했다.

왕사각의 차남인 왕경환은 호걸다운 기질을 갖고 있었으며, 매천의 문하에서 공부를 했다. 성혜영이 매천에게 편지를 보내면서 "용모 범백이 노련한 사람을 닮았고, 얼굴은 문장을 잘 하는 것 같아 감탄했습니다."라고 왕경환을 평했다.

왕경환은 독실한 불교 신자로서 새벽에 일찍 일어나 금강경을 읽을 정도였다. 또 일제가 쓴 연호를 쓰지 않고 반드시 단군의 연호를 썼고, 구례 절골 창명의숙에서 한문을 가르쳤지만 한글을 유난히 사랑했다고 한다. 그는 아들에게 한글의 우수성에 관한 편지를 보내기도 했는데, 그의 장남은 광주학생운동의 주역인 왕재일이었다.

왕사천은 매천과 긴 여행을 자주 다녔던 인물이었고, 왕사찬은 왕씨 문중에서 가장 뛰어난 시인으로 평가받았으며, 겸손하고 소심한 성격을 지녔다고 했다. 왕사찬은 매천보다 9살이나 연상이었지만 망년지우로서 가장 친하게 지내기도 했다.

왕사찬의 시 중에서 '칠의각원운'이라는 게 있는데 "인생이 한이 있으면 슬픔의 근본인데/석주성에서 쓸쓸히 지팡이 짚고 돌았네/해굴海窟의 긴 고래가 나라를 기울려 이르니/장군이 필마로 오랑캐를 막으러 왔네……"라고 읊었다.

석주관 의병을 일으킨 왕득인과 왕의성의 후손, 그리고 매천에게 공부를 가르치며 충절을 몸에 배이게 했던 왕석보의 후손들이 살고 있는 광의면 지천리 천변마을은 충절의 고장이라는 사실을 겉으로 쉽사리 드러내지 않는 순박하고도 겸손한 곳이었다.

세상사가 다 그러했다. 입으로 충의와 효성을 떠벌이는 사람치고 제대로 된 경우가 드문 법이었다. 말없이 조용히 있는 것 같지만 나라가 위기에 처하면 들불처럼 일어설 줄 알고, 남모르게 효성을 다하는 것이 진짜배기 인간이 아니던가. 천변마을에서 새삼 떠올렸던 생각이었다.

겸손하고 순박한 지천리 천변마을을 벗어나 다음 답사지로 향했다. 천변마을을 휘감아 도는 맑은 물줄기가 햇빛을 받아 소리 없이 빛나고 있었다.

5

　매천은 광양에서 약 32년 간을 거주하다가 백운산 북쪽 산자락 만수동에 들어가서 구안실을 짓고 16년 간 칩거하며 『매천야록』을 집필하는 등 세월을 보냈다. 그리고 마침내 세상 밖으로 튀어나오는, 다시 말해서 현실참여를 위해 구례 광의면 월곡마을로 이거하게 되었다. 그런데 그가 그동안 느꼈던 것은 무엇이었을까? 또 급기야 매천을 세상 밖으로 튀어나오게 만들었던 중요한 요인들은 무엇이었을까?

　매천이 만수동에 칩거했던 기간은 1886년부터 1902년까지였다. 그동안 그에게 큰 영향력을 끼쳤던 사건은 부친상과 모친상 그리고 친어머니처럼 모셨던 백모가 상을 당했던 일이었다. 또 신교神交 관계를 유지했던 영재 이건창의 죽음도 그에게 크나큰 충격을 주었음에 틀림없을 것이다.

　그동안 벌어졌던 굵직굵직한 역사적인 사건을 들자면 동학농민운동, 갑오개혁, 단발령 선포 등이었고, 그의 야록 후반부에 '의보' 라는 이름으로 끝없이 기록해나갔던 전국각지의 의병활동이었을 것이다.

　매천의 몸은 비록 만수동에 칩거하고 있었지만, 그의 이목구비는 항상 열려있었다. 그래서 일제가 우리나라를 식민지화하거나 강점하려는 의도가 점점 구체화되고 있는 제반 현상을 직접 목격하거나 감각적으로 느끼고 있었다.

　그런 상황에 놓였던 매천은 크게 고심하지 않을 수 없었을 것이다. 그리고 뭔가 대책을 강구하기 위해 노력했을 텐데, 그게 곧 항일 민족의식을 고취시켜 애국적 인사를 길러내는 일이라고 보았던 것이다.

　매천은 나라가 망하지 않으려면 약육강식의 논리에서 벗어나는 게 급선무라고 여겼다. 그런데 이미 효율성을 상실했다고 보았던 성리학적 유교 이념으로 그런 중차대한 일을 해결할 수 없다고 여겼고, 그 대안으로 양명학, 실학, 신학문 등을 택하기에 이르렀다. 그리고 일제의 마수를 막기 위한 방편으로 서양 열강의 부와 신학문을 본받아야 한다고 생각했던 것이다.

　매천은 학문의 폭을 점차 넓혀가던 중에 유학자들의 동도서기론을 받아들이게 되었다. 그 동도서기론이란 동양의 정신과 서양의 기술을 절충시키는 이론이었다. 그래서 그는 '언사소言事疏'를 통해 개화를 무조건 반대하는 위정척사론에 반대했고, 개화를 추진하되 개화의 본本은 취하고 개화의 말末은 취하지 말아야 한다는 것을 강조하기도 했다.

　아무튼 매천은 만수동에서 더 이상 칩거해있으면 안 되겠다는 것을 깨닫고 1902년에 세상 밖으로 나와 현실참여의 길을 걷기 시작했고, 마침내 1907년에는 사립 호양학교 설립 발기에 이어 1908년에 정식으로 개교하기에 이르렀던 것이다.

　나는 문승이 선생님의 안내를 받으며 매천이 '월곡시대'를 열고 현실참여에 나서면서 애국적 인사를 길러내기 위해 건립했던 호양학교를 찾아갔다.

　호양학교는 천변마을과 인접한 자하마을에 자리 잡고 있었다. 문간채가 있었고, 안채의 건물 형태는 전면 5칸 측면 2칸의 맞배지붕으로 되어 있었다.

문승이 선생님이 호양학교에 대해 설명해주었다.

"호양학교는 일제에 의해 개교 12년 만에 강제로 폐교되었지요. 하지만 1946년에 면민들이 세운 방광학교로 그 맥을 이어왔습니다. 그러다가 방광학교가 문을 닫게 되자, 면민들이 선현들의 우국정신을 기리고 숭고한 뜻을 이어가기 위해 호양정신선양회를 결성하여 학교 복원에 나섰다가 2006년에 그 결실을 맺었던 겁니다."

나는 답사 이전에 이미 언론 기사를 보았기 때문에 호양학교 복원사업에 대해 어느 정도 알고 있었다.

2006년 2월 21일자 '연합뉴스'를 보면, "호양학교는 일제강점기 신문화 교육을 위해 설립됐다 일제에 의해 강제 폐교된 사립학교가 86년 만에 복원됐다."고 했으며 "지난 20일 구례군 광의면 지천리에서 '호양壺陽학교 복원사업 준공식'을 가졌다."고 했다. 또 "호양학교는 구례 지역 최초 신문화 학교로 당시 담양 창평의 창평의숙과 함께 호남 인재 육성의 쌍벽을 이뤘다."고 전했다.

2006년 6월 26일자 '동아일보'의 기사를 보면, "구례군에서 3억 2천만 원을 들여 7개월 만에 학교 본 건물18.4평과 문간채5.4평를 옛 모습 그대로 복원했다."고 되어 있었다.

새로 복원된 호양학교는 침묵에 휩싸여 있었다. 그 당시에는 애국적 인사를 길러내겠다는 매천 이하 수많은 인사들의 기개가 펄펄 넘쳤을 것이며 공부하려는 학생들의 의욕에 찬 목청으로 왁자지껄했을 터였다.

나는 구례군과 호양정신선양회에서 이처럼 의미가 큰 호양학교를 복원했다는 것에 대해 찬사를 보내고 싶었다.

사실상 매천의 정신은 구례의 정신이라 해도 과언이 아니었다. 그리고 그 당시 호양학교 설립과 운영에 이바지했던 수많은 인사들의 지역사랑이나 나라사랑의 정신 또한 길이 본받아야할 일이었다. 그래서 호양학교는 단순한 건물이라기보다 하나의 성지나 다를 바 없었다.

그런데 광양의 매천 생가처럼 구례의 호양학교 역시 제대로 활용되지 못하고 있다는 점이 매우 안타까웠다.

박우동 호양정신선양회장이 "후세들에게는 충효사상과 민족의식을 고취시킬 수 있는 산 교육장이 될 것"이라고 언론을 통해 말했던 것을 모르는 것은 아니었다. 하지만 노파심에서 한마디 하자면, 역사적인 건물을 복원하는 것도 중요하지만 그 활용이 더욱 중요하다는 것을 다시 한 번 깊이 생각하고 또 실천에 옮겨주기를 바라는 마음 간절했다.

또 하나 주제 넘는 이야기를 하자면, 호양학교의 복원이 철저한 고증을 거쳤는지 궁금했다. 이 건물은 광양의 매천 생가와 달리 문화재적인 측면에서 상당한 의미를 갖고 있다고 보는 게 옳았다. 그래서 철저한 고증이 필수적으로 이루어져야 할 텐데, 안채 건물의 모든 기둥들이 사각으로 되어있다는 점이 뭔가 꺼림칙하고 이해하기 힘들었다.

안내를 해주었던 문승이 선생님께 사각기둥에 관한 이야기를 꺼내려다가 입을 다물어버렸다. 일종의 문화재라고도 볼 수 있는 호양학교의 복원에 관한 문제는 다른 분야의 사람에게 맡기는 것이 좋을 테고, 나는 매천의 발자취를 남김없이 그리고 정확히 찾아내는 게 중요했기 때문이다.

나는 '호양학교복원기념비' 앞에 서서 깊은 생각에 잠겼다.

매천이 만수동을 벗어나겠다는 생각과 신학문을 가르쳐서 애국적 인사를 길러내겠다는 결심은 어느 날 갑자기 싹텄던 것은 아닐 터였다. 그렇다면 그를 자극했거나 충동했던 크나큰 사건이나 직접적으로 영향을 주었던 인물은 없었을까?

그런 생각에 젖어 있다가, 1903년계묘년에 매천이 박朴 주사라는 사람을 통해 한 통의 편지를 받았다는 글이 떠올랐다. 그 편지는 매천이 보냈던 편지에 대해 해학 이기가 답장을 쓴 것이었으며, 그 내용은 『국역 황매천 및 관련인사 문묵췌편文墨萃編』을 보면 다음과 같이 되어있다.

소금素琴:왕사천이 올 때 혜함惠函:상대편의 편지를 높여 이르는 말을 가져와서 형의 근황이 민왕하심을 살피니 기쁩니다.

나는 수년 동안 객지에서 한갓 스스로 고통을 겪고 있습니다. 말씀하신 온교溫嶠:진나라 사람의 비유는 스스로 그 죄를 잘 알겠습니다.

다만 이제 국가의 위기가 마치 두 마리의 범이 한 고기를 다투는 것 같으니, 만약 사람이 있어 시세를 잘 타서 범으로 하여금 스스로 다투다 죽고 고기가 또 보전되도록 한다면 얼마나 좋겠습니까. 그렇게 하지 못한다면 일본에게 병합되지 않으면 반드시 아라사에게 삼키게 될 것이니, 비록 어리석은 소인도 그 두려움을 아는데 형은 임하林下에 높이 누워 담시談詩하면서 편안한 듯 지내니 그것이 일신의 계책으로서는 참으로 좋을 듯합니다만 후세의 아라사와 일본의 역사를 쓰는 자가 집필하면서 쓰기를 "모년 모월 모일 처사 황현이 죽었다"라고 한다면 어찌 영광스럽게 빛나지 않겠습니까.

그러나 저의 생각은 만족스럽지 못할 것 같습니다. 어째서 그럴까요? 나는 명예로운 처사가 되었지만 나의 모친과 처와 자손이 모두 부로俘虜:포로가 되는데 있어서는 마침내 도움이 되지 못할 것입니다. 때

문에 온교 또한 한때의 명사지만 마침내 더불어 유석劉石:유연과 석륵이라
는 사람 오호五胡 시대에 부침하면서 아무 수립한 바가 없었으니 사람들
이 그를 뭐라 하겠습니까? 내가 이렇게 한 것은 실로 일신의 계책이
되는 것이 아니요, 제물로서의 희생과 변변치 못한 음식을 논할 겨를
이 없을 뿐입니다.

슬프다! 근세 인물이 적막해서 그 스스로 세상을 경륜한다고 하는
자는 다 묵적墨翟:송나라 사상가같은 무리이고, 스스로 세상을 높이 초탈
한다고 하는 자는 모두 양주楊朱:전국시대의 사람으로 맹자는 이단으로 보고 배척했
음같은 무리입니다. 형은 양주나 묵적에게서 무엇을 버리고 무엇을 취
하겠습니까? 〈하략下略〉

나는 매천이 지인들과 주고받았던 편지 중에서 가장 의미가 깊고 영향
력이 컸던 것 두 장을 고르라면 바로 위에서 소개했던 이기가 보냈던 편
지와, 또 하나는 을사조약이 강제적으로 체결된 이후에 경재 이건승이 보
냈던 "황운경이 아직도 인간 세상에 머물고 있소? 이보경은 어리석고 미
련하여 구차하게 살아가고 있을 뿐입니다. 나라가 망했는데 아직까지 생
존해있고, 사람은 마땅히 죽어야 하는데 오히려 살아있다는 것은 다 정상
의 이치가 아니며, 동호東湖의 나무꾼도 사람을 비웃은 지 이미 오래인데
어찌 오늘까지 기다렸는가? 그러나 이미 죽지 않았으면 마땅히 깨달아
앎이 있을 것이요, 깨달아 앎이 있으면 이 글을 보고 마땅히 옛정을 일으
켜 흔연히 그 사람을 본 듯 할 것이며, 또 붓을 들어 답을 하면 이에 산 사
람의 도리가 갖추어질 것입니다……."라는 편지라고 생각하고 있었다.

물론 나의 추정에 불과하지만, 매천은 이기의 편지를 받고 큰 동요를

일으켰을 것임에 틀림없을 터였다.

  그는 『매천야록』을 집필하면서 자신의 칩거에 대한 정당성을 나름대로 부여하고 있었을 테지만 "임하林下에 높이 누워 담시談詩하면서 편안한 듯 지낸다."는 이기의 비아냥거림을 듣자마자 큰 고통을 받았을 것이다. 그리고 그 편지는 매천이 현실참여에 힘쓰도록 유도하고 부채질하는 촉매제가 되었을 것이다.

  그런데 그 편지들은 매천이 만수동에서 벗어나 월곡시대를 열고 있을 때 받았던 거였다. 그러니까 매천은 1902년 11월 19일 만수동에서 이사를 했기 때문에 그가 세상 밖으로 나오게 되었던 동기는 될 수 없고 호양학교를 세워 애국지사를 길러내게 되었던 동기로 작용할 수는 있었을 것이다.

  그렇다면 매천이 16년 동안이나 운둔생활을 했던 만수동에서 세상 밖으로 나오게 되었던 동기는 무엇이었을까?

  사람들은 해학 이기 등 지인들의 권유 때문에 밖으로 나왔다고 하지만 그건 직접적인 동기가 아닐 수 있으며, 무슨 특별한 깨달음을 얻었던 계기나 그런 영향을 주었던 인물이 있었을 게 분명했다. 그렇다면 도대체 그것은 무엇이었을까?

  나는 매천이 세상 밖으로 나오게 되었던 동기가 무엇인지 하는 의문점을 잠시 덮어두고, '호양학교복원기념비'를 바라보고 있던 친구에게 말했다.

  "구례 땅은 항일운동의 보고寶庫나 마찬가지야. 연곡사, 석주관에 이어 호양학교에 이르기까지 발길 닿는 곳이라면 어느 곳이든지 항일운동의 역사적 현장이나 마찬가지거든. 또 왕석보 문하에서 공부했던 매천 황현,

해학 이기, 홍암 나철 등이 모두 다 항일정신으로 일관했다는 것도 대단히 놀랍고 말이야."

"그래, 구례를 의향義鄕의 성지라고 칭해도 전혀 손색이 없겠다."

"나는 비과학적인 이야기를 믿는 사람은 아니지만, 구례가 의향이 될 수 있었던 것은 지리산과 백운산 정기를 제대로 이어받았던 지역이기 때문이라고 본다. 저길 봐라, 얼마나 의연한 산들이냐."

내가 손가락으로 지리산과 백운산을 가리켰다. 그 산들은 입을 꼭 다문 채 아무런 말도 하지 않았지만, 거기에 우뚝 서 있는 것 자체만으로도 믿음과 신념 그리고 애국정신을 고취시켜 주고 있었다.

나는 항일운동의 일선에 섰던 지사들만 위대하다고 생각하지 않았다. 호양학교를 건립할 당시에 전답, 현금, 가옥, 백미, 동산洞山 등을 희사하며 적극적으로 참여했던 지천리의 주민들 그리고 연곡사와 석주관 등지에서 순국했던 무명의 의병들 모두 다 소중한 항일지사들이었다.

"그런데 말이다, 호양학교에서 신학문을 가르쳤다고 하던데 그게 구체적으로 무슨 교육이었을까?"

친구가 물었다.

"호양학교 교육에 대한 구체적인 기록은 남아있지 않대. 하지만 한국교원대학교 역사교육과 김항구 교수의 논문을 읽어보면, 항일 민족의식을 고취하는 방향으로 교과목이 구성되었을 것이라고 추정할 수 있대."

김 교수의 논문집 『황현의 신문학 수용과 호양학교 설립』을 보면, 호양학교에서 사용하던 동종銅鐘:높이 37㎝, 하단 지름 20㎝에 태극기나 비천상이 선명하게 양각되어 있는 것으로 보아 항일 민족의식을 고취하는 교육이 실행되었을 것이라고 주장했다.

"그 악랄한 일제가 민족의식을 고취하는 호양학교를 그대로 두었을까?"

"놈들이 그대로 두었을 리 있겠어……."

나는 여러 가지 자료를 통해 공부했던 것을 친구에게 알려 주었다.

일제는 호양학교 설립을 전후해서 전국적으로 확산되고 있던 사립학교 교육을 통한 민족운동을 억압하기 위해 1908년 8월 26일에 칙령 제62호로 '사립학교령'이라는 것을 제정하여 공포했다. 그 결과 2년 후에는 사립학교들이 절반 이상 감소하고 말았다.

매천은 자신의 야록 '융희 2년1908년' 편을 통해 '사립학교령'에 대해 다음과 같이 기록해 놓았다.

> 학부대신 이재곤이 사립학교령을 중외中外:나라 안팎에 반포했다. 이때에 사립학교는 각 군에 다투어 일어났고, 그 교과서의 찬술도 모두 우리나라 사람들이 했다. 그러므로 나라가 망하는 것을 통분하여 모두 비슷한 내용을 서술했고, 종종 비분강개한 뜻으로 서로 감동케 했다. 그런데 왜인들이 그것을 싫어하여 이재곤으로 하여금 제재하도록 했다. 그리하여 애국이라는 말이 들어있는 교과서는 모두 거두어 소각했으며, 다시 관리들에게 교과서를 편집하게 하여 온순하고 공손한 사실만으로 책을 만들어 외우고 익히게 했다.

이런 '사립학교령'에 이어 1909년 5월에는 '출판법'이라는 것이 공포되었는데, 내부대신 박제순의 명으로 『유년필독』을 비롯한 8종의 교과용 도서에 대하여 첫 발매 금지 조치가 취해졌고, 1909년 12월에는 39종의 도서를 발매 금지, 1910년 8월에는 도합 24종의 도서를 발매 금지시켰다.

    매천의 발자취를 찾아가는 마지막 장소는 광의면 수월리 월곡마을에 있는 매천사梅泉祠였다. 호양학교에서 나와 861번 지방도를 따라 천은사 방향으로 향했다. 가는 길 우측 편에 옛 방광초등학교가 자리 잡고 있었다.
    방광초등학교放光初等學校.
    순간적인 일이었지만 '방광'이라는 단어가 우스꽝스럽게 여겨져서 숙연한 답사 길이었음에도 불구하고 웃음을 머금었다. 하지만 그 단어는 보통사람들이 생각하고 있는 인체의 기관인 방광膀胱이 아니라 '부처나 보살 등의 몸에서 나는 빛'을 뜻했다.
    일설에 따르면, 조선시대 말에 경허 스님의 제자인 수월 스님이 천은사 위쪽에 있는 암자에서 수행을 했다고 한다. 그런데 어느 날, 천은사 바로 아래에 사는 사람들이 암자에서 빛이 번쩍거리자 불이 난 것으로 착각하고 놀란 나머지 양동이를 들고 암자를 서둘러 찾아갔는데 수월 스님의 몸에서 광채가 나오는 거였다. 그런 광경을 목격한 모든 사람들이 스님을 향해 합장하고 경배했다. 그래서 방광이라는 지명이 생겨났다고 했다.
    방광초등학교는 사립 호양학교가 일제에 의해 강제 폐교된 이후 '호양정신'을 이어가기 위해 설립되었다. 학교 설립에 필요한 자재는 천은사로부터 희사 받고, 부지는 천은사와 지역 주민들에게 기부를 받았다.
    그 학교는 1946년에 개교했다가 1999년에 학생 수 부족으로 폐교되었다. 그런데 전라남도 교육감을 역임했던 정동인 선생님이 현직에 있을 때 지리산 학생 수련장으로 이용할 수 있도록 힘써서 오늘에 이르고 있었다.

지리산 학생 수련장에 잠시 들러 '호양민속학습관'을 구경했다. 그 거대한 전통 목조건물은 정면 32칸, 측면 3칸 규모의 팔작지붕이었으며, 근대문화유산 등록문화재 제 121호로 지정되어 있었다.

매천사가 위치한 광의면 수월리 월곡마을은 지리산 학생 수련장 맞은편 500m 지점에 있었다. 861번 지방도로에서 좌회전하여 마을 안으로 들어갔다.

『구례군지』에서 광의면 '수월리 월곡月谷마을' 편을 보면, "설촌 당시 '월아재'라 했다가 '월암재로 했다."고 되었으며, "그 후에 '달실'로 개칭되어 불리어오다가 1914년 행정구역 개편 때 월곡으로 개칭되어 오늘에 이르고 있다."라고 기록되어 있었다. 그러니까 매천이 그곳에 거주했을 당시에는 '달실'이라고 불렀다는 이야기가 되었다.

지리산 노고단과 천은사 골짜기에서부터 흘러내리는 월곡천에 걸쳐 있는 조그만 다리를 건너는 순간 내 가슴은 심하게 뛰기 시작했다.

월곡마을은 마치 반달이 마을 전체를 포근히 감싸고 있는 형국이었고, 마을 뒤 동북쪽의 방광저수지 제방은 제사를 모실 때 펼쳐 놓은 병풍처럼 높고 길게 드리워져 있었다. 그런 광경은 일년 사시사철 하루도 빠짐없이 매천을 배향配享하고 있는 것처럼 보여서 나도 모르게 옷깃을 여미며 엄숙한 분위기 속으로 빠져들고 말았다.

매천사는 구례군 광의면 수월리 672번지에 있었으며, 정면 3칸 측면 1칸 맞배지붕 건축물로서 전남문화재 자료 제 37호였다. 외삼문인 창의문彰義門과 내삼문인 성인문成仁門이 일직선으로 놓여 있었고, 우측 편에는 매천유물관과 황매천선생묘정비가 있었다. 그 유물관은 정면 3칸 측면 1칸의 맞배지붕으로 되어 있었다. 그런데 규모가 협소해보였고, 시설이 미비하게 느껴져서 보배로운 유물들을 제대로 관리할 수 있을지 염려가 되었다.

구례군청 문화관광과 류효숙 담당자의 연락을 이미 받았던 김종근 선생이 창의문 안쪽에서 모습을 드러내며 반갑게 맞이했다. 그는 취업센터장을 역임했으며, 문화해설사 일을 하고 있었는데, 인상이 무척이나 평온하고 점잖게 보여서 호감이 가는 분이었다.

김종근 선생을 따라 창의문 안으로 들어섰다. 좌측에 매천이 순국했던 대월헌이 있었다. 그의 설명에 따르면, 지은 지 얼마 되지 않았다고 했다.

대월헌待月軒.

고당 김규태의 7남인 창석 김창동의 붓글씨를 양각으로 조각한 편액이 걸려 있었다.

대월헌을 번역하면 기다릴 대待 자와 달 월月이라서 '달을 기다리는 집'이 되었다. 매천은 무슨 의미로 달을 기다린다고 했을까? 그가 자연을 벗 삼기 위해서 그런 택호를 지었을 리 없을 것이다.

나의 공부가 부족한 탓이기도 하겠지만, 매천의 글 어디에서도 '대월헌'에 대한 설명을 보았던 적이 없었다. 그래서 나름대로 대월헌에 대해 생각해 보았다.

예로부터 우리 민족은 달의 차고 기우는 주기에 따라 만든 역曆, 즉 태음태양력을 사용했다. 그러다가 1896년 1월 1일부터 고종의 조칙에 따라 공식적으로 태양력을 쓰게 되었는데, 현재 민간에서는 여전히 음력과 양력을 아울러 쓰고 있다. 특히 생일이나 제사는 음력을 쓰는 경우가 대부분이다. 그런데 우리의 민간에서뿐만 아니라 첨단과학시대의 과학자들도 음력에 의거하여 인공위성을 쏘아올린다고 하니 놀라울 따름이었다.

달[月]은 우리 민족의 세계관이나 인생관에 큰 의미를 주었으며, 실생활에 있어서도 불가분의 관계에 놓여 있었다.

달의 차고 기우는 과정은 우리에게 환생還生과 윤회輪廻의 사상을 안겨 주었다.

환생이란 죽은 생명체가 다시 태어나는 것을 말했다.

윤회란 불교에서 말하기를 중생이 번뇌와 업에 따라 삼계육도三界六道의 생사 세계를 반복해서 돌고 도는 것을 말했다. 그런데 이런 사상은 불교에서뿐만 아니라 소크라테스 이전의 그리스 사상가들 사이에서도 윤회전생輪廻轉生이라는 것을 주장하기도 했다.

내 생각이 억측이거나 비약적이랄 수도 있겠지만, 매천은 국운이 쇠퇴하여 망국의 길을 걷고 있는 조선의 부활을 꿈꾸며 '달을 기다리는 집'이라고 했을지도 모르겠다. 그리고 내가 광양시에 있는 매천의 무덤을 답사했을 때도 느꼈던 것이지만, 그는 차고 기우는 달을 보며 자신의 죽음이 종말이 아니라 불멸과 영생을 얻는 일이며, 기울어가는 조선을 다시 살릴 수 있는 마지막 수단으로 생각하며 순국의 길을 택했을지도 모르겠다.

내가 그런 생각에 빠져 있을 때, 문승이 선생님이 대월헌의 가장 좌측 방을 손가락으로 가리키며 말했다.

"저 방에서 매천 선생님이 돌아가셨답니다."

매천의 순국에 관한 이야기를 듣는 순간 사당 곳곳에 처연한 분위기가 감돌기 시작했다. 하지만 그의 순국은 슬픔이 아니었고, 또 슬퍼하고만 있어서 안 될 일이었다. 나와 너 그리고 우리가 그의 순국을 슬픔으로 결말짓기보다 민족의 장래를 위한 힘찬 원동력으로 치환하여야 할 것이다.

성인문 안으로 들어갔다. 창의문은 단청을 입히고 붉은 칠을 해놓았는데 반해서 성인문은 아무런 색칠도 하지 않은 상태였다.

나는 공자의 "지사志士와 인인仁人은 목숨을 유지하려고 인을 팽개치지 않고 몸을 죽여서라도 인을 이룬다."라는 말씀을 생각하며 성인문 안으로 들어갔다.

공자는 인을 가장 중시했다. 그래서 인仁을 논한 문장이 논어의 전 498장 중에서 58장이나 되고 어질 인仁 자가 무려 109차례나 나왔다.

매천은 그가 남겼던 '유자제서'의 내용처럼 인을 이루기 위해서 순국의 길을 걸었다. 그는 자신의 소중한 생명을 민족의 제단 앞에 바침으로써 영원불멸의 지사志士요 인자仁者로 거듭 태어났던 것이다.

성인문 안으로 들어갔을 때 어떤 부부가 매천사를 찾아왔다. 고희를 훌쩍 넘긴 듯해 보이는 부부가 매천사를 찾아온 이유는 무엇이었을까?

매천사 주변에는 관광지가 많았다. 그런데 남들은 잘 찾지 않는 매천사를 굳이 찾아와서 배향하려고 하는 목적이나 의미가 필히 있을 법하여 인사를 드리며 말을 건넸다.

"이곳까지 어떤 일로 오셨습니까?"

"황매천 선생의 사당에서 배향하고 싶어 찾아왔습니다."

우리는 통성명과 함께 자신의 신분이나 매천사를 찾아왔던 각자의 목적에 대해 이야기를 나누게 되었다.

그 선생님의 성함은 양병석이었다. 자신의 소개에 따르면, 대학교수로 정년퇴직을 했으며 전북 군산시 금광동에서 살고 있었다. 그런데 이목이 번쩍 뜨였던 이야기는, 1901년에서 1903년 사이에 자신의 선조가 백운산 만수동에 있는 매천의 구안실을 찾아가서 시를 짓기도 했던 적이 있다는 것이었다.

나는 매천이 만수동에서 칩거하며 지냈다는 이야기를 여러 가지 자료집에서 읽었을 뿐이고, 또 구안실과 일립정 등의 자취도 없어서 그다지 실감을 느끼지 못하고 있던 중이었다. 그런데 양병석 선생님의 이야기를 듣자마자 매우 신기하게도 당대의 만수동 모습과 여러 가지 상황들이 눈앞에 생생히 펼쳐지는 듯한 느낌을 받았다.

내가 답사 중에 양병석 선생님을 만났던 것은 크나큰 행운이고 수확이었다. 그래서 뭔가 좀더 생생한 글을 쓸 수 있을 거라는 확신과 자신감이 생겨나기도 했다.

글은 책상 앞에 앉아서 머리로 쓰는 것이 아니라 발로 써야 한다는 것이 나의 지론이었다. 작가의 상상력은 매우 풍부해서 책상 앞에 앉아서도 동서고금을 종횡무진 할 수 있다고 했다. 하지만 그런 상상력은 오류를 낳기 십상이고 상상력 또한 한정되기 마련이었다. 그래서 나는 글을 쓸 때마다 답사를 매우 중시하고 있었다.

나의 창작론에 해당되는 이야기랄 수 있는데, 자신의 지식이나 기교나 상상력만을 믿고 글을 쓰게 되면 편협해질 수밖에 없기 때문에 답사와 취재를 통해 수많은 주변 사람들의 이야기를 주워 모으는 게 매우 중요하다고 여기고 있었다. 그래서 나는 예전에 한 번 이상 다녀왔던 곳을 다시금 찾아 나섰고, 그렇게 함으로써 새로운 지식을 얻고 항간에 떠도는 이야기를 주워 모을 뿐만 아니라 바람소리 물소리도 하나도 허투루 여기지 않고 세밀하게 관찰하곤 했다.

옛날에 패관문학稗官文學이라는 것이 있었다. 그러니까 패관이라는 벼슬아치가 거리의 소문을 모으고 거기에 창의성을 곁들여 윤색함으로써 하나의 산문적인 문학형태가 만들어지게 되었다. 그것을 곧 패사소설이

나 언패라고 했다.

훗날 이런 패관문학이 점점 발전하여 오늘날의 현대소설이 되었던 것이다. 그래서 그 옛날의 패관이 거리의 소문을 모으듯, 나는 소설의 무대가 되는 지역을 발이 닳도록 누비며 이야기를 모음과 동시에 상상력을 키우고 소설을 구상하고 문학적인 감수성을 펜처럼 날카롭게 벼리곤 했다.

양병석 선생님과 매천사에서 만나 이야기를 나누었던 며칠 후의 일이었다. 그 선생님으로부터 한 통의 등기우편을 받게 되었다.

편지를 개봉하자, "참 우연한 만남이었으며, 아마도 서로 의義를 숭상하는 마음이 인연으로 작용했나 봅니다."라는 글과 함께 선생님의 선조가 매천을 만나서 지었다는 '숙백운산북만수동황매천현서숙宿白雲山北萬壽洞黃梅泉玹書塾'이라는 시의 원문에다가 번역문까지 보내주었다.

그 시의 작자는 전남 보성 출신의 백암白庵 양헌묵1848~1912이었는데, 내용은 다음과 같았다.

> 복사꽃 에워싼 깊숙한 집
> 백운산에 왔다가 처사의 초가에 찾아왔네.
> 이른 나이 영봉詠鳳에 추대하는 영예 얻고
> 늙어서는 지락이 관어觀魚에 있었네.
> 눈앞에 당할 문장가 드물고
> 기개는 강호를 덮고 학력은 넘쳤네.
> 격식에 들지도 못한 떠돌이 나그네의 시를 보고
> 부끄럽게도 양홍梁鴻 같다 칭찬하네.

그 편지에는 위의 시를 1901년~1903년 사이에 지었다고 밝혀 놓았고, 그의 선조는 보성군수 이장직, 서정철과 도관찰사 이근호을사오적 이택근의 아우이며 일제의 작위를 취득함의 학정을 탄핵하다가 오히려 보복을 당하게 되어 3년 간 몸을 피하여 유랑생활을 했다는 내력까지 적어 놓았다. 그리고 그 당시 쓴 것들을 모아 『계륵만필鷄肋漫筆』이라는 소책자를 남겼다고 했다.

그뿐만 아니라 선조가 지었다는 '과옥룡사폐지過玉龍寺廢址'와 구례 왕석보 선생의 서숙書塾에 들러 자제들을 만나보고 지었다는 '제방광면천변촌왕씨서숙題放光面川邊村王氏書塾'이라는 시도 함께 보내주었고, 당시의 '황성신문' 기사 2편도 보내주어 소설을 집필하는데 많은 도움이 되었다.

그 중에서 신축년1901년 12월과 계묘년1903년 봄에 발행되었던 '황성신문' 기사에서 당대의 부정부패와 탐관오리의 횡포에 대한 내용 일부는 각각 다음과 같았다.

서로 고을을 도피하려는 사람이 군의 경계를 지나다가 화적을 만났는데 서로 주고받는 말이 이러했다. "그까짓 화적은 걱정 마소. (탐관오리에 비하면 아무 것도 아니요.) 있으면 빼앗기고 없으면 말 것이요. 빌면 다행히 면할 수도 있고, 도망하면 벗어날 수도 있소. (무서운 것은 탐관오리요.) 무서워라, 탐관오리 무서워라. 부모처자가 춥고 굶주리고 친척과 고향을 이별하니 도둑 마음을 품지 않을 사람이 몇이나 되겠소. 탐관오리 무서워라." 라고 했다. 이렇게 말하니 듣는 사람은 풀이 죽었다.

요즈음 전라도 광주부 관하에서 아첨배가 서울로 올라와 청탁을 꾀하는 교묘한 계획을 들어본즉 관찰사 이근호 씨가 임지에 온 지 두어 달 사이에 원래 순검 정원 30명이었던 것을 그 외에 100명을 더 추가하여 정하되 매 1인당 천 냥씩 뇌물을 바치니 그 선정자의 일가친척들이 함께 두려워했는데 불과 몇 달에 빚을 갚고 치부했다. 〈중략中略〉

어떤 나그네가 서울 백아현고개를 지나다가 한 젊은 부인이 슬피 울부짖는 것을 보고 그 까닭을 물으니 그녀가 말하기를 어린 자식이 나이 겨우 세 살인데 돈 한 푼을 삼키고 죽으려고 하기 때문이라는 것이다. 나그네가 말하기를 "네 돈인가 남의 돈인가?" 하니 그녀가 말하기를 "제 돈입니다."라고 했다. 그러자 나그네가 말하기를 "괜찮다. 지금 조정에는 민영철, 이택근, 박정양 같은 이들이 남의 돈 억 십만 냥을 억지로 삼켜도 아직 뱃병이 났다는 말을 듣지 못했다. 어찌 삼켜도 좋은 제 돈 한 푼으로 죽겠느냐."라고 말하니 듣는 사람들이 모두 그 말이 정확하다고 했다.

매천은 궁중에서 국고의 낭비로 말미암아 재정이 궁핍해졌기 때문에 매관매직이 성행했고 그 결과 국운이 위태롭게 되었다고 했다. 그런데 위의 기사 2편에서 엿볼 수 있듯이 탐관오리가 성행하고, 을사오적들의 자기 보신을 위한 부정부패 행위가 항간의 소문 정도가 아니라 신문기사에 오르내릴 정도였으니 망천하망국가亡天下亡國家의 험악한 꼴을 당하지 않을 수 없었을 것이다.

철두철미한 보수주의자 매천은 위기에 빠진 나라를 구하고자 호양학교를 통해 애국적 지사들을 길러내려고 발버둥치다가 결국 경술국치를 당하게 되자 죽음으로써 부패세력들에게 준엄한 경고를 보냈던 것이다.

매천사를 찾았던 그날, 나는 김종근 선생님의 안내를 받아 매천 선생의 영정 앞에 향 한 자루 불살라 올리고 무릎 꿇어 절을 올렸다. 그리고 매천의 인쇄본 영정 위에 올려 놓은 사진틀 속의 매천을 응시했다. 세상을 바라보는 그의 눈빛이 아직도 예리했다. 그의 눈빛은 시대를 초월한 우리 민족의 영원한 등불이었다.

사당 밖으로 나오자 노을빛이 물들기 시작했다. 매천이 심었다는 오동나무가 노을빛에 물들어 있었다. 그 넓은 나뭇잎 한 장이 낙엽 되어 사당 앞마당에 떨어지자 흡사 선자禪者의 일할[-喝 : 호통소리]이나 마른하늘의 천둥벽력처럼 들려오는 듯했다. 나는 분단시대를 살아가는 이 땅의 작가로서 부끄러움을 금치 못해 고개를 살포시 숙였다.

나는 그 오동나무를 보며 이런 생각을 했다.

오동나무는 맨 처음 자란 나무를 모동母桐이라고 했다. 그 모동을 자르면 굵은 새순이 곧 나와서 자라게 되는데 그것을 자동子桐이라 했고, 자동을 자르면 또 새순이 나와서 자라게 되는데 그것을 손동孫桐이라고 했다. 그런데 오동나무는 자를수록 목질이 좋아진다고 했다.

그래서 나는 매천이 그의 야록을 통해 후세들에게 귀감이 되도록 했던 모든 글들이 오동나무처럼 세월이 가면 갈수록 더욱 생생하게 빛나고 또 세상 사람들이 소중하게 받들기를 기원했다.

옛말에 '매화는 아무리 추워도 그 향기를 함부로 팔지 않고, 오동은 천년을 묵어도 아름다운 곡조를 항상 간직한다梅一生寒不買香桐千年老恒藏曲.'라고 했다. 매천의 정신과 올곧은 목소리는 날이 갈수록 광채를 더욱 발할 것이며, 이 세상이 다할 때까지 영원할 것이리라.

제 2 장
매천, 세상 밖으로 나가다

1

　백운산 자락 북쪽 만수동의 새벽은 자욱한 물안개의 향연으로부터 시작되었다. 섬진강에서 피어오른 물안개가 강기슭을 타고 기어올라 백운산과 강 건너편의 지리산을 몽땅 뒤덮어버릴 듯하더니 산 중동쯤에서 거센 기세를 누그러트린 채 소리 없이 고였다.
　물안개는 몽환의 바다였고 망각의 늪이었다. 물안개 속에는 시간이 멈춰버리고 격동의 시대마저도 죽은 듯 잠을 자고 있었다.
　매천은 기이한 느낌이 들어 잠자리를 박차고 일어났다. 이런 시각쯤이면 만수동 골짜기에서 함께 살아가고 있는 풀벌레들이나 산새들이 새벽 어둠을 깨트리려고 저마다 조잘대고 있을 텐데 알 수 없는 정적만 감돌고 있었다.
　"지금 내가 꿈속을 헤매고 있는 것은 아닐 테지……."
　방문을 밀치고 밖을 내다보았다. 건너편에 솟구친 백운산 준령의 계족산이 여명黎明을 움켜쥐기 위하여 아등바등하고 있었다. 그 산은 아직 동이 활짝 트지 않았음에도 어제 내렸던 비로 정갈하게 씻겨서 제법 선명한 자태를 드러내고 있었다.
　매천은 계족산에 시선을 잠시 빼앗기고 있다가 여느 때와 다른 정적의 실체를 찾아내기 위해 주변을 둘러보았다. 그 순간 우두망찰하여 한 손으로 문설주를 붙잡았다. 골짜기 아래에 물안개가 가득 들어차 있었다. 만수동이 흡사 망망대해에 떠 있다거나 자신이 골짜기 안에 꼼짝없이 갇혀

버린 느낌에 사로잡히기 시작했다.

어느덧 가슴이 답답해졌고 울렁증이 솟구치고 있었다. 문설주를 붙잡은 손아귀에 힘을 주고 자리에서 일어났다.

"모든 게 지독한 물안개의 조화였군."

풀벌레와 산새들이 숨죽이고 있었던 이유를 이제야 알았다. 간혹 오늘처럼 물안개가 깔릴 때면 천지가 정적 속으로 잠기면서 환상적이거나 비현실적인 세상에 내동댕이쳐진 기분이 들곤 했다.

헛기침을 터트려 견고한 정적을 억지로라도 깨트려보려고 했으나 뜻대로 되지 않았다. 입이 바짝 말라 있었던 탓이기도 했지만 정체를 알 수 없는 무엇인가가 전신을 옥죄고 있었기 때문이다. 머리맡에 있던 자리끼를 벌컥벌컥 들이켰다.

매천은 방안이 답답하여 더 이상 있을 수 없었다. 밖으로 나왔다. 습기가 전신으로 달라붙어 얼굴이며 옷이 금세 축축해지고 말았다. 냉기가 훅 끼쳐오면서 몸이 오들오들 떨렸으나 전혀 괴의치 않았다.

그는 물안개를 이득거니 내려다보다가 사립문 밖으로 걸음을 옮겼다. 그리고 물안개가 자욱하게 깔린 아래쪽으로 서서히 내려갔다.

잠시 후, 매천이 물안개 속을 무자맥질하다가 심연으로 속절없이 빨려들어갔다. 물안개 속을 거니는 기분은 참으로 이상했다. 어쩌면 거닐고 있는 것이 아니라 물속을 헤엄치는 한 마리의 물고기가 되어버린 듯했다. 그리고 머릿속에 온통 헝클어져있던 생각들이 백짓장처럼 변해버리면서 망각의 경지로 흘러갔다.

고여 있는 듯하면서도 흐르고, 흐르는 듯하면서 고여 있는 물안개는 복잡한 생각들을 말끔히 씻어주는 것처럼 보였지만 사실은 완벽하게 뒤

덮어버리고 있었다. 그래서 하얀 물안개가 검은 장막처럼 느껴지기도 했다.

별안간 장끼와 까투리의 울음소리에 이어 깃을 치는 소리가 물안개의 장막을 찢었다. 늦잠에 빠져 있던 그 녀석들이 매천의 발자국 소리에 소스라치게 놀라 골짜기 안쪽으로 달아났다. 물안개가 호수나 바다였다면 파문이 일어났겠지만 하얀 장막은 미세한 흔들림조차 없었다.

그 순간 망각의 늪에 빠져들었거나 검은 장막으로 뒤덮여 있었던 생각들이 일제히 함성을 지르며 앞 다투어 싹을 내밀었다. 지난해 12월 8일 만수동으로 이거했을 때부터 꽁꽁 눌러두었던 생각들이 오랜 잠에서 깨어나듯 기지개를 켜며 물안개 위에 목판활자의 글자처럼 재빠르게 인쇄되기 시작했던 것이다.

매천이 발걸음을 멈추며 가느다란 신음을 흘려냈다. 발뒤꿈치로 꼭꼭 누르며 솟구치지 못하도록 아무리 노력했어도 소용없는 일이었다. 또 그런 생각들의 뿌리를 예리한 칼로 잘라버리려고 얼마나 애썼던가. 그런데 누르고 잘라버리려고 애쓸수록 그 뿌리가 점점 번지더니 온 몸을 칭칭 감았고 마침내 칼날 같은 싹들이 껍질을 깨트리며 무수히 솟구쳐 올랐던 것이다.

그는 한성부에서 거주하는 동안 망국의 징조를 수없이 보았다.

한성부 운종가에 나가면 유카타나 하카마를 입고 일본도를 찬 왜인들이 게타를 딸깍거리며 거들먹거리는 자세로 돌아다녔고, 변발辮髮을 하고 빨간색에 용무늬가 그려진 치파오[胡服]를 입은 청인들의 우글거리는 모습도 흔하게 볼 수 있었다.

임진왜란 이후에 "왜놈은 얼레빗이요, 되놈은 참빗이다."라는 소리가 나돌았는데, 그들이 조선 땅을 언제 또 샅샅이 빗질해버릴지 모를 풍전등화 같은 상황이 연출되고 있었다.

그뿐만 아니라 눈동자가 파랗고 머리카락이 노란 서양인들도 역한 냄새를 풍기며 알아들을 수 없는 소리를 지껄이고 돌아다녔다. 추금 강위가 베이징 성을 구경하면서 "머리카락과 옷이 사람 같지 않았다."고 느꼈던 바를 이야기했던 바로 그 서양인들을 조선 땅 심장부에서도 심심찮게 발견할 수 있었다. 그런 그들을 볼 때면 이곳이 도대체 어느 나라 땅인지 헷갈릴 지경이었다.

외세가 넘실거리는 가운데 개화파와 수구파의 갈등은 끝을 모르고 평행선을 달렸다. 심지어 추금 선생의 제자들마저 패가 나뉘어져 서로 으르렁대는 심각한 분열 상황은 조선의 내일을 더욱 암울하게 만들고 있었다.

그런 와중에서 임오년에는 훈련도감 군병들이 군료 미지급을 문제 삼아 피바람을 일으켰고, 그런 혼란 속에서 벌어진 대원군과 민비의 권력투쟁은 조선을 호시탐탐 노리고 있던 청과 일본에게 좋은 빌미를 제공해주었다.

군병들이 일으켰던 피바람 속에 민겸호와 김보현이 피살되어 땅바닥에 나뒹굴었고, 명색이 한 나라의 국모라고 일컫는 민비가 목숨이라도 부지하기 위해 궁녀의 옷으로 변장을 한 채 도망치기에 급급했다.

임오년과 갑신년의 변란이 일어난 후에 궁궐에서는 밤만 되면 재난이 일어날까 두려워서 매일 밤 전기등 수십 개를 아침까지 켜둔다고 했다. 전기등 하나에 소요되는 비용이 엽전 3천 꾸러미라고 했다.

결국 국가의 재정이 바닥나자 관직을 팔아 충당하는 것도 부족하여 크고 작은 과거까지 닥치는 대로 팔았으니 나라 돌아가는 꼴이 엉망진창일 수밖에 없었다.

매천은 한때 나는 새도 떨어트릴 만큼 권세가 대단했던 민겸호의 비참한 최후를 생각하다가 그의 아들 민영환의 얼굴을 떠올렸다.

"허허, 아버지와 아들이 한 핏줄이건만 어쩌면 그렇게 다를 수 있더란 말인가."

민영환은 당대 제일의 권문세가인 민씨 일가의 인물이었는데, 민겸호의 아들이었으며 민비의 조카였다. 그런데 민영환은 권문세가인 민씨 집안 대부분의 사람들과 전혀 다른 모습을 보여주었다.

그는 어린 나이로 동부승지를 맡고 있다가 임오군란이 일어났던 해에는 성균관 대사성에 올랐던 인물이었다. 매천은 이건창의 소개로 민영환과 대면했던 적이 있었는데, 총기가 넘치는 젊은이였고 정의감에 불타는 눈동자를 갖고 있었다.

민영환은 아버지가 피살되자마자 벼슬을 버리고 3년 간 거상居喪했다. 그 후, 풍문으로 듣자하니 이조참의에 임명되었으나 세 차례에 걸친 사직 상소를 올리며 관직에 나서지 않았다가 결국 관계로 나와서 약관의 나이에 도승지, 이조참판을 거쳐 한성우윤을 맡고 있는 중이라고 했다.

"세상 참 야릇한 법이로고. 하지만 계정 민영환 같은 참한 인물이 있어서 종묘사직이 아직도 지탱되고 있는 것일 게야."

매천이 혼잣말로 중얼거렸다.

그는 광양 봉강에서 만수동으로 이거하면서 세상사 돌아가는 일을 모르쇠로 일관하겠다고 마음먹었다. 그뿐만 아니라 "지금부터 맹세코 어초를 싫어하지 않으리라."고 외치면서 초야에 묻혀 농사를 짓고 시를 지으면서 오래 전부터 착수했던 야록이나 성실하게 기록할 작정이었다.

그런데 나라가 어지럽고 종묘사직이 위태로운 상황들만 눈앞에 자꾸 아른거려서 몸은 만수동에 있었지만 자신도 모르게 모든 감각은 나라 안팎 사건들의 추이에 신경이 쏠리곤 했다. 더군다나 오늘은 자신이 예전에 생생하게 목격했던, 한성부에서 벌어졌던 온갖 사건들이 걷잡을 수 없이 떠오르자 혼란스럽기 그지없었다.

하지만 민영환의 모습이 떠오르자 갈피를 어느 정도 잡을 수 있었다. 아니, 어쩌면 민영환 같은 인물을 일부러 떠올림으로써 안정을 취해 보려고 애썼던 것인지도 몰랐다. 그만큼 민영환은 믿음직스러운 인물 중의 하나였다.

훗날 일이지만, 민영환은 을사늑약이 체결되자 조병세와 함께 백관을 인솔하여 대궐에 나아가 반대했고 마침내 대세가 기울었음을 느끼고 '이천만결고동포二千萬訣告同胞'와 고종 및 주한 외국사절에게 보내는 유서 3통을 남기고 자결하고 말았다.

민영환의 '이천만 동포에게 드림'이라는 글의 내용은 다음과 같았다.

오호라, 나라와 민족의 치욕이 이 지경에까지 이르렀구나. 생존경쟁이 심한 이 세상에서 우리 민족이 장차 어찌 될 것인가. 무릇 살기를 원하는 사람은 반드시 죽고 죽기를 기약하는 사람은 살아나갈 수 있으니, 이는 여러분들이 잘 알 것이다.

나 영환은 한 번 죽음으로써 황은皇恩을 갚고 우리 2천만 동포 형제들에게 사謝하려 한다. 영환은 이제 죽어도 혼은 죽지 아니하여 구천에서 여러분을 돕고자 한다.

바라건대 우리 동포 형제여, 천만 배나 분려奮勵를 더하여 지기를 굳게 갖고 학문에 힘쓰며, 마음을 합하고 힘을 아울러 우리의 자유 독립을 회복할지어다. 그러면 나는 지하에서 기꺼이 웃으련다.

오호라, 조금도 실망하지 말지어다. 우리 대한제국 2천만 동포에게 마지막으로 고하노라.

매천은 민영환의 순국 소식을 들었을 때 '오애시五哀詩'를 통해 "을사년 시월의 변고에 재상 조정승 이하 삼공이 이에 순절했다./나는 이 소식을 듣고 감격하여 흠모하고, 옛 사람두보의 '팔애시'를 모방하여 시를 지었다./널리 최면암에 이르러서는 이를 바라보았다./이영재에 이르러서는 지금의 인물들이 보잘것없어 이를 추모하고 생각한 것이다.//"라며 '민보국 영환閔輔國 泳煥'의 충절을 추모했다.

충정공 민영환이 자결하고 8개월이 지난 1906년 4월에 쉽사리 믿어지지 않을 만큼 괴이한 사건이 발생했다. 충정공의 피 묻은 옷을 간직했던 마루에서 대나무가 솟아올랐던 것이다.

그런 광경은 김은호 화백, 김우현 목사 등 목격한 사람들이 많았다고 하는데, 충정공의 피를 먹고 대나무가 솟아났다는 이른바 '혈죽사건'은 당시 언론에도 보도되어 큰 화제를 몰고 왔다.

1906년 7월 5일자 '대한매일신보'에는 "공의 집에 푸른 대나무가 자라났다. 생시에 입고 있었던 옷을 걸어두었던 협방 아래에서 푸른 대나무가 홀연히 자라난 것이라 한다. 이 대나무는 선죽과 같은 것이니 기이하다."라는 기사가 실렸다.

매천의 '혈죽'이라는 시에서는 34개의 이파리라고 했으나, 일설에 따르면 충정공이 순국할 때의 나이와 같은 숫자인 45개의 이파리가 푸른 대나무에 달려 있어서 사람들은 더욱 신기하게 여겼다는 소문이 나돌기도 했다.

일제는 '혈죽사건'이 조작된 것이라며 증거를 잡으려고 악착스럽게 굴다가 결국 잡아내지 못하고 그 대나무혈죽를 뽑았는데 쑥 뽑혔다고 했다. 만약 뿌리를 통해 번식했던 대나무라면 쉽게 뽑혀 나올 리 없었을 것이다.

이런 '혈죽사건'이 한동안 잊혀졌다가 다시 세상의 이목을 집중시키게 되었다. 그러니까 광복 이후, 일제가 뽑아버린 대나무를 고이 수습한 충정공의 부인 박수영 씨에 의해서였다.

박씨는 혈죽을 자줏빛 보자기로 싸서 폭 8cm, 길이 50cm 정도의 나무상자 속에 넣어 보관해오다가 1962년 고려대 박물관에 기증했다. 고려대 박물관에는 혈죽과 1906년 7월 15일 일본인 사진기사 기쿠다가 촬영한 사진이 전시되어 있다.

아무튼 훗날 구례 광의면 월곡마을에서 '대한매일신보'를 통해 충정공 민영환의 '혈죽사건'을 알게 되었던 매천은 그의 나이 46세 때 '혈죽血竹'이라는 칠언고시 1수를 지어 추모하기도 했다.

매천이 혼란스러운 머릿속을 깨끗이 정리해보려고 도리머리를 했다. 하지만 복잡한 생각들이 찰거머리처럼 달라붙어서 떨어질 줄 몰랐다.

매천은 헝클어진 마음을 달래보려고 쌈지에서 담배를 꺼내 곰방대에 채우고 부싯돌로 불을 붙였다. 보랏빛 담배연기가 물안개에 섞여 흔적도 없이 사라지곤 했다. 그럴 때마다 마음이 조금씩 차분해지기는 했으나 쉽사리 안정되지는 않았다.

"거참, 대단한 물안개로구나. 물안개야, 더욱 피어올라라! 하늘 끝까지 피어올라 이 세상 모든 것을 완벽하게 덮어버려라!"

매천의 목소리는 흡사 상처 입은 짐승의 울부짖음 같았다. 그 외침에 따라 응어리진 것들이 어느 정도 빠져나갔는지 가슴이 그런대로 시원해졌다.

잠시 멈춰 있었던 그가 다시금 발걸음을 옮기기 시작했다. 지난해에 만수동으로 들어오면서 식수 해결을 위해 파놓았던 옹달샘과 그 옆에 심어놓았던 몇 그루의 매화나무가 있는 곳으로 가보고 싶었다.

옹달샘 부근에도 물안개가 자욱했다. 그런데 그 물안개 속에 누군가의 모습이 박혀 있었다.

'이른 새벽에 누구일까?'

매천이 고개를 갸웃거리며 걸음을 재촉했다. 부인 해주오씨가 옹달샘에서 물을 긷다가 손이 시린지 입으로 호호 불고 있었다. 봄이 왔다고 하지만 깊은 산중이라서 아직 물이 차가울 터였다. 아마 살얼음을 깨트리고 물을 길러야했을지도 몰랐다.

가슴이 뭉클해져서 걸음을 멈추고 말았다. 가마 타고 시집오던 날, 백운산 새재를 넘을 때 솔숲을 스쳐지나가는 바람소리 한 아름 보듬고 오더니 이젠 생활고 때문에 그 솔바람소리인 양 한숨만 내쉬며 살아가는 아내였다.

해주오씨의 어여뻤던 모습은 애옥살이에 찌들려 어느덧 아궁이의 부지깽이처럼 변해버렸고, 가족들을 뒤치다꺼리하느라 섬섬옥수는 이미 대나무로 만든 갈퀴가 되어 있었다. 그리고 날이면 날마다 눈만 뜨면 논밭으로 달려갔고, 밤이면 밤마다 질긴 목숨 줄을 이어가듯 베틀에 앉아서 길쌈을 했다.

해주오씨가 물을 긷고 나서 옹달샘을 향해 고개를 수그리며 비손을 하기 시작했다. 매천은 그 비손이 무엇을 염원하고 있는지 잘 알고 있었다.

해주오씨도 부모님들처럼 매천이 과거에 장원급제하여 삼현육각을 울리며 당당하고 의젓한 모습으로 돌아오기를 학수고대했을 것이다. 그런데 한 번도 그런 속내를 드러낸 적이 없었으며, 만수동 골짜기로 이사했을 때도 언짢은 내색 없이 묵묵히 뒤따라오기만 했다.

비손이 끝날 즈음, 매천이 헛기침을 터트렸다. 인기척에 놀란 해주오씨가 뒤돌아서서 두리번거렸다. 매천이 물안개를 털어내며 밖으로 걸어나왔다.

"밤새 무고하셨는지요?"

"부인은 편안했소이까? 물을 길러 나왔던 모양이구려. 날이 완전히 샌 다음에 물을 길러 나와도 될 텐데요."

"도련님께서 천변마을에 다녀올 일이 있다고 해서 새벽밥을 안치려고 합니다."

"계방이 무슨 일로······."

매천이 말을 중단했다. 계방은 매천과 열다섯 살 차이가 나는 동생 황원의 자(字)였다. 매천은 황원이 무슨 일로 천변마을에 가느냐고 물어보려다가 잠시 잊고 있었던 것이 생각나서 입을 다물었던 것이다.

지난밤 매천이 야록을 정리하던 중에 근래에 나온 '조보(朝報)'와 '한성주보'를 보고 싶어서 황원에게 천변마을에서 살고 있는 종형 황담에게 다녀오도록 심부름을 시켰던 적이 있었다.

'조보'는 승정원에서 발표하는 자료들을 각 관청의 기별서리(奇別書吏)들이 손으로 베껴서 서울과 지방의 각 관청과 양반층에게 보내는 것이었다. 그 내용은 관보적인 성격으로 국왕의 동정과 관리의 임면 등이 대부분이었으나 일반 사회기사의 성격을 띤 것도 함께 실었다.

'한성주보'는 박문국에서 발간했던 '한성순보'가 갑신정변으로 폐간되고 나서 14개월 만인 지난해1986년 1월 25일에 창간된 신문이었다.

매천은 만수동 산골짜기로 들어오고 나서 마음은 그런대로 편했으나 세상 돌아가는 것을 알지 못해 답답했다. 그래서 자신이 직접 바깥으로 나가서 조보와 신문을 빌려오거나 떠도는 소문들을 수집해오곤 했지만, 그게 여의치 않을 때는 황원이 바쁘게 오가며 그런 일을 대신 도맡아서 했다.

"매화가 피었습니다. 벌써 며칠전의 일입니다."

해주오씨의 목소리였다.

매천은 그 이야기에 코를 킁킁거리며 매화나무 심어놓았던 곳으로 걸음을 재빨리 옮겼다. 물안개에 섞인 매화향기가 코끝에서 낑낑거렸다. 지난해에 심어놓았던 매화나무에서 꽃이 핀 것이 분명했다.

매화나무 가지에 물안개가 걸려 있었으나 쌀알 같은 꽃망울이나 더러 꽃잎이 벌어져 있는 모습이 확연하게 드러났다.

매화는 온갖 꽃을 물리치고 이른 봄에 가장 먼저 피어나서 '화형花兄'이라는 칭호를 받는다더니 그 말이 틀린 게 아니었다. 만수동의 푸나무서리들이 헐벗은 채 새싹의 옷을 아직 입기도 전인데, 매화는 고고하게 빙기옥골의 자태를 선보이고 있었다. 눈이 번쩍 뜨이고도 남을 일이었다.

그런데 매천은 매화를 보면서 그윽한 향기나 세속을 초월한 듯한 자태보다 올곧은 선비정신을 떠올렸고 진정한 군자를 생각했으며 우국충절을 다짐했다. 그리고 그 매화가 너무나 보배롭게 느껴져서 감히 만져보지도 못하고 두 손으로 감싸듯하며 지켜보았다.

매천이 한참이나 매화를 바라보다가 눈을 돌렸다. 해주오씨는 어느 틈에 물동이를 이고 집안으로 들어 가버려서 보이지 않았고, 옹달샘에서는 김이 모락모락 피어오르고 있을 뿐이었다.

입이 바짝 말라있어 표주박으로 물을 떠서 한 모금 삼켰다. 달고 시원한 물이 식도를 타고 백운산의 맑은 개울물처럼 흘러내려갔다. 그렇게 흘러가는 모습이 눈에 생생하게 보이는 듯했다.

그는 손에 든 표주박을 한참이나 내려다보며, 예전에 혼례를 치렀을 때 합환주를 마셨던 추억에 사로잡혔다. 그날, 신랑 신부가 대작을 한 뒤 두 표주박을 합쳐 신방에 매달아 놓았다. 그런데 부인 오씨는 그 표주박에 고생을 퍼 담은 채 지금껏 살아오고 있었다.

매천이 옹달샘에서 눈을 돌려 매화나무를 다시금 바라보다가 뭔가 번득이는 생각이 있어서 눈빛을 반짝거리며 소리쳤다.

"그렇지!"

우국충절을 의미하는 매화와 끊임없이 솟구치는 옹달샘은 아주 의미있는 조화를 보여주고 있었다.

"지난밤 형님 방에 등잔이 늦도록 켜져 있는 것을 보았습니다. 그런데 일찍 기침하셨군요."

황원의 목소리였다.

매천이 뒤돌아보았다. 아우가 괴나리봇짐을 둘러메고 행전을 질끈 동여맨 채 길 떠날 채비를 단단히 하고서 아래쪽으로 내려오고 있었다. 그의 나이도 벌써 열일곱 살이나 되어 이젠 혼기를 맞이하고 있었다.

"천변마을 종형에게 가려나보구나."

"그렇습니다."

"물안개가 자욱한데 좀 기다렸다 가지 않고서."

"세상이 칠흑처럼 어두워서 길을 찾기 힘들는지는 몰라도 저런 물안개쯤이라면 아무런 문제없습니다. 일전에 천변마을 종형에게 빌려서 가져다드렸던 조보와 한성주보를 읽어보고 알았던 것인데요, 조선의 거문도를 놓고 영국, 소련, 청국 등이 서로 자기의 영토처럼 야단법석을 떨더군요. 장차 이 나라가 어떻게 될 것인지 앞길이 캄캄합니다."

황원이 을유년1885년에 벌어졌던 거문도사건을 거론하며 입맛을 쩍 다셨다.

매천은 그런 이야기를 듣지 못한 사람처럼 화제를 다른 방향으로 돌렸다.

"계방아, 내가 방금 자호自號를 매천으로 지었는데 어떻게 생각하느냐?"

"혹시 매화나무 매梅 자에 샘 천泉 자를 써서 우국충절이 샘솟듯 하겠다는 뜻은 아닌지요?"

"그래, 제대로 보았구나. 바로 그것이야."

매천이 환하게 웃으며 발밑의 옹달샘과 근처에 심어 놓았던 매화나무를 가리켰다.

황원이 고개를 돌려 매화나무를 심어놓은 곳을 응시하다가 꽃망울이 매달려있는 것을 발견하고서 얼굴을 활짝 폈다.

"형님, 매화 향기를 맡으니 기분이 상쾌해지고 힘이 철철 솟구칩니다. 단숨에 천변마을까지 달려갔다 오고도 남을 듯합니다. 그럼 다녀오겠습니다."

황원이 골짜기 아래로 내려가기 시작했다.

매천은 아우가 골짜기 아래로 내려가는 뒷모습을 물끄러미 바라보았다. 집안의 늦둥이로 태어나서 걱정이 많았는데, 어느덧 장성했으며 학문까지 열심히 갈고닦아 가리사니를 완전히 깨우친 모습을 보니 대견스럽기만 했다.

아우가 물안개 속으로 자취를 감추었다. 매천은 아침식사 전에 밭을 일구어야겠다는 생각으로 농기구가 있는 헛간을 향해 걸어가기 시작했다. 그는 만수동에 들어오면서부터 농부들처럼 직접 땅을 갈고 밭을 매며 농사일에 매달리기 시작했다. 그렇게 하지 않으면 식솔들의 호구지책을 마련할 길이 없었다.

매천이 몇 걸음 움직였을 때 물안개를 뚫고 아우의 목소리가 들려왔다.

"형님, 문하에서 공부하겠다는 사람들이 많은데 담취헌이 비좁아서 어떻게 합니까? 글방을 지어야 할 텐데 그럴만한 여유도 없고 말입니다. 이번 내려가는 길에 종형에게 상의해보고 오겠습니다."

매천이 그 소리를 듣고 걸음을 우뚝 멈췄다.

담취헌潭翠軒이란 가족들이 살고 있는 삼간초옥의 택호였다. 그런데 너무나 비좁은 공간이라서 글방으로 도저히 쓸 수 없었다. 그런데 얼마 전부터 문하에서 공부하겠다고 찾아오는 사람들이 생겨나기 시작하면서 걱정거리가 생겨났던 것이다. 마음 같아서는 당장이라도 그럴싸한 글방이라도 하나 짓고 싶었지만 가난한 형편이라서 그럴 수 없다는 것이 가슴 아팠다.

구례읍성은 다른 지역의 읍성과 달리 방형方形의 성곽을 갖고 있었다.

그래서 초행자가 네모반듯한 성곽을 보게 되면 특이한 모습에 어리둥절하여 한참이나 구경을 하다가 성문 안으로 들어가곤 했다.

그 읍성은 봉성산을 배경으로 하여 동쪽에 자리 잡고 있었다. 읍성의 북쪽에는 백련천이 흘러 서시천으로 유입되었고, 동쪽에는 서시천이 성곽을 감싸고 흐르다가 섬진강으로 유입되었다. 섬진강은 서쪽에서 동쪽으로 흐르고 있어서 두 개의 하천과 하나의 강이 구례읍성의 자연적인 해자垓字:성 주위를 둘러 웅덩이를 깊게 파서 물을 채우고 외부 침입을 용이하지 못하도록 한 장치 역할을 해주고 있었다. 그리고 읍성문은 동서남북으로 나 있었는데, 그 중에서 남문인 영주문瀛洲門에는 다락집을 만들어서 '남휘루覽輝樓'라고 불렀다.

읍성 안에는 객사와 동헌 등의 건물이 들어서 있었는데, 1616년에 순천부사를 역임했던 지봉 이수광이 이 객사를 보고 "두류산 만 길이나 층층이 하늘에 꽂혔고/작은 집이 평림平臨하여 샛길로 통하였는데/고을의 마을이 오래 한가해 정사를 쌓았다고 들었는데/화려하게 높이 읊게 하니 시 공부가 되었네./나그네가 오면 밤 달에 거문고 가락 속에서/사람은 봄바람이 있어 고무鼓舞 중인데/시내에는 아름다운 물고기가 있고 산은 붉게 아름다우니/또한 관황官況이 아직 어렵지 않음을 알겠네.//라고 읊었던 적이 있었다.

매천이 영주문 앞 주막에서 만나기로 했던 사람들을 기다리는 동안 막걸리 몇 잔을 연거푸 들이켰다. 처음에는 갈증이 해소되고 시장기를 면하게 해주는 듯하더니 속이 금세 활활 불타올랐다.

아침 일찍 만수동을 떠나 시목나루에서 섬진강을 건너 여기까지 걸어

오느라 시장기가 발동했던 탓에 술기운이 빨리 올랐다.

　술청에는 한 패거리의 손님들이 막걸리 잔을 주고받으면서 나지막한 목소리로 이야기를 나누고 있었다. 그들은 농부가 대부분이었지만 선비 차림을 한 사내들도 끼어 있었다.

　매천이 그들을 흘낏 살펴보았다. 대낮부터 술잔을 기울이고 있다는 것이 특이했고, 목소리를 낮춰 이야기하고 있는 것도 의아스러웠다. 하지만 대수롭지 않은 일로 여기고 눈을 지그시 감은 채 이러저런 생각 속으로 빨려 들어갔다.

　근래에 매천의 머릿속을 가장 강렬하게 지배하고 있는 사람은 조선시대 정조 때의 학자요 문신이었던 다산 정약용이었다. 그는 정조 때 등과하여 승지와 병조참의 벼슬에 올랐는데, 친형인 정약종의 옥사獄死에 연좌되어 전라도 강진으로 귀양 갔다가 19년 만에 풀려났던 인물이었다.

　매천이 정다산을 흠모했다. 그 이유는 유배지에서 지내는 동안 민생국계民生國計:백성을 살리기 위한 나라의 계책에 마음을 두고 저술했던 『목민심서』, 『흠흠신서』, 『방례초본』 등이 심오하며 현실에 매우 필요한 서적들이며 후세에 법으로 삼을 만한 것들이었기 때문이다.

　매천은 만수동에 들어온 후, 농사를 직접 지었고 농부들과 어울려 수많은 대화를 나누기도 했다. 그러는 동안에 연암 박지원과 다산 정약용이 집필했던 서적들을 매우 소중하게 여겼다. 그리고 실학사상인 '살사구시', '경세치용', '이용후생'에 대해 깊이 생각하고 실천적인 모습을 보이기도 했다.

　'다산 선생님은 명나라와 청나라의 실학자들보다 더 훌륭한 분이셨어. 정말이지 동방에서 전무후무한 분이었거든.'

매천이 그런 생각을 하며 풍문으로 떠돌았던 정다산에 대한 이야기를 되새겨보았다.

조선시대 후기의 명재상으로 이름을 날렸던 이강산이 대궐로 들어갈 때 어떤 소년이 책을 한 짐 짊어지고 북한사北漢寺로 가는 것을 보았다. 그런데 10여 일이 지나서 이강산이 고향으로 돌아가는 길에 지난번의 소년을 또 만나게 되었는데 역시 책 한 짐을 짊어진 모습이었다. 그래서 괴이하게 생각되어 소년에게 물었다.

"자네가 누구이기에 책은 읽지 아니하고 소란을 피우며 왔다 갔다 하는고?"

"읽기를 이미 마쳤습니다."

"뭐라고! 그렇다면 짊어지고 있는 책이 무엇이던고?"

"강목입니다."

"어허, 강목을 어찌 10여 일 동안에 다 읽을 수 있더란 말인가. 그게 정말인가?"

"그렇습니다. 이 자리에서 암송할 자신도 있습니다."

소년이 다부지게 말했다. 그래서 이강산이 강목 한 권을 뽑아 시험해보았더니 소년은 강목을 줄줄 외우는 거였다. 그 소년이 바로 정다산이었다. 세상 사람들은 정다산의 기억력이 매우 뛰어나서 장유張維에 비유했다. 장유는 문장이 매우 뛰어나서 조선시대 중기의 사대가四大家로 꼽혔던 인물이었다.

매천이 정다산을 생각하고 있을 때, 술청에 있던 패거리들이 나누는 대화가 우연찮게도 들려왔다. 그들이 처음에는 나지막하게 대화를 하고 있어서 소리가 들리지 않았는데 뭔가 의견 충돌이 생겼는지 목청이 약간

높아졌던 것이다.

"그게 정말이지?"

"그렇다니까 글쎄. 주문을 외우면서 칼춤을 추고 영부를 불에 태워, 그 재를 물에 타서 마시면 배고픔을 면할 수 있고, 아픈 자는 병이 나아 장수하게 된다는 것이네."

"에이, 설마 그런 신통방통한 술법이 있을라고. 그 주문이라는 게 도대체 뭔가?"

"어허, 이 사람이 속고만 살았나. 오늘 이 자리에 어렵사리 참석하신 기 교강께 물어보시게나. 내 말이 어디 한 군데라도 틀렸는가 말이지."

농부 차림의 사내가 선비 차림의 사내를 턱짓으로 가리켰다. 그가 기 교강이었던 모양이었다.

"내 동무가 했던 이야기가 진짜이시우? 아거, 그런 신통방통한 술법이 있다면 나도 좀 알려주시구려. 세상이 어수선하여 필요 이상으로 오래 살고 싶은 생각은 없소이다만 지긋지긋한 배고픔을 면할 수 있다면 무슨 짓이든 못하겠소. 어서 좀 가르쳐주시구려."

농부가 기 교강이라는 사내에게 채근했다. 그러나 그는 입을 굳게 다문 채 상대를 뚫어지게 바라볼 뿐이었다.

"왜 대답이 없으시우? 대가를 내놓아야 알려주겠다는 것이우? 배고픔을 면할 수 있는 술법을 배우는데 도대체 얼마나 드리면 되겠수?"

매천이 방금 말했던 농부의 입성을 흘깃 보아하니, 경제적인 여유가 별로 없을 법했다. 그런데도 고의춤을 뒤적거리며 돈 찾는 시늉을 했다.

잠시 입을 다물고 있던 기 교강이 나지막하면서도 힘 있는 목소리를 냈다.

"시천주조화정 영세불망만사지. 지기금지 원위대강."

"지금 중얼거렸던 것이 배고픔을 면할 수 있게 해준다는 술법의 주문이라는 거요? 에헤, 귀신 씻나락 까먹는 소리 같소이다. 도대체 그게 무슨 뜻을 갖고 있는지 정확히 알려주시구려."

농부가 비웃음 섞인 목소리를 내더니 술잔을 벌컥벌컥 들이켰다.

매천은 기 교강이라는 사내의 정체를 알아차릴 수 있었다. 그가 중얼거렸던 주문의 뜻을 굳이 알아보자면 "각자는 각자에게 한울님을 모시고 있고 각자가 모신 한울님을 잘 섬기라는 것인데 그 방법은 각자가 자기에게 주어진 역할과 본분에 충실하라."였다.

그리고 기 교강이라는 자는 성이 기씨이며, '교강敎綱' 이란 이름이 아니라 동학의 포주와 접주 밑에 '육임六任' 이라는 직책 중의 하나임에 틀림없었다.

동학의 조직 체계를 맨 위부터 이야기하자면 대도주와 도주가 있고, 그 밑에 대접주와 접주 그리고 포주가 있었다. 그 밑에는 육임이라고 하여 교장, 교수, 교집, 교강, 대중, 중정을 두었다.

동학은 매천이 태어나고 나서 5년 후인 1860년철종 11 최제우에 의해 창도된 신흥종교였다.

최제우崔濟愚.

그는 경주사람으로 호가 수운이었으며 초명은 복술이나 제선이라고 했다. 그는 어려서부터 경서와 사기를 공부하다가 1844년부터 구도행각에 나섰다. 그리고 그리스도교적 영향과 유불선의 장점을 융합하여 '시천주 사상' 을 핵심으로 한 '인내천 천심즉인심' 의 교리를 완성하고 동학을 창시했던 인물이었다.

그는 농민, 천민, 유생에 이르기까지 광범위한 계층에 동학을 전파했으며, 각 지방에 접소接所를 설치하고 접주를 두어 관내의 교도를 관장하게 만들었다. 그리고 최시형崔時亨을 북접 대도주로 앉히고 도통을 계승하여 교주로 삼았다.

최제우는 1864년고종1에는 각 접소를 순회하던 중에 동학을 사학邪學으로 단정한 정부에 의해 체포되어, 사도난정邪道亂正의 죄목으로 처형되었다.

매천은 자신의 야록에 이런 기록을 남겼다.

> 처음에는 최복술을 제우라고도 불렀다. 이미 처형당했는데도 그의 조카 시형이 보은 산중에 잠복해있으면서 몰래 서로 견습시켜 그것을 동학이라 불렀다. 앞으로 큰 난이 있을 것이라는 와언을 퍼뜨리면서 동학이 아니고서는 살아날 수 없다고 했다. 진인이 나와서 도읍을 충청도 계룡산에 정하고 장수와 재상이 하늘의 명을 받아 임금이 될 사람을 도우니 모두 동학교인 중에서 나온다 하고 전전하면서 선동을 하여 권유했다. 어리석은 백성들은 포악한 정치의 괴로움을 참지 못하고 드디어 흡연히 응하여 양호兩湖지방에 가득했다. 〈하략下略〉

그동안 매천은 부정부패와 붕당이 나라를 망친 요인으로 보았다. 그리고 조선왕조는 일찍이 유학을 근간으로 해서 발전해왔는데 붕당으로 인하여 유학이 쇠락하게 되었고 그런 틈을 타서 서학西學:서양사상과 문물을 말하며 좁은 의미로는 천주설 혹은 천주교를 뜻함이 들어와 나라가 더욱 어지러워졌다고 여기고 있었다.

이처럼 서학의 세력이 날로 팽창하여 그 이질적인 사고와 행동이 우리 전통적인 것과 서로 충돌을 일으키게 되자, 최제우가 서학에 대처하여 민족의 주체성과 도덕관을 바로 세우고 국권을 튼튼하게 다지기 위해서는 새로운 도道가 필요하다고 판단하여 동학을 창도했던 것이다.

그런데 매천은 동학도 서학과 마찬가지로 불온한 집단으로서 민심을 현혹시키는 사교邪敎로 보고 있어서 동학도들을 마뜩치 않게 생각하고 있었다. 특히 그들이 유교적 윤리와 질서를 부정하고 있어서 보수적인 유학자였던 매천이 좋아할 턱이 없었다.

"어험, 모다 농사일이 바쁘실 텐데 어쩌려고 이러는지 모르겠네. 그런 알량한 주문이나 외운다고 해서 농사가 저절로 되기나 할까?"

매천이 허공을 쳐다보며 중얼거렸다.

"방금 뭐라고 했나? 알량한 주문이라고 했나?"

기 교강 옆에 바투 앉아 있던 덕대가 우람한 사내가 술청에서 벌떡 일어서더니 싸늘한 눈빛을 쏘아댔다.

"어허, 우리의 풍속에 나이와 지체가 서로 비슷하면 반드시 '상相' 자로 부르는 법이외다. 처음 보는 사람들일 경우 갑甲이 '내가 당신과 가히 상경할 수 없겠소?'라고 묻는 것을 청붕請朋이라 하고, 을乙이 '좋소.'라고 승낙하는 것을 허교許交라 하지요. 그러니까 반드시 청붕과 허교한 후에 비로소 친구로 인정되는 법이올시다. 그렇지 않으면 서로 공경恭敬할 따름이지요."

매천이 하대 투로 말하는 사내를 은근히 꾸짖었다.

"이런, 이런, 글줄 깨나 읽은 모양이구먼. 그런데 장작개비 하나 제대로 못 이길 주제에 뭘 믿고 화엄사 큰북처럼 큰소리를 탕탕, 치는지 모르겠구나. 어디 내 손맛이 얼마나 매운지 맛봐야 정신을 차리겠느냐."

사내가 눈알을 부라리며 금세 달려들 것 같은 자세를 취했다. 그의 말이 전혀 틀리지는 않았다. 체구가 왜소한 매천은 누가 보아도 전형적인 책상물림이었다. 그런데 겁 없이 시비조로 나왔으니 사내가 얕잡아볼 수밖에 없었을 터였다.

매천은 사내의 위협에도 기세를 전혀 누그러트리지 않았다. 그리고 상대가 여전히 하대 투로 말하자 그 역시 하대로 맞받으며 카랑카랑한 목소리를 쏟아냈다.

"유익한 일은 일각도 멈추지 말고 무익한 꾸밈은 일호一毫도 도모하지 말라고 했거늘, 요사스러운 주문으로 장작개비 하나 움직일 수 있겠느냐 보리알 하나 싹을 틔울 수 있겠느냐. 만약에 영세무궁永世無窮하고 싶다면 열심히 노력해야지 그런 주문으로는 재대로 아니 되는 법이야. 암, 그렇고 말고."

"어허, 한 주먹감도 못 되는 주제에 섬진강 붕어처럼 입만 살아서 나불거리는구나."

사내가 소매를 걷어붙이며 술청 아래로 내려오려고 했다. 일촉즉발의 상황이었다. 그런데 기 교강이 사내를 붙잡아 만류한 뒤에 매천에게 말을 건넨다.

"어디에 사시는 뉘시옵니까?"
"만수동의 백운산인이라고 하외다."
"아!"

기 교강이 상대가 누군지 알겠다는 표정을 지었.

그때 주막 안으로 왕사찬과 유제양이 들어왔다. 앞서 들어왔던 왕사찬이 소매를 걷어붙이고 있던 사내를 발견하고 나서 분위기를 금세 파악했던 모양이었다. 곧장 준엄한 목소리로 사내를 꾸짖었다.

"어허! 감히 어느 누구 앞에서 힘자랑을 하겠다고 나섰더란 말인가. 무슨 사달이 벌어졌는지 모르겠지만 썩 물러서지 못하겠는가."

"예, 어르신."

기세등등했던 사내가 왕사찬의 호통을 맞고 된서리 맞은 남새처럼 변해버렸다.

"소천이 아니시오. 그리고 이산이 여기까지 어인 일이시오?"

기 교강이 사내 대신에 나섰다. 그러자 유제양이 왕사찬을 살짝 잡아당기고 앞으로 나서면서 활짝 웃었다.

"현감께서 주연을 마련하셨다 하오. 여기에서 만나기로 했던 여러 벗들과 함께 읍성으로 들어가려고 잠깐 들렀던 참이오. 그런데 무슨 불상사라도 있었던 게요?"

"아닙니다. 사소한 의견다툼이 있어서 분위기가 좀 야릇했던 것일 뿐입니다. 그러면 저희들은 이만 물러가겠습니다. 때가 되면 다음에 뵙도록 하겠습니다."

기 교강이 예의를 갖춘 뒤에 밖으로 나갔다. 함께 왔던 사내들이 한꺼번에 우르르 나가버리자 술청이 흡사 파장 터처럼 변해버렸다.

주모가 유제양과 왕사찬을 보고 주인 만난 강아지처럼 쪼르르 달려 나오면서 옷매무시를 고치랴 머리칼을 매만지랴 호들갑을 떨었다.

유제양은 인근뿐만 아니라 남도에서 알아주는 대지주라서 주모로서는 대단한 손님들을 맞이한 셈이었다.

유제양이 가벼운 손짓으로 주모를 진정시켰다.

"다른 벗들이 오면 곧 읍성 안으로 들어가야 하니 잠시 머물렀다 곧 떠날 것이네. 그리 신경 쓰지 말게나."

그는 매천에게 시선을 돌리면서 다시금 말했다.

"매천, 한성부에서 사자가 찾아왔소이다. 영재가 한 통의 서찰을 매천에게 보냈소이다. 그 자가 살짝 귀띔했던 이야기인데, 그대에게 매우 좋은 일이 있는 듯하외다. 어서 이 서찰을 받으시구려."

유제양이 서찰을 내밀었다. 매천이 그 서찰을 덥석 받아 품에 안아들듯했다.

매천은 영재 이건창이 보냈다는 서찰 내용이 무척이나 궁금하기도 했지만 무엇보다 그를 직접 대하는 것처럼 반가웠다.

이건창은 경기도 지역의 암행어사로 활약하다가 부친상을 당하여 벌써 수년째 강화도에 머물면서 집상執喪 중이었다. 그런 상황에서 짬을 내어 붓을 들었다는 것이 너무나도 고마운 일이었다.

매천은 서찰을 곧장 개봉하지 않고 왕사찬의 얼굴을 바라보며 입을 열었다.

"소천, 방금 그 자들을 잘 아시오?"

"어허, 그 자들에 대해서 신경 끄고 영재가 보낸 서찰이나 개봉해보시구려. 좋은 일이 있다고 하니, 내가 더 궁금해서 못 견디겠소이다."

"아니오. 그 자들의 혹세무민을 좌시할 수 없는 노릇이오. 구례 땅은 동학이 유입되지 않은 것으로 알고 있어서 안심하고 있었는데 오늘 상황을 보니 걱정이 앞서오."

"무조건 혹세무민이라고 해서는 아니 될 것이오. 그 교리를 보면 대중적이고 현실적이어서 삼남지방의 수많은 갑남을녀가 공감하고 있소이다.

그래서 그 교세가 어마어마하게 확장되었다는 게요."

"그들을 맹목적으로 비난하고 싶지는 않소이다. 저 자들이 날뛰는 것은 조정이 썩을 대로 썩고 외세가 물밀 듯 밀려온 탓이 아니겠소이까. 하지만 저 자들의 동태를 보아하니 심히 걱정스럽소이다. 금명간에 무슨 사달이라도 일으킬 듯해서 말이오."

"매천, 그런 걱정일랑 접어두시고 영재가 보낸 서찰이나 개봉해 보시오."

왕사찬이 재촉했다.

매천 역시 그 서찰을 빨리 개봉하지 못하고 있어서 안달이 나고 있었던 터였다. 그래서 더 이상 입을 열지 않고 서찰을 개봉하려는 순간, 주막 안으로 왕사천이 들어왔다.

"모두들 먼저 오셨구려. 늦어서 죄송하외다. 그런데 왜들 이렇게 서 있는 것입니까? 다 모였으니 읍성 안으로 곧장 들어가시지요."

"형님, 영재가 매천에게 서찰을 보냈다고 합니다. 좋은 소식이 들어있을 거라니 궁금해서 견딜 수 없습니다. 서찰 내용이나 알아보고 움직이도록 하시지요."

왕사찬이 매천에게 바투 달라붙었다.

매천이 영재의 서찰을 펼쳤다. 안부와 더불어, 이번에 주미전권공사로 죽천 박정양이 임명되었는데 매천을 그의 수행원으로 천거했다는 내용이 들어있었다.

"야아, 죽천이 누구이외까? 이조참판과 좌승지를 거쳐 도승지를 역임했던 실력자가 아니외까. 그런 분의 수행원이 되어서 미국을 다녀오게 된다면 앞길이 훤하게 열릴 것이외다. 매천, 축하드리오. 드디어 매천의 문장과 고매한 학식이 천하에 빛을 볼 기회가 온 게 아니겠소이까."

왕사찬이 자신의 일처럼 기뻐했다. 그런데 매천의 표정에는 아무런 변화가 없었다. 왕사찬이 매천의 심정을 재빨리 읽어내고 말했다.

"내키지 않소이까?"

"그렇소."

매천의 대답은 간단명료했다.

왕사찬이 놀란 표정을 지었다.

"굴러온 복을 차버려서는 아니 될 것이니 다시 생각해보시오."

"내 결심은 변함이 없소."

"어허, 그렇게 쉽게 생각하고 결정할 일이 아니외다."

"쉽게 생각하고 결정한 일이 아닙니다. 예전에도 한성부에 있는 여러 벗들이 서찰을 보내와 함께 일할 것을 권유했던 적이 있습니다. 하지만 귀신같은 나라의 미친 사람 무리에 끼어서 귀신이나 미치광이가 될 수 없다면 단호하게 거절했소이다."

매천이 어금니를 꽉 깨물자 그의 양 볼이 우둘투둘하게 변했다.

왕사찬은 매천의 성격을 잘 알고 있었다. 그가 한 번 마음먹으면 어느 누구도 그 결심을 흐트러지게 만들 수 없어서 '천하의 왕고집'이라고 부를 정도였다.

"매천, 나는 그대에게 수행원이 되라고 권유하고픈 마음이 없소이다. 대들보 감을 어찌 서까래로 쓴단 말이오. 그래서 드리는 이야기인데, 나는 그대의 고매한 학문이 만수동 골짜기에서 썩는다는 것을 심히 안타깝게 여기는 바이오. 그대가 과거에 응시하여 장원급제한 뒤에 어지러운 나라를 바로잡아주었으면 하오."

"소천, 그렇게 생각해주니 고맙소이다. 하지만 솔직한 제 마음은 이렇소. 제가 어려서 더러 올되고 슬기롭다는 추임을 받았는데, 한창 때 부질없는 재주인 공령문功令文 공부에 힘쓰다가, 스물에 비로소 근체시를 익히고 서른이 되어서야 산문을 공부하게 되었소이다. 그리고 예전에 상경했던 것이 애당초 망령된 줄 이젠 알았는데, 무슨 용기로 또 과거를 보러가겠소. 사실이 그렇지 않습니까. 주관하는 자의 식견이 없고 붓 잡은 자의 의사 표시가 없을 것 같으면 요즘 풍조 속에 동중서전한 때의 유학자 같은 재주꾼인들 백 번 쳐봐야 백 번 떨어질 것인데, 왜 그런 쓸데없는 일에 뛰어들겠소. 그저 죽치고들 엎드려있고 싶을 따름이외다."

매천의 이야기가 진행되는 도중에 주막의 분위기가 무겁게 변했다. 그곳에 있었던 사람들은 모두다 매천의 심정을 잘 이해하고 있었으며, 자신들 또한 매천의 처지나 똑 같았기 때문이었다.

2

무자년1888년, 그러니까 매천의 나이 34세 때였다.

매천은 천릿길을 걸어 한성부로 올라가면서 전국 방방곡곡의 실태를 샅샅이 살필 수 있었다.

일찍부터 가뭄이 들어 천 리에 이르는 땅에 곡식이 자라지 못하고 말라붙어 있었다. 그런데 어처구니없는 것은 쌀이 4천석에 지나지 않는데 굶어 죽은 사람이 별로 없었다는 거였다. 그 이유는 지난 병술년1886년에 전염병이 크게 번져 수만 명의 사람이 죽었기 때문이었다.

항상 가뭄이나 홍수 같은 천재지변이 있을 때마다 그러했지만 엎친 데 덮친 격으로 부정부패의 폐해까지 가세하여 민심은 더욱 흉흉해졌고, 별의별 와언이 나돌아서 전국이 거센 소용돌이 속에 갇힌 듯했다.

그는 고통에 찌든 산하를 바라보면서 무력한 자신을 한탄했다. 정의감이나 개혁의 의지가 얼마든지 있었지만 자신과 같은 무력한 자에게는 그런 단어들이 오히려 안타까움을 가중시켜주고 있을 뿐이었다.

북풍이 살을 에는 듯했다. 하지만 그런 것보다 오랜 세월 동안 안타까운 마음들이 쌓이고 쌓여서 썩어 문드러진 생채기의 통증이 더욱 컸다.

이십 여일의 여정 끝에 한성부에 도달했다.

매천이 상경한 것은 이번이 4번째였다. 10년 전에 처음 상경했을 때는 5개월가량 머물면서 강위와 김택영 등을 만났다. 두 번째 상경에서는 약 2년간 머물면서 이건창 등과 만나 친교를 맺었고, 세 번째 상경은 특설

보거과 생원시에 응시했다가 장원을 차지했으나 시골 출신이라는 구실로 밀려나자, 상경하지 않겠다는 맹세를 하며 백운산 만수동에 칩거하고 말았다. 그런데 그 맹세를 깨트리고 네 번째 상경을 감행했던 것이다.

5년여 만에 찾아온 한성부는 몰라보게 변해 있었다. 그 모든 변화는 외세와 서양문물이 빚어놓은 작태였다.

덕수궁 뒷문 쪽의 판삼군부사判三軍府使 신헌의 집터에는 영국공사관이, 병조판서 민영환의 집터에는 프랑스공사관이 들어서 있는 등 서구열강들의 국내 진입 흔적이 역력하게 드러나고 있었다. 또 전후좌우가 솔밭이었던 조병식의 별장지에는 높이가 1백 40여 척에 달하는 천주교당을 짓는다는 소문이 나돌았으며, 건축 작업이 시작되는 중이었다.

한성부를 떠도는 와언 또한 가관이었다. 서양 사람들이 아이들을 유괴해서 스프를 끓여먹고, 눈알은 뽑아서 사진기를 만들고, 여인네들의 유방을 잘라서 젖을 짜먹는다고 했다. 그래서 어둠이 내리기 시작하면 공사관들이나 서양인 주택에 돌팔매가 날아들곤 한다는 것이었다.

남산 아래는 일제 군경들의 집합소였다. 그리고 임오군란 이전에는 일본공사관이 서대문 밖 청수관에 있었는데, 일본공사 화방의질하나부사 요시모토이 금위대장이었던 이종승의 집현재 충무로 2가 부근을 숙소로 징발한 후부터 수백 명에 달하는 일본 사람들이 성 내외에 살게 되었다. 또 운종가 일대에는 일본상인들의 점포들이 꽤나 많이 자리 잡고 있었다.

매천의 눈동자를 휘둥그레지게 만들었던 것은 외국인들이 들끓고 서양식 건물들이 들어찼기 때문만은 아니었다.

한성부 사람들은 어두운 밤을 밝히기 위해 석유를 넣은 호롱불을 켜고 있었다. 그 석유라는 것이 하도 이상해서 사람들에게 물어보았다. 그런데 설명이 가지가지였다. 어떤 이는 돌을 삶아서 짜낸 것이라 하고, 또 어떤 이는 석탄에서 빼낸다고 말했다.

매천은 그의 야록에 석유 이야기를 쓰면서, 가장 처음으로 석유를 사용했던 때가 경진년1880년 이후라고 밝혀 놓았다. 그리고 "처음에는 붉은색이 나고 냄새가 고약했으며 한 홉이면 열흘 밤을 켤 수 있었다. 수년이 지나지 않아서 색깔이 점점 하얘지고 냄새도 점점 좋아졌으나 화력이 감소되어 한 홉을 가지면 3, 4일밖에 불을 켜지 못했다."라고 기록해 놓았다.

이건창이 없는 한성부는 매천에게 싸늘하고 허망한 곳일 뿐이었다. 또 선생으로 모셨던 강위 역시 4년 전인 1884년 4월에 세상을 떠나버려서 그가 주로 머물렀던 개천청계천의 광교 일대도 매우 낯설고 쓸쓸하게 느껴졌다.

갑신정변이 삼일천하로 끝나고 말자 변진환의 해당루도 덩달아서 폐허로 변해버렸다. 변진환의 아들 변수변정가 김옥균 등과 함께 일본으로 망명해버렸고, 국내에 남았던 개화당들은 민비수구파에 의하여 철저히 색출되어 수십 명이 피살되어버리면서 해당루도 운명을 함께 하고 말았던 것이다.

매천이 광교 부근을 거닐면서 깊은 생각에 빠져 있을 때 누군가가 알아보고 인사를 건네 왔다.

"어허, 매천 아니십니까. 오랜만이올시다. 어인 용무가 있어서 한성부에 올라오셨습니까?"

말한 사람을 바라보니 강위의 제자였던 정만조가 반가운 얼굴을 하고 있었다.

"무정께서 군국사무아문의 주사가 되었다지요?"

무정은 정만조의 호였다.

매천이 갑신정변을 목격하고 나서 고향으로 내려간 다음해에 정만조가 군국사무아문의 주사가 되었다는 정보는 조보를 통해 알게 된 거였다.

"시골에 머물러 있다는 소문을 들었습니다만, 바깥세상 돌아가는 모습은 훤하게 아시는군요."

"무정, 그런데 저 해당루를 보니까 격세지감을 느끼지 않을 수 없습니다 그려."

매천이 해당루를 가리키며 혀를 끌끌 찼다.

"이 세상에서 변하지 않는 것이 없다지 않습니까. 그리고 말입니다, 변수는 일본으로 망명한 뒤에 양잠술과 화학이라는 것을 공부하다가 이태전에 미국으로 건너가서 그곳의 최고 학부인 대학이라는 곳에 다닌다고 합니다."

정만조가 변수의 근황을 알려주었다.

"예전보다 한성부가 훨씬 더 쓸쓸하게 느껴집니다 그려."

"아참, 영재가 보고 싶겠지요? 허참, 부친상을 당한 지 벌써 6년째 접어들고 있는데 여태 강화도에 머물며 밖으로 나올 줄 모르고 있습니다. 효심이 지극하기 때문이랄 수 있겠지만, 혼란스러운 세상에 나오기 싫어서 칩거 중일 테지요. 그리고 매천께서는 창강하고도 절친한 사이였지요? 근래에 창강은 개성 출신의 역대 인물을 총 망라한 『숭양기구전』을 집필 중이라서 꼼짝없이 틀어박혀 있다는 소문입니다."

정만조가 영재 이건창과 창강 김택영의 근황을 자세히 전해주었다. 그리고 연이어서 매천에게 물었다.

"소문에 듣자하니 매천께서는 주미전권공사의 수행원을 마다하고 이유원 대장이 울릉도에 갈 때 수행원으로 천거했으나 또 거절했다는 이야기를 들었습니다. 뭐, 그뿐만 아니라 정사가 날로 잘못되어가는 상황을 귀국광인지중鬼國狂人之衆으로 비유하면서 향리에서 두문불출하신다는 소문을 들었는데 무슨 바람이 불어서 바깥세상에 나오셨는지요?"
"피치 못할 사정이 있었습니다."
매천은 부모님의 권유에 못 이겨 생원시를 보러 왔던 길이었다. 하지만 그런 사정을 입밖에 선뜻 내놓지 못했다.
그는 과거에 응시한다는 일이 망령된 것이며, 그런 쓸데없는 일에 뛰어들지 않겠다고 다짐하며 살아왔다. 그런데 과거에 장원급제하여 가문을 일으켜주었으면 하는 부친의 뜻을 끝내 거역할 수 없어서 마지못해 상경했던 것이다.
매천은 천릿길을 걸으면서 수천수만의 발자국 위에 서글픈 마음을 한 움큼씩 담아 놓았던 것이 사실이었다. 어떤 때는 되짚어서 돌아가고 싶은 마음이 굴뚝같기도 했다. 하지만 부친의 얼굴이 눈앞에 자꾸만 아른거려서 발길을 차마 돌릴 수 없었다.
매천이 머뭇거리고 있자 정만조가 소매를 잡아끌었다.
"이러고 있을 게 아니라 저희 집으로 가시지요. 한성부까지 올라오시느라 객고가 많이 쌓였을 텐데 말끔히 푸셔야할 게 아닙니까."
매천은 그렇지 않아도 유숙할 곳이 마땅하지 않아 걱정하고 있었던 터라 사양하지 않고 정만조를 따라갔다.
정만조가 술상을 내놓았다. 두 사람이 술잔을 주거니 받거니 하면서 세상사 돌아가는 이야기를 나누었다. 그러던 중에 정만조가 이번에 열리는 생원시에 대한 이야기를 꺼냈다.

"아참, 수년 전에 매천께서 과거에 응시하여 장원 급제했는데 한미한 출신이라고 하여 차점자로 밀려났던 적이 있었지요? 그 당시 시관이 지금 무슨 자리에 올랐는지 아십니까? 얼마 전에 정2품 대제학에 올랐습니다 그려. 과거가 그처럼 공정하지 못하니 나라꼴이 이처럼 엉망진창일 수밖에 없습니다. 매천처럼 청렴하고 학식이 고매한 분이 당당히 장원 급제하여 조정에 들어갔으면 이런 꼴은 면했을 것입니다. 암, 그렇고말고요."

정만조가 술의 힘까지 빌어 목청을 높이면서 분통을 터트렸다.

"무정, 진정하시오. 나는 보잘 것 없는 시골 선비에 지나지 않소이다. 그런데 과대평가 해주시니 몸 둘 바를 모르겠소이다."

"무슨 말씀을 그렇게 하십니까. 당대에 영재, 창강, 매천을 누를 자가 어디에 있단 말입니까. 이건 세상이 다 아는 이야기입니다. 아, 그래서 드리는 말씀인데, 매천께서 이번에 실시하는 생원시에 응시하여 당당히 장원 급제하는 쾌거를 이루었으면 내 속이 후련하겠습니다. 어떻습니까? 한성부에 올라오신 김에 이번 생원시에 응시하여 세상을 깜짝 놀라게 해주시지 않겠소이까?"

정만조가 매천의 손을 붙잡으며 뜨거운 목소리를 토해냈다. 그쯤 되자 매천은 자신이 과거에 응시하려고 한성부에 올라왔다는 사실을 더 이상 감출 수 없는 상황에 직면하고 말았다. 아무리 감추어 보았자 때가 되면 다 드러나게 될 일이었기에 이실직고하기로 마음먹었다.

"무정, 나의 이야기를 듣고 너무 욕하지 마시구려. 내가 한성부에 올라왔던 이유는 이번 생원시에 응시하기 위함이었소이다."

매천의 말이 끝나자마자 정만조가 붙잡고 있던 손을 힘차게 흔들며 반가워 했다.

"정말 잘 생각하셨습니다. 세상이 혼란스럽다고 하여 은거하시면 이 세상은 누가 구제한단 말입니까. 매천께서 용단을 내려 이렇게 세상 밖으로 나오셨으니 정말 축하할 일입니다. 그리고 이번 생원시의 장원 급제는 이미 따 놓은 당상이나 마찬가지입니다. 매천께서 응시하셨으니 그 누가 감히 장원 급제를 넘볼 수 있단 말입니까."

"과찬의 말씀입니다. 나는 부친의 권유를 뿌리칠 수 없어서 응시하는 것에 의의를 두고만 있을 뿐입니다."

"응시하는 것에 의의를 두시다니 천만부당한 말씀입니다. 매천께서 이번에 장원 급제하지 못한다면 이 나라는 영영 희망이 없을 것입니다. 그리고 매천께서 장원 급제하시면 저도 내년에는 과거에 응시하여 당당히 장원 급제하도록 최선의 노력을 다할 것입니다. 암, 그래야겠지요. 매천, 함께 손잡고 이 나라를 위해 일해보고 싶습니다."

정만조의 호탕한 웃음소리가 천장을 들썩거리게 만들었다.

"무정, 그대는 학식이 풍부하고 또 집안이 훌륭하기 때문에 틀림없이 장원 급제할 수 있을 것이오. 꼭 장원 급제하여 이 나라를 바로 세워주시구려."

정만조의 집안은 남부럽지 않았다. 그의 사촌형 정범조는 일찍이 병자년1876년에 전라도 관찰사를 지냈고 공조, 예조, 병조판서를 거쳐 현재 호조판서에 오른 인물이었다.

한참 후, 매천은 술자리를 파하고 잠자리에 들면서 깊은 생각에 빠져들었다. 이번 생원시에 응시하는 것이 어리석다는 것은 이미 알고 있는 바였다. 매관매직이 횡행하는 시대에 오로지 실력 하나만 믿고 덤빈다는 것 자체가 무모한 일이었다.

그는 촛불로 날아드는 하루살이와 부나비를 생각했다. 아름다운 불꽃을 꽃으로 착각하여 내려앉으려다가 그만 불에 타서 죽고 마는 어리석은 행위들이 곧 자신의 과거 응시나 다를 바가 없었다. 이미 수년 전에 뜨겁고 비참한 맛을 경험했던 바가 있었다. 그런데 또 다시 같은 행위를 반복한다는 것은 어리석음 중에 최고의 어리석음이었다.

촛불을 껐다. 고향에 있는 부모님의 얼굴과 처자식들의 모습이 눈앞에 아른거려 잠을 쉽게 이룰 수 없었다. 밤새 뒤척거리던 중에 통행금지 해제를 알리는 파루가 울리기 시작했다. 오경삼점五更三點:새벽 4시이었다. 그는 파루 소리 33번을 하나도 빼먹지 않고 헤아리며 꼭두새벽을 맞이하고 있었다.

육조거리에 금방金榜:과거에 급제한 사람의 이름을 써 붙인 방이 내걸렸다. 이번 생원시에 응시한 사람들과 구경꾼들이 벌떼처럼 몰려들어 과거 결과를 알아보느라 야단법석이었다. 누군가는 환호성을 질렀고, 또 누군가는 땅이 꺼질 듯한 한숨을 내쉬곤 했다.

"이번 장원 급제한 자가 도대체 누구인가?"

급제자 명단을 보기 위해 구경 나왔던 사내 한 명이 사람들 틈을 뚫고 앞으로 나가려다가 뜻을 이루지 못하자 앞에 서 있는 동무에게 물었다.

"잘 보이지 않네. 어이, 나는 말이네, 장원 급제자가 누구인지 궁금한 게 아니라 그 자가 돈을 몇 냥이나 썼는지가 궁금할 뿐이네."

"하긴 그렇지."

"어이, 그런데 이게 웬일인가! 이번 장원 급제는 매천 황현일세."

"뭐라고! 영재, 창강과 함께 문명을 천하에 날리는 매천이 장원 급제를 했단 말이지! 야 이거, 어떻게 된 노릇이지 모르겠네. 이젠 세상이 제대로 돌아가는 모양일세."

두 사람이 서로의 얼굴을 바라보며 아무런 부정이 없이 장원 급제자가 뽑혔다는 사실에 대해 놀라움을 금치 못하고 있었다.

매천이 남쪽 하늘을 우두커니 바라보았다. 부모님의 얼굴과 처자식 그리고 아우인 황원의 얼굴이 연이어 떠올랐다. 그들이 장원 급제 소식을 들으면 매우 기뻐하며 춤을 덩실덩실 추고도 남을 터였다.

하지만 그는 장원 급제를 했으나 욕심을 부리지 말고 분수껏 살아야 한다는 생각을 하며 들뜬 마음을 추슬렀다. 그리고 『장자』 내편內篇 '소요유'에 있는 언서음하鼴鼠飮河 불과만복不過滿腹이라는 글을 떠올리기 시작했다. 그 뜻은 '두더지가 강물을 마신다 해도 자그마한 배를 채우면 충분하다'였다.

그 서책을 보면, 요임금이 천하를 허유에게 양도하려고 "선생께서 임금이 되시면 천하는 저절로 다스려질 것입니다."라고 말했다. 그러자 허유는 "뱁새가 깊은 숲에 보금자리를 마련할 경우 나뭇가지 하나면 충분하고, 두더지가 강물을 마신다고 해도 자그마한 배를 채우면 충분합니다."라고 대답하며 사양했다는 이야기가 실려 있었다.

매천은 그 자리에서 곧장 '무자년 이월에 생원 복시 예관에 장원으로 급제하고 지음戊子二月生員覆試, 預魁選 有作'이라는 칠언절구 1수를 머릿속으로 지었다.

나는 두더지 배로 강물이 깊었음을 알겠고

도리어 웃음 나오는 건 헛되이 마음 씀이라.
멀리 고향에서 기쁜 소식 들을 걸 생각하니
부모님의 한 번 웃음 천금과 맞먹으리라.

 매천은 부모님과 처자식을 생각하면 매우 기뻤으나 분수껏 살아야 한다는 생각으로 마음을 차분하게 진정시켜 평상심을 되찾았다.
 "매천, 그대가 장원 급제할 것으로 믿었소이다. 정말 장하오. 그대의 장원 급제를 축하하외다."
 정만조가 다가와서 매천의 손을 굳게 잡았다.
 "헛되이 마음 쓴 것인지 모르오."
 "그게 아니올시다. 이젠 성균관에 들어갈 자격을 얻었으니 공부에 더욱 전념하여 대과에서도 장원 급제하여 어지러운 나라를 바로잡아주시면 됩니다."
 "도도하게 흐르는 강물을 맨손으로 막기란 불가능하오."
 매천이 한숨을 내쉬었다.
 "절망은 나약한 자들이나 하는 짓입니다. 매천은 꿋꿋한 기개를 갖고 있지 않소이까. 그러하니 용기를 내시구려. 이것 참 경사로세. 실력 있는 사람이 장원 급제했으니 어찌 아니 기쁘리요. 매천께서 이제 어엿한 진사가 되시었구려. 다시 한 번 축하드리오."
 장만조는 마치 자신이 장원 급제라도 한 듯 기뻐했다.
 "무정, 그런데 나는 잘 믿어지지 않으오. 매관매직이 판을 치는 세상에 나 같은 시골 선비가 장원 급제를 했다니 말이오."
 매천의 말이 끝나자 정만조가 빙그레 웃었다.

"이번 시관이 누군지 아시오? 저의 사촌형이었소이다."

"그렇다면 정범조 호조판서 말입니까?"

"그렇소이다. 내가 사촌형께 강경하게 말하기를. 이번에 매천 같은 사람이 장원 급제하지 않으면 과거라 할 수 없다고 했소이다."

매천이 그의 이야기를 듣고 고개를 끄덕거렸다. 그동안 초시의 매매가가 천여 냥씩이었고, 회시는 만여 냥씩이었고, 대과는 십만 냥씩에 달한다는 소문이 공공연하게 나돌았는데 아무런 부정 없이 과거가 시행되었던 내막을 비로소 알게 되었던 것이다.

두 사람이 이야기를 나누고 있을 때 누군가가 다가와서 매천에게 인사를 했다. 자세히 바라보니 천사 왕석보의 문하에서 공부를 했던 나두영이었다.

"아니, 너는 두영이가 아니더냐?"

"그렇습니다. 그런데 인영으로 이름을 바꾸었습니다."

"그래, 인영이라고 불러주마. 몰라보게 장성했구나. 그동안 어떻게 지냈느냐?"

나인영은 어느덧 20대 중반이 되어 매우 늠름한 모습을 갖추고 있었다.

"우선 장원 급제를 축하드립니다. 저는 그동안 운양 선생님의 문하에서 공부를 했습니다. 그런데 선생님께서는 지금 안타깝게도 유배 중입니다."

운양이라면 갑신정변 때 김옥균 일파를 제거하고 병조판서에 올랐던 김윤식을 말하는 거였다. 그는 지난해에 명성황후의 집권에 반대하여 민영익과 함께 대원군의 집권을 모의하다가 유배되고 말았던 인물이었다.

"너도 과거를 보았더냐?"

"머지않아 꼭 장원 급제할 것입니다."

나인영이 고개를 숙여 예를 취하고 떠나갔다.

며칠 후였다. 매천은 최고의 학부기관인 성균관에 입교했다.

성균관은 숭교방현재의 명륜동 지역에 자리 잡고 있었다. 주요 교육내용은 유교의 기본경전인 사서오경을 비롯하여 『근사록』, 『성리대전』, 『자치통감』 등이었다.

매천은 최고 학부기관에 입교할 수 있는 자격을 얻었으며, 새로운 학문을 공부할 기회가 왔다고 생각되어 가슴이 무척 설레었으나 이내 실망하고 말았다.

성균관에는 생원시와 진사시 각각 100명의 본과생本科生들이 동재와 서재에서 숙식을 함께하며 생활했는데 그들 대부분이 학문에 뜻이 없고 출세를 위한 줄 대기에 골몰하고 있을 뿐이었다. 그래서 어렵사리 얻은 기회를 미련 없이 걷어 차버리고 고향으로 내려오고 말았다.

매천은 그의 야록에서 성균관의 문제점에 대해, "고종은 사교邪敎:여기에서는 천주교를 말함가 만연하고 유교학술이 침체하고 쇠약해져서 조칙을 내려 종교를 부식시키며 공맹의 학을 숭상하여 성균관 관제를 개편하고 초헌당을 설치하고 숙학宿學:오랫동안 학문을 연구하여 학리에 통한 사람으로 나타나지 않는 선비를 받아들이고자 드디어 이러한 선발이 있게 된 것이다. 그러나 거죽만 꾸몄을 뿐이었다."라고 기록해 놓았다.

부모님은 매천의 돌연한 낙향에 적이 실망한 눈치였다. 하지만 매천이 대과에 다시 응시하여 또 장원 급제할 것이라 믿으며 그 실망감을 다독거리는 눈치였다. 하지만 매천은 아예 한성부와 단절할 것을 결심하고 만수동으로 찾아오는 후학들을 가르치며 나날을 보냈다.

그러던 어느 날이었다. 구례군수 박항래가 매천을 불러서 찾아갔다.

"매천, 성균관원을 포기하고 낙향했다는 소문을 들었는데, 도대체 어인 연유이시오?"

"나라가 부패했고, 학문을 닦을 분위기가 되어있지 않은 곳에서 어떻게 버틸 수 있었겠습니까."

"무슨 말씀인지 잘 알겠습니다. 하지만 여기에서 중단하면 아니 됩니다. 성균관 박사시에 응시해 보십시오."

"감사한 말씀입니다만, 저는 탕건을 잊은 지 이미 오래되었습니다."

'탕건宕巾'이란 벼슬아치가 망건의 덮개로 갓 아래 받쳐 쓴 관冠이었는데, 매천은 더 이상 과거에 응시하지 않고 부귀공명에 초연하겠다는 뜻으로 그렇게 말했던 것이다.

경인년1890년, 그러니까 매천의 나이 36세 때였다.

백운산 북쪽 산자락에 위치한 만수동에 사람들이 모여들었다. 그리고 집을 짓기 위해 연장을 들거나 건축 자재들을 나르며 땀을 뻘뻘 흘렸다. 그들 중에는 건축을 업으로 삼는 목수도 있었지만 상당수가 글을 하는 선비들이었다. 이처럼 사람들이 벌 떼처럼 달려들어 작업을 하는 바람에 초가 한 채가 도깨비 방망이를 두드려서 만들기라도 하듯이 금세 지어졌다.

"형님, 서재의 당호는 생각해놓으셨습니까?"

황원이 싱글벙글 웃으며 매천에게 물었다.

"이미 생각해둔 바가 있다."

"무엇입니까?"

"내 서재에 가서 지필묵을 가져오너라."

말을 끝낸 매천이 현판으로 적당한 판자 한 장을 골라놓고, 손가락으로 허공 위에 글씨 쓰는 흉내를 내기 시작했다. 그건 아주 어린 시절부터 굳어온 버릇이었다.

황원이 담취헌으로 가서 지필묵을 꺼내왔다. 매천이 소매를 걷고 붓을 잡더니 일필휘지로 '구안실苟安室'이라는 세 글자를 썼다.

"선생님, 알 듯 말 듯 합니다. 무슨 뜻입니까요?"

매천의 문인 봉계 고용주가 물었다.

"공자님께서 위나라의 공자형을 평하여 이렇게 말씀하셨다. 그는 집에서 검소하게 잘 지냈는데 처음으로 재산이 있게 되자 '그런대로 모였다'고 말했고, 조금 있게 되자 '그런대로 완비되었다'고 말했고, 풍부하게 있게 되자 '그런대로 훌륭해졌다'고 말했느니라. 군자는 배부름을 구하지 않고, 편안함을 구하지 않는다고 했으니, 이번에 지은 내 서실이 비록 협소하고 보잘것없으나 나에게는 만족스럽고 편안한 공간이어서 당호를 구안이라고 명명한 것이야."

매천의 설명이 끝나자 둘러서 있던 그의 문인들이 고개를 끄덕거렸.

그는 글을 배우겠다고 자꾸만 몰려드는 사람들을 초가삼간인 담취헌에 모두 수용하기 어려웠다. 그래서 온갖 궁리 끝에 비록 대나무와 띠를 엮어서 만든 것이지만 구안실이라는 서재를 지었다. 다음에는 개천 옆에 더위를 피하면서 서책을 읽거나 시를 짓기에 알맞은 조그만 정자를 지을 생각이고, 일립정一笠亭이라는 이름까지 지어놓았다.

"그토록 소원하셨던 서재를 마련하셨으니 기쁘기 그지없겠습니다."

황원의 귀밑에 걸린 입이 다물어지지 않고 있었다.

"계방아, 서재만 있으면 무슨 소용이란 말이냐. 대성할 수 있도록 노력하여야 할 것이야. 계방아, 너도 이젠 약관의 나이에 접어들었으니 더욱 정진하여야 할 것이니라."

황원의 호는 석전石田이었다. 그러나 매천은 황원의 호 대신에 어릴 때부터 불렀던 자를 더 즐겨 사용했다. 그게 형제간의 우애가 훨씬 더 느껴졌기 때문이다.

"여부가 있겠습니까."

매천이 이번에는 문하생들을 둘러보며 입을 열었다.

"아참, 너희들에게 긴히 당부할 이야기가 있느니라. 너희들은 글을 배우되, 옛 것을 보고 두려워하지 마라. 내가 일전에도 이야기했지만 도끼를 갈아서 바늘을 만든다는 고사를 잘 알고 있을 것이야. 그 뜻을 가슴 깊이 새겨야 할 것이다. 또 하나 명심할 것이 있다. 내가 지난해에 토금마을에서 수로를 복구한 뒤에 중준 백운거기重濬白雲渠記를 쓰면서 깊이 깨달았던 것인데, 선비들에게 실학實學이 없으면 농민이 먼저 병드는 법이니라. 그래서 실학을 결코 경시하지 말고 열심히 공부하여 나라가 부강해지도록 노력해야할 것이야. 저만 글을 많이 알고 또 배부르게 살면서 굶주리는 백성들을 외면하는 것은 선비들의 도리가 아니니라. 또한 실학만이 오늘의 배고픈 현실을 뒤바꿀 수 있다는 것을 알아야한다."

매천은 마부작침磨斧作針이라는 고사를 이야기하며 게을리 하지 말고 학문과 덕행을 열심히 쌓도록 당부했다. 그리고 민생국계民生國計에 마음을 두고 실학사상인 실사구시, 이용후생, 경세치용을 강조하며, 실학을 통해 당대의 난관을 돌파해야한다고 역설했다.

구안실의 현판식을 기념하기 위한 잔치가 준비되기 시작했다. 부인 해주오씨가 만수동의 텃밭에서 거두어들였던 이런저런 채소로 음식을 정성스럽게 준비하고 있었다.

운조루의 주인 이제양이 돼지 한 마리를 보내주어서 솥단지에 푹 삶는 중이었고, 고용주가 섬진강에서 잡아 올린 황어를 가져와 매운탕을 끓이는 중이었다. 역시 매천의 문하생인 오병희가 백운산을 뒤져서 채취한 고사리와 도라지 말린 것으로 나물을 만드는 중이었다. 광양 비촌의 황병중이 찾아와서 쌀 한 가마니를 내놓아 모처럼 쌀밥 구경도 하게 되었다.

4월의 봄바람이 사람들의 마음을 뒤숭숭하게 만들었다. 그 바람 속에는 백운산에서 자생하는 온갖 야생화들의 향기가 뒤섞여 있었고, 종다리의 구성진 노래 소리까지 곁들여져 있었다.

열 살배기인 아들 황암현은 꽃밭 사이를 뛰어다니면서 나비를 잡느라 야단이었다. 그는 적막강산이었던 만수동에 사람들이 들끓자 마냥 즐거운 모양이었다. 또 부엌과 앞마당에서 음식을 장만하는 냄새가 물씬 풍겨오자 절로 기분이 좋았을 터였다.

매천은 잔치 준비를 하는 동안 구안실 툇마루에 앉아 골짜기 아래를 우두커니 바라보며 생각에 잠겨들었다.

이태 전에 성균관원을 포기하고 만수동으로 돌아오자 부모님의 얼굴은 실망과 허탈감으로 온통 도배되어있었다. 애써 그런 표정을 못 읽은 체하며 서재에 틀어박혀 학문에만 열중했다. 하지만 문자가 눈에 들어올 리 만무했다. 하루하루가 바늘방석 위에 앉은 것처럼 괴로웠다.

엎친 데 덮친 격으로, 그 해 여름에 심한 가뭄이 들어서 천지가 흉작이었다. 농사짓기가 그런대로 쉬운 평야지대 사람들도 고통을 받았는데 만수동 골짜기에서 살아가고 있는 매천의 식솔들은 더 없는 고통 속에서 허우적거릴 수밖에 없었다.

　조정에서 방곡령을 선포했다. 강화도조약이 체결된 이후 일본상인들이 농촌에 침투하여 갖은 방법으로 곡물을 매점하여 자기 나라로 반출했기 때문에 수출을 금지했던 것이다. 그 결과 일본상인들이 타격을 입게 되자 조선과 일본 사이에 분규가 발생하고 말았다.

　일본으로 곡물이 반출되어 식량난이 가중되었고, 가뜩이나 어려운데다가 가뭄으로 인한 흉년까지 들어 백성들의 생활이 말이 아니었다. 나라에서 굶주리는 백성을 구제하려고 노력했으나 도무지 방도를 찾을 길이 없었다. 전국 여러 지역에서 배고픔을 참지 못한 백성들이 크고 작은 폭동을 연이어 일으키곤 했다.

　무자년1888년을 근근이 넘기고 기축년1889년이 되었을 때였다.

　황원이 매천의 난감한 상황을 눈치 채고 여행이나 다녀오라며 권유했다. 매천은 암울한 심정을 달랠 길 없던 차에 여행이라는 그럴싸한 도피 구실을 발견하고 3월 어느 날 곧바로 집을 나섰다.

　매천은 여행을 떠나기 전에 논과 삼밭 열 마지기를 아우들에게 나누어 주었다. 그리고 죽이 되건 말건 한 달 생활을 아내에게 맡겨두기로 작정하고 남해지방으로 떠났다.

　가야산 입구에서 해인사에 이르기까지 10리에 달하는 홍류동계곡은 천하의 절경이었다. 단풍철이 되면 그 절경이 극에 달한다고 했지만 신록이 싹트고 있는 경치는 또 다른 멋스러운 자태를 과시하고 있었다.

　그 계곡은 고운孤雲 최치원이 갓과 신발만 남겨놓고 신선이 되어버렸다는 전설을 갖고 있는 곳이었으며, 농산정과 낙화담 그리고 분옥폭포 등 19명소가 있었다.

그는 농산정 현판의 시를 차운하여 시를 짓는다거나, 홍류동의 석각石刻에 제명題名이 많은 것을 보고 칠언절구 1수를 짓기도 했다. 또 합천 해인사에 들렀다가 거창의 수승대 등지를 두루 구경하며 암울한 심정을 어느 정도 달랜 뒤에 다시금 백운산 만수동으로 돌아왔던 것이다.

"형님, 이산 선생님이 오십니다."

황원의 목소리가 지난날의 생각에 깊이 빠져 있던 매천을 끄집어냈다.

만수동 골짜기를 따라 흐르는 물줄기 옆으로 난 자드락길을 따라 말을 타고 올라오는 유제양의 모습이 보였다. 그 뒤로 여러 명의 사람이 나귀를 타거나 걸어서 뒤따르고 있었는데, 말을 타고 있는 유제양에게 가려지기도 했지만 매천의 시력이 좋지 못한 관계로 누구인지 파악할 수 없었다.

"계방아, 손님들을 어서 마중하지 않고 뭣 하느냐."

"알겠습니다."

황원이 허둥지둥 아래로 내려갔다. 매천이 시력을 모아 아래를 뚫어지게 바라보고 있을 때 뒤에 서 있던 고용주가 말했다.

"소천 선생님의 모습도 보입니다. 그리고 운초와 유당의 모습도 보입니다. 그리고 제일 뒤편에서 걸어오시는 분이 해학 선생님이십니다."

"오늘은 만수동이 열린 이래로 가장 많은 사람들이 모이는 날로 기록되겠구나."

평소에 웃음을 잘 짓지 않는 매천이었지만 오늘만큼은 입가에 미소가 주렁주렁 매달려 있었다. 그런데 해학 이기의 모습이 보인다는 소리를 듣자마자 한숨이 나오고 말았다.

매천은 이기와 한 번도 만난 적이 없었다. 하지만 그의 속사정을 잘 알고 있었고 명성도 익히 들어서 오래 전부터 알고 있는 듯한 사이였다. 그래서 시골에 처박혀 아까운 재주를 썩히고 있는 이기가 생각날 때마다 흡사 자신의 모습을 거울로 바라보는 것처럼 안타까워했다. 그래서 이기를 바라보며 혼잣말로 중얼거렸다.

"어허, 안타깝고 슬프도다. 우리는 원래 하늘을 나는 기상을 지녔건만 새장 속에 갇힌 새의 신세가 아니던가. 세상이 원망스럽도다."

하늘에는 봄을 만끽하는 새들의 힘찬 비상이 펼쳐지고 있었다. 그들이 좌우 날개를 힘차고 바쁘게 놀리면서 창공으로 솟구쳤다. 이윽고 사선을 그으며 하강하여 신록의 향연이 펼쳐지고 있는 숲 속으로 빨려 들어가듯 모습을 감추곤 했다.

매천이 자유롭게 날아가는 새들을 바라보며 부러워하고 있을 때 말울음소리가 힘차게 들려왔다. 이산 유제양이었다. 재빨리 고개를 돌려 그를 맞이했다.

"험한 길 오시느라 고생이 많았겠습니다."

"매천을 찾아오는 길인데 고생이랄 게 있겠습니까. 나는 그대만 보면 항상 즐겁고 삶의 활력이 넘쳐나는 것 같더이다. 여러 사람이 한꺼번에 힘을 모으니 벌써 서재 한 채가 완공되었구려."

유제양이 한바탕 너털웃음을 터트리더니 새로 지은 서재의 처마 밑에 붙어 있는 당호의 현판을 바라보며 말을 이어갔다.

"구안실이라? 음, 그렇군요. 이 만수동 골짜기에 칩거하면서 안빈낙도를 고수하겠다는 뜻이 아니오?"

"그렇습니다. 홍진 세상에 나가보았자 무슨 낙이 있겠습니까. 그저 바람소리, 새소리, 야생화들과 어울려 한평생 살아가고 싶을 따름입니다. 때로 이 구안실을 찾아오는 후학들이나 가르치면서 말입니다."

매천이 갖고 있는 자신의 나머지 심경은 너털웃음으로 대신했다. 그 때 매천의 웃음을 발기발기 찢는 목소리가 들려왔다. 주인공은 해학 이 기였다.

"그대가 매천이시오? 나는 그대에게 실망이 크오. 우리 조선은 바람 앞의 등불처럼 위태롭소이다. 그런데 세상사는 나 몰라라 하고 신선 같은 삶이나 즐기겠다니, 이 땅의 선비로서 부끄럽지도 않단 말이오? 그대는 무책임한 자요, 비겁한 자에 지나지 않소이다."

이기의 느닷없는 호통에 잔치 분위기가 싸늘하게 식어가기 시작했다.

유제양 옆에 다소곳이 서 있던 소천 왕사찬이 매천을 두둔했다.

"어허, 해학, 무슨 억하심정으로 매천을 몰아세우는 거요. 매천은 공자 님의 말씀대로 도가 없는 세상에 나가지 않겠다는 것 아니겠소? 지금 세 상 밖에 나가 활개 치거나 벼슬을 탐하는 자들 치고 양심이나 충절이 있 는 자가 어디 있겠소. 그리고 우리 모두 잘 알다시피 매천은 벼슬에 연연 하지 않고 만수동에 칩거한 학처럼 깨끗한 인물이오. 해학이 무슨 오해를 하고 있는 모양인데, 화를 그만 푸시지요."

"어허, 억하심정이라니. 소천이나 매천이나 귀를 후비고 잘 들으시구 려. 천사 선생님께서는 우리에게 충절을 가르치셨소이다. 그런데 나라가 망하든 말든 나 혼자만 신선처럼 살겠다고 산속에 처박혀 있는 저 가소로 운 선비를 보니 어찌 화가 치솟지 않겠습니까."

이기가 코를 씩씩 불었다.

두 사람이 언쟁을 벌이자 유제양이 헛기침을 한 번 터트려서 두 사람 의 언쟁을 가로막았다. 그리고 수염을 점잖게 쓰다듬으면서 말했다.

"해학 그리고 소천, 오늘은 구안실을 완공한 기쁜 날이외다. 그런 문제는 차후로 미루고 오늘은 즐거운 마음으로 둘러앉아 술잔이나 주고받읍시다. 그러다가 의가 상하기라도 할까 두렵소이다. 자, 자리를 잡고 앉읍시다."

그러는 동안 매천은 건너편 계족산 쪽으로 몸을 돌린 채 눈을 지그시 감고 있었다. 이기의 이야기가 하나도 틀리지 않았다. 나라가 위태로운 지경인데, 이 땅의 선비로서 은거하며 살아가고 있다는 것이 부끄럽기도 하고 비양심적이기도 했다. 그렇지만 위태로운 세상을 바로잡을 묘안이 없었고, 또 세상을 바로 돌려놓을 만한 힘이나 용기도 없었다. 그래서 입이 두 개라도 대꾸할 말이 없었다.

비참한 심정이었다. 머리가 온통 어지러웠고, 만수동 골짜기가 와락 무너지는 듯한 기분이었다.

"뭣들 하고 있는 게요. 어서 앉읍시다."

유제양이 이기와 왕사찬에게 자리를 잡고 앉으라는 손짓을 하고 나서, 술동이를 짊어지고 온 하인에게 술을 부려놓으라고 지시했다. 왕사찬의 표정은 밝아지기 시작했으나 이기는 굳어 있는 얼굴을 도무지 펴려고 하지 않았다.

"매천, 잘 들으시구려. 내가 이 만수동을 찾아온 것은 숨어 지내는 잘난 선비에게 술잔이나 건네자고 왔던 게 아니오. 우리가 힘을 합쳐서 잘못된 세상을 도끼로 장작 패듯 때려 부숴버리자는 뜻을 전하고 싶어서 왔소이다. 자, 그러면 내 용무는 끝마쳤으니 이만 내려가겠소이다."

이기가 나귀의 고삐를 힘차게 잡아끌었다. 나귀 위에 올라타지도 않고 터벅터벅 걸어서 골짜기 아래로 향했다.

매천도 유제양도 그를 붙잡지 않았다. 그들은 이기의 호방하면서도 급한 성품을 잘 알고 있었다. 그는 판단하고 결정한 바를 굽히는 법이 없는 인물이었다.

이기가 한바탕 휘젓고 간 만수동 골짜기의 분위기는 착잡하고 어색하기 그지없었다. 이기가 퍼부어댄 이야기는 매천에게만 해당되는 것이 아니라 그 자리에 모인 선비를 자처하는 모든 이들에게 해당되었기 때문이다.

누군가가 긴 한숨을 터트렸다. 이기가 말했던 것처럼 나라가 바람 앞의 등불처럼 위태롭다는 것은 누구나 다 느끼고 있었던 터였다. 하지만 어떻게 손쓸 방법이 없어서 무기력하게 바라만 보고 살아올 수밖에 없었다.

"한숨을 내쉰다고 세상이 바로잡히는 것은 아니외다. 자, 무거운 마음을 내려놓고 술이나 한 잔씩 나눕시다. 내가 생각하기에, 총칼을 들고 의병활동에 나서는 것도 좋지만 구안실에서 애국지사를 길러내는 것도 매우 큰 의미를 갖고 있다고 보오."

유제양이 가라앉은 분위기를 돌려보려고 애썼다. 계족산 쪽으로 몸을 돌린 채 눈을 지그시 감고 있던 매천이 돌아서며 하인, 길보에게 소리쳤다.

"손님들이 오셨는데 무엇 하고 있는고. 어서 술상을 내오도록 하게나."

매천의 말이 끝나자 길보가 담취헌을 향해 재빨리 달려가기 시작했다. 부인 해주오씨도 술상을 차리기 위해 분주하게 움직였다.

술이 몇 순배 돌았다. 유제양이 만수동의 봄을 시로 먼저 읊자, 매천의 문인인 난원 허규가 화답시를 읊으며 분위기를 되살리려고 애썼다. 그러나 한번 일그러진 분위기가 활짝 펴질 수는 없었다.

"안녕들 하십니까. 그만 늦고 말았습니다."

뒤늦게 찾아온 소금 왕사천이 사람들에게 인사를 건넸다.

"형님은 어인 일로 이렇게 늦었습니까?"

왕사찬이 물었다.

"오늘은 좋은 날이잖느냐. 그런데 빈손으로 만수동을 찾아올 수 있어야지."

"그럼 무슨 선물이라도 준비해왔단 말입니까?"

"매천이 가장 좋아하고 애타게 기다리는 것을 준비해왔느니라. 여기를 보아라."

왕사천이 품속에서 조보를 꺼내 흔들어 보이더니 매천에게 건넸다.

"매천, 이번에 나온 조보를 구해왔소이다."

매천의 굳어 있던 표정이 조보를 대하자마자 살짝 펴졌다. 그리고 돋보기를 고쳐 쓰더니 마치 배고픈 자가 허겁지겁 숟가락을 놀리듯 재빨리 훑어보기 시작했다.

유제양이 그런 모습을 보고 빙그레 웃으며 매천에게 말했다.

"매천, 무얼 볼 게 있다고 그렇게 야단이시오? 그러다가 조보에 구멍이라도 나게 생겼소이다."

"이산, 영재가 드디어 거상을 끝내고 강화도에서 나온 모양입니다. 영재가 한성부 소윤에 올랐다는 소식이 실려 있소이다. 이거 정말, 경사가 아닐 수 없습니다."

이건창의 소식을 전하는 매천의 표정은 언제 굳어 있었냐는 듯 활짝 펴져 있었다.

"아, 그런데 제가 만수동으로 올라오는 길에 해학을 만났는데, 그의 얼굴이 무척 상기되어 있었소이다. 인사를 건넸지만 받는 둥 마는 둥하며 내려가버리더이다. 혹시 무슨 불상사라도 벌어졌던 것은 아닙니까? 아무래도 해학의 그 급한 성미가……."

왕사천이 어떤 사람을 지정하지 않고 좌중을 둘러보며 물었을 때 유제양이 너털웃음을 날리며 말을 잘랐다. 그리고 매천에게 구안실을 짓고 난 심정을 한 수의 시로 읊어보라며 채근했다.

매천이 조보를 품속에 소중하게 갈무리한 다음 붓을 잡고 종이 위에 '구안실을 짓고 나서'라는 칠언율시 2수를 쓰면서 낭랑한 목소리로 읊조리기 시작했다.

　　대나무 띠집 지으니 쓸쓸히 택한 땅 한가하고
　　내 서실 사랑하여 구안실이라는 현판도 갖추었네.
　　마을로 가는 길 막지 않아 아무데나 통하고
　　문 열면 집의 주산이 한 달음에 들어오네.
　　형제들은 밥상을 내온 후 따라 나오고
　　애들은 좋아라 꽃 속에서 장난치며 노니네.
　　새와 잔나비 아니고는 찾아줄 이 없으니
　　설사 사립문 만들었어도 또한 잠그지 않노라.

매천의 칠언율시가 가라앉았던 분위기를 되돌려주었다. 그래서 저마다 술잔을 주고받으며 너털웃음을 봄꽃처럼 피워냈고, 취흥이 점점 무르익어 자리에서 벌떡 일어나 춤을 추는 자들도 보였다.

호사다마好事多魔.

이 고사 성어는 '좋은 일에는 탈도 많다' 라는 뜻이었다. 그런데 이 말이 쓰인 예는 중국 청나라 때 조설근이 지은 『홍루몽』에 "그런 홍진 세상에 즐거운 일들이 있지만 영원히 의지할 수는 없는 일이다. 하물며 또 '미중부족 호사다마美中不足 好事多魔 : 옥에도 티가 있고, 좋은 일에는 탈도 많다' 라는 여덟 글자는 긴밀하게 서로 연결되어 있어서 순식간에 또 즐거움이 다하고 슬픈 일이 생기며, 사람은 물정에 따라 바뀌지 않는 법이다." 라는 구절이었다.

매천은 평소에 소망했던 것처럼 만수동에 구안실과 일립정을 짓고 두 해 가까이 그런대로 평온하고 행복하게 지냈다. 나라의 형편도 위태롭기는 여전히 마찬가지였으나 큰 사건 없이 그런대로 조용하게 지나갔다.

그런데 매천의 그런 평화로움은 더 이상 지속되지 못했다. 지난 임진년1892년에는 부친상을 당해 광양 봉강에 있는 선산에 모셨다. 그 다음해인 계사년1893년에는 종형인 황담이 저 세상으로 떠났고, 모친상까지 당해 그야말로 줄초상을 치르는 신세가 되고 말았다.

매천은 불효막심한 자신을 한탄하며 하늘이 무너지는 심정으로 집상執喪에 들어갔다. 예로부터 삼불효三不孝라는 말이 있었다. 그것은 부모를 불의不義에 빠지게 하는 일, 부모가 늙고 가난하여도 벼슬하지 않는 일, 자식이 없어 제사를 끊어지게 하는 일이었다.

그는 부모가 그토록 갈망했던 벼슬길에 나아가지 않았던 것에 대해 가슴 아파했다. 만약에 입신출세하여 금의환향했더라면 이처럼 하늘이 무너지는 듯한 아픔을 겪지는 않았을 터였다.

매천을 가슴 아프게 했던 또 하나의 사건은 부친의 회갑 잔치를 해드리지 못했다는 것이었다. 그러니까 부친상을 당했던 그해 4월 30일이 회갑이었는데, 가난한 살림 때문에 '아버님 회갑연에 축수를 지어 올림'이라는 축수시祝壽詩를 써서 올려 회갑연을 대신할 수밖에 없었다. 그런데 두 달 후에 부친 황시묵이 저 세상으로 떠나갔던 것이다.

> 만수산 깊어 초여름에도 시원하고
> 보리바람 불고 괴나무에 걸친 해 고당高堂에 구룹니다.
> 꽃 밝은 옥상屋上에는 단사丹砂 기운 감돌고
> 술 거나한 인간의 백발 머리에선 향기가 납니다.
> 내려보는 자손들도 기뻐하고 종들도 건강하니
> 인자스럽고 행복하시어 해마다 건강하게 지내세요.
> 십 년 가난에 좋은 옷이 없듯이
> 슬하膝下의 반의斑衣 : 때때옷와 소매만이 부질없이 깁니다.

매천은 상중에 시 창작을 거의 하지 않았다. 그리고 한성부에 있는 문사들과의 교유도 끊었다. 세도 당당한 양원 신기선내부, 법부, 학부대신을 역임한 인물과 심재 이도재전라도 관찰사, 군부대신, 학부대신을 역임하다가 단발령을 반대하여 사직한 인물 등이 상경하여 관직생활을 하며 함께 일하자고 권유했으나 모두 거절했다.

그는 부인 해주오씨가 병들어 위독한 지경에 처하자 황원의 집에 궤연几筵과 신주神主를 모시고 참최복[斬衰服]을 입은 채 아침저녁으로 상식을 올렸다. 그러는 동안 그는 피골이 상접해지고 말았다.

계사년1893년 가을이었다.

소천 왕사찬이 상중에 있는 매천을 찾아왔다.

"매천, 큰 사건이 있어서 알려드리려고 찾아왔소."

"저는 모든 세상사를 끊고 지냅니다."

"그렇다고 해도 대단히 큰 사건들이 발생했으니 잘 들어보시오. 3월에 동학교도들이 교조신원을 위해 복합상소를 했고, 이어서 보은에서 집회를 갖고 척양척왜를 내세웠소이다. 그런데 나라에서는 어윤중을 양호兩湖 순무사巡撫使:변란이 발생했을 때 지방에 파견하는 임시 관직로 임명하여 동학교도들을 강제로 해산시키도록 만들었소. 그런 일 때문에 동학교도들의 불만이 매우 큰 것 같은데 아무래도 조만간에 큰 사달이 벌어질 듯싶소이다."

눈을 지그시 감은 채 이야기를 듣고 있던 매천이 한 마디로 정리했다.

"저는 상중에 있습니다."

"매천, 그렇다면 이 소식을 들어보시오. 영재가 조정에서 폄적을 당하여 보성 정자촌으로 유배를 왔다고 하오."

"예!"

매천이 고개를 번쩍 치켜들었다.

이건창은 부친상을 당해 6년간 집상을 마치고 경인년1890년에 한성부 소윤이 되었고, 신묘년1891년 승지에 올랐다. 그런데 느닷없이 유배를 왔다니 놀라지 않을 수 없는 노릇이었다.

"도대체 어떻게 된 노릇이랍니까?"

"외국인에게 부동산을 팔아넘기지 못하도록 하는 상소를 올렸는데, 청나라와 밀접한 관계에 있는 어윤중의 반박으로 그런 꼴을 당했다고 합니다."

왕사찬이 이건창의 항소사건을 자세하게 이야기해주었다.

이건창이 한성부 소윤이었을 때였다. 나라 안에 거류하는 청나라 사람들과 일본 사람들이 우리 백성들의 가옥이나 토지를 마구 사들이자, 국법을 마련하여 백성들의 부동산을 외국인에게 팔아넘기지 못하도록 금지령을 실시하여야 한다는 상소를 고종께 올렸다.

그때 청국공사 당소의가 상소내용을 알고 화가 나서 "청나라 사람들의 가옥이나 토지매도를 금한다는 조항이 조약상에 없는데 왜 금지조치를 하려는가."라고 항의했다.

이건창이 "우리가 우리 국민에게 금지시키는 것인데 조약이 무슨 상관인가."라고 일축해버렸다.

그러자 당소의가 우리 조정에 압력을 가하여 외국인에게 부동산을 판매하지 마라는 금지령을 내리지 못하도록 했다. 하지만 이건창은 단념하지 않고, 만약 외국인에게 부동산을 판 사람이 있으면 그에게 다른 죄목으로써 토죄하고 가중처벌을 했다.

그 결과 백성들은 감히 외국과 매매를 못하게 되었고, 결국 청나라 사람들도 하는 수 없이 매수계획을 포기하게 되었다. 그런데 그런 사건을 빌미로 이건창을 보성으로 유배시켰던 것이다.

"어허, 영재가, 영재가, 이럴 수가……."

매천이 말을 잇지 못했다.

그 다음날이었다.

매천이 방립을 쓰고 포선布扇으로 얼굴을 가린 채 길을 나섰다. 그의 문인인 유당 윤종균과 묘원 허규가 동행했다.

윤종균은 순천 서면 당천마을 출신으로서 매천보다 6세 연하였다. 하지만 매천이 벗처럼 여기는 품격 높은 인물이기도 했다.

허규는 구례 마산 출신으로서 만수동에 거주하며 매천에게 시를 공부했는데, 이기가 남도의 신진들 중에서 제일이라고 평하는 인물이었다.
 세 사람이 이건창의 배소인 보성 정자촌으로 찾아갔다. 이건창은 아주 편안한 모습으로 서책을 읽고 있다가 상복을 입은 채 방문한 매천을 보고 깜짝 놀라며 반가워했다. 그도 그럴 것이 상중에 나들이를 한다는 것은 지극히 힘든 일이라서 매천의 진한 우정을 확인할 수 있었기 때문이다.
 "영재, 그대가 유배를 왔다니 이 무슨 일이란 말이오."
 "아니, 이게 뉘시오. 매천, 매천이 아니오. 연상을 당했다는 소문을 들었소이다만, 문상하지 못해서 죄송하오. 그동안 얼마나 마음이 아팠소이까?"
 이건창이 매천의 손을 덥석 잡았다. 더 이상 말이 필요 없었다. 손만 맞잡고 있어도 얼마나 그리움의 세월을 참고 보냈는지 서로 느낄 수 있었다. 맞잡은 손을 통해 두 사람의 피가 서로 흘러들어가서 뒤섞이는 듯했다.
 한동안 시간이 흐른 뒤에 매천이 입을 먼저 열었다.
 "영재, 이 선비는 순천 태생의 유당 윤종균이오. 품격 높은 문장을 구사하여 장차 큰 인물이 될 것으로 믿고 있소이다."
 소개를 받은 윤종균이 이건창에게 예를 갖추었다.
 "풍문으로만 들어왔던 위대한 분을 여기서 뵈오니 영광입니다. 저는 매천 선생께 율시를 배우고 있는 미천한 선비에 지나지 않습니다. 매천 선생께서 과찬의 말씀을 해주셔서 몸 둘 바를 모르겠습니다."
 "영재, 유당은 저의 제자라기보다 글벗에 가깝습니다. 유당이 과거에 응시한 적이 있었습니다. 그때 '세상이 이미 잘못되었는데 벼슬길에 무슨 미련을 갖겠느냐.' 며 과거를 미련 없이 포기하고 오로지 글공부에만 전념하고 있지요."

이어서 매천이 허규를 소개했다.

"만수동에서 살고 있는데, 학식이 심오하고 문장도 고아하고 의지가 강한 선비입니다."

허규가 이건창에게 예를 갖추었다.

"매천, 좋은 벗들을 만나서 기쁘기 그지없소이다. 자, 어서 안으로 듭시다."

이건창이 안으로 안내했다.

"영재, 그토록 열심히 읽고 있던 서책이 도대체 무엇이오?"

매천이 물었다.

"배소에서 무슨 할일이 있겠습니까. 그래서 노사 선생님의 『노사문집』을 어렵게 구해서 읽는 중인데 심오한 학문에 크나큰 감명을 받고 있습니다……."

이건창은 함부로 칭찬을 늘어놓는 사람이 아니었다. 그런데 입에 침이 마르도록 절찬을 했다.

"저도 그 서책을 읽은 적이 있습니다. 영재께서는 소감이 어떠하오?"

"천하의 참된 학문이었습니다. 비단 우리나라에는 일찍이 없었던 바요 중국에서 구한다 해도 원나라, 명나라의 모든 유학자들이라 해도 여기에 짝하기 어려울 것입니다. 마땅히 그의 성리학에 관한 모든 저작을 뽑아서 2책, 3책으로 편집하여 세상에 전하기 위해 명산名山에 비장해야 할 것입니다. 그런데 미비한 점이 없었던 것은 아니오. 문장은 다소 부족한 점이 엿보였소이다."

그들은 밤새 시국을 논하고 시를 지으며 밤이 짧음을 못내 아쉬워했다. 몇 날 며칠을 함께 지내도 부족함이 많았을 테지만, 매천은 상중이라서 아쉬운 작별을 고하며 돌아올 수밖에 없었다.

3

"선생님, 김개남 접주가 농민군을 이끌고 남원부사 이용헌과 나주의 현령을 살해했답니다."

고용주가 숨을 헐떡거리며 찾아와서 다급한 목소리를 냈다. 그의 얼굴에는 온통 팥죽 같은 땀방울이 매달려 있었으나 땀을 훔칠 여유마저 없이 황급히 뛰어왔던 모양이었다.

매천은 아주 냉정한 표정으로 그를 맞이했다.

"집강소 설치를 반대했다는 이유였겠지?"

"어떻게 아셨습니까? 바로 그렇습니다. 얼마 전에 동학교도들이 교세 확장을 내세우며 조직을 각 처에 침투시키고 전라도 각 53개 군에 집강소를 설치하고 폐정개혁에 착수했는데, 집강소 설치를 반대했던 두 지역으로 무려 수만 명의 농민군들이 몰려가서 관아를 점령하고 지방관들을 살해했던 것이지요."

"그 자들을 농민군으로 불러서는 아니 되고 동비로 부르라했지 않더냐."

"알겠습니다."

"하지만 알고 보면 그들의 잘못만은 아니다. 부정부패와 붕당의 화가 오랫동안 지속되었기 때문에 그들이 들고 일어섰던 것이지 않겠느냐. 내가 그들을 미워하는 것은 척양척왜를 외치고 있지만 사실은 자신들의 행위로 말미암아 외세 침략의 빌미를 주고 있기 때문이니라."

매천이 잠시 생각에 잠겼다가 말을 이어갔다.

"어허, 광양과 구례 소식이 궁금한데 아직 고암과 옥천이 소식을 가져오지 않는구나. 잘 알았다. 그럼 내려가서 다른 소식은 없는지 살펴보아라."

매천이 손짓으로 내려가라는 시늉을 했다. 그가 소식을 듣기 위해 기다리고 있는 고암과 옥천은 광양 비촌의 황병중과 봉주 왕사각의 아들인 왕경환이었다.

고용주가 골짜기 아래로 내려가자, 매천이 일립정에서 일어나 황원의 집으로 갔다. 방립을 깊이 눌러썼고, 부모상을 당한 죄인이라서 하늘을 올려다볼 자격이 없었다.

저녁 무렵이 되었지만 붉게 타오르는 태양이 지칠 줄 모르고 대지를 향해 작두칼 같은 불볕더위를 뿌리고 있었다. 만수동 일대의 산천초목이 소금에 절인 남새처럼 변해버렸다. 자칫하면 만물이 눌어붙어 고소한 냄새라도 풍길 것 같은 상황이었다. 대나무 울타리 아래에서 질펀하게 퍼질러 있는 강아지가 불볕더위를 혼자 감당하기라도 했던 것처럼 혀를 길게 내밀고 가쁜 숨을 몰아쉬고 있었다.

"집강소라? 그 의미는 별로 나무랄 바 없지만 군수나 현령 등의 지방관들을 허수아비로 만들어서 나라의 근간을 송두리째 흔드는 것은 문제가 많지."

매천이 혼잣말로 중얼거렸다.

집강소執綱所는 원래 수령의 보조기구로서 면리 단위에 근원을 두고 행정사무를 맡아보던 '집강'에서 유래된 말이었다. 그런데 동학교도들이 무장봉기를 일으키고 나서 농민군의 지방자치조직을 그렇게 부르고 있었다.

 매천은 집상중이라서 바깥출입을 자제하고 있었다. 그래서 무척이나 답답했지만 다행히도 벗들과 그의 문인들이 소식을 물어 와서 전해주었기 때문에 그런대로 숨통이 터졌다.

 그들이 물어온 소식에 따르면, 집강소가 설치된 각 군과 현의 지방관들은 형식적이었을 뿐이고 집강소가 사실상 지방행정을 좌우하고 있었다. 또 집강소는 무기관리와 치안유지를 맡고 있었지만, 곳에 따라서는 독자적으로 부정한 지방관과 아전들 그리고 지주들을 공격하면서 신분해방을 위한 싸움까지 벌이고 있었다.

 "형님, 때마침 오셨군요. 상식을 올릴 준비가 다 되었습니다."

 상복을 입은 황원이 문밖에서 기다리고 있다가 매천을 맞이했다.

 두 사람이 상식을 올리고 곡을 한 다음에 밖으로 나왔다.

 "형수님께서 편찮으시니까 여기에서 저랑 함께 식사를 하시지요."

 "아니다. 급한 볼일이 있느니라."

 매천이 총총걸음으로 황원의 집을 빠져나왔다. 그리고 무엇에 쫓기기라도 하는 사람처럼 구안실의 방문을 잡아채듯 열고 안으로 들어갔다.

 앉은뱅이책상을 끌어당기고 그 속에 있던 『매천야록』과 또 한 권의 서책을 끄집어냈다. 아직 등불을 밝힐 때는 아니었다. 석양빛이 봉창을 뚫고 안으로 들어와 그 서책을 비추었다. 『오하기문』이라는 네 글자가 선명하게 드러났다.

 매천이 붓을 들어 글을 쓰려다가 잠시 멈추고 생각에 잠겼다.

 지난 계사년1893년 가을 무렵에 왕사찬이 찾아와서 동학교도들의 교조신원운동에 대해 이야기하며 조만간에 큰 사달이 일어날지도 모른다고 했다. 그런데 매우 안타까운 일이었지만 그런 우려가 현실로 나타나고 말았던 것이다.

그들의 교조신원운동은 그 이전에도 수없이 많이 일어났다. 최제우가 처형된 이후에 신원운동이 일어난 것을 필두로 임진년1892년과 계사년1893 사이에는 공개적이며 집단적인 신원운동이 벌어졌다. 임진년에는 소장을 지어 궁궐 앞에서 호소했고, 그해 7월에는 공주 집회를 열어 충청감사 조병식에게 의송議送:백성이 고을 원의 판결에 불복하여 올리던 민원서류을 올렸다. 또 11월에는 삼례에서 집회를 열어 전라감사에게 의송을 올렸으며 그 기세를 몰아 궁궐 앞으로 나가서 복합상소를 올리기까지 했다.

계사년1893년 2월, 박광호를 위시한 40여 명의 동학교도들의 교조신원운동은 광화문 앞에서 사흘 밤낮 곡을 하는 진풍경을 연출하여 조정을 깜짝 놀라게 만들었다.

각국 외교관들은 동학교도들이 자신들을 내쫓고 죽일까봐 두려워했다. 그리고 일본영사관 담장에 일본인을 물리치자는 내용의 방문이 붙었으며, 부산 성문에는 일본을 물리치자는 방문이 나붙기도 했다. 이런 일로 인해 민심이 매우 혼란스러워졌다.

나라에서 그런 상황을 좌시할 리 없었다. 동학을 금하는 명령을 내리고 불복하는 자는 붙잡아갔다. 그러자 3월에 최시형과 손병희가 전국에 통문을 보내고 교도를 모아 보은집회를 열었다.

그 집회에는 서쪽 임피와 함열에서부터 동남쪽으로 광양과 순천에 이르기까지 모두 소를 팔고 땅을 판 다음에 행장을 꾸려 바랑을 짊어지고 기일에 맞추느라 도로가 가득 메워질 지경이었다. 그렇게 해서 모인 그 숫자가 무려 2만 명이 넘었는데, 동학교도만 아니라 탐관오리들에게 수

탈당하고 체제에 불만이 많은 자들까지 가세했다.

그뿐만이 아니었다. 보은집회와 별도로 전라도 금구에서 전봉준이 일만여 명을 끌어 모아 집회를 열었고, 경상도 밀양집회의 참여자들은 소매 없는 푸른 두루마기에다가 소매 끝을 붉은색으로 장식한 조직적이고 치밀한 모습을 보이기도 했다.

"오래 곯다 보면 결국 터질 수밖에 없는 노릇이지."

매천이 긴 한숨을 내쉬었다.

나라가 시끄러웠고 곳곳에서 동요하기 시작하자 백성들 대부분은 "난리가 왜 일어나지 않느냐"고 이죽거렸다. 더러는 "무슨 좋은 팔자라고 난리를 볼 수 있겠냐"고 장탄식을 터트리기도 했다.

그뿐만 아니라 수십 년 전부터 호남지방에서 유행하는 동요가 있었다.

"윗녘 새 아랫녘 새 전주고부 녹두 새, 함박 쪽박 딱딱 후여."

그 동요는 시골아이들이 새를 쫓으며 부르곤 했는데, 우연의 일치인지 모르지만 전봉준의 어릴 때 이름이 '녹두'였다. 그리고 동학도들이 봉기하자 민간에서는 '동학대장 전녹두'라는 소문이 파다하게 퍼지기 시작했다.

매천이 그의 야록을 펼쳐 그동안 기록해놓았던 내용들을 되짚어보기 시작했다.

(3월) 고부에서 동학교도 전봉준 등이 봉기했다. 군수 박원명은 난민들을 풀어서 대접하고 조정의 덕의德義를 알리며 죄를 용서해서 돌아가 농사일을 돌보게 했다. 그런데 주도자 전봉준 등 몇 사람은 간 곳을 알지 못했다. 안핵사 이용태가 이르러서 박원명이 한 일을 모두 번

복시켜서 백성들을 구타하고 반역을 했다는 법률을 적용하여 죽이고
자 했다. 또한 부자들을 얽어매어 난을 일으키게 했다 하여 많은 뇌물
을 거두고 감사 김문현과 모의해서 감영 감옥으로 끌어들이는 죄수들
이 늘어섰다. 백성들이 분하고 노해서 다시 난을 일으켰다.

    전봉준의 가정은 빈한하고 의뢰할 곳이 없고, 동학의 물이 오래 들
어서 항상 우울하여 분함을 생각했다. 민란 초에 여러 사람이 우두머
리로 추대했으나 일을 일으키는데 미치지 못하고 민중들은 갑자기 해
산했다. 그러므로 전봉준은 창황히 숨었다. 조금 있다가 돌아다니다
긴박함을 알고 동학당의 김기범, 손화중, 최경선과 모의하여 대사를
거행하고자 백성을 꼬여 전화위복의 계책으로 동학은 천리天理를 대신
한 것으로 나라를 보호하고 백성을 편안히 하며 죽이고 약탈하지 않
으며 오직 탐관오리만은 용서할 수 없다고 널리 알렸다. 이에 백성들
은 향응하여 연해 일대 10여 읍이 일시에 공명하고 10여 일 간에 수만
명에 이르렀으니 동학교도가 난민과 함께 결합한 것은 이로부터 시작
된다.

  매천이 지금까지 기록해놓았던 야록을 읽어보다가 앉은뱅이책상 위에
힘없이 내려놓았다.
    조정의 무능과 부패 그리고 탐관오리들의 가렴주구가 결국 엄청난 화
를 불러일으키고 만 셈이었다. 그렇지 않아도 외세의 침범 때문에 나라의
장래가 위태로운 지경이라서 가뜩한데다가 민란까지 발생했으니 나라의
장래가 먹구름에 덮인 꼴이었다.
    매천이 두 손으로 귀를 틀어막았다. 먹구름 낀 하늘에서 천둥벽력이

울리며 천지개벽이라도 벌어지는 듯한 환청이 들려왔기 때문이다.

"안돼! 이래서는 안돼!"

매천이 자신도 모르게 소리쳤다.

"나리, 몸이 편찮은 데라도 있습니까?"

방문 밖에서 길보의 목소리가 들려왔다.

매천이 환청에서 벗어나며 정신을 차렸다. 하지만 목이 타는 듯했다. 그래서 길보에게 시원한 냉수를 가져오라고 지시하려다 말고 자리에서 벌떡 일어났다. 밖으로 나가 샘으로 가서 표주박으로 냉수를 떠서 벌컥벌컥 들이켰다.

갈증을 달래기보다 혼란스러움을 말끔히 씻어버리고 싶었다. 하지만 어둠이 찾아오면서 밤하늘의 별빛이 더욱 또렷해지듯이 오히려 생생하게 떠올랐다.

올해갑오년 2월, 전라도 고부에서 전봉준 등이 봉기했던 직접적인 원인은 고부 군수 조병갑 때문이었다. 그는 가렴주구苛斂誅求를 일삼았으며, 흉년이 들었어도 못 본 체했다. 그러자 참다못한 고부 농민들이 만석보를 파괴하고 고부 관아로 몰려갔던 것이다.

무기를 탈취한 농민들은 수탈에 앞장섰던 아전들을 처단하고 불법으로 징수한 세곡을 탈취하여 빈민에게 나누어 주었다. 신임 군수 박원명이 온건한 무마책을 써서 농민군을 해산시켰다. 그런데 안핵사 이용태가 그 사건을 동학도의 반란으로 규정하고 관련자들을 역적죄로 몰아 혹독히 탄압하면서 불에 기름을 끼얹은 꼴이 되고 말았다.

조정에서는 민란을 키웠다는 죄목으로 안핵사 이용태를 김제로 귀양 보냈고, 조병갑의 인척이며 그와 친밀하게 지냈던 전라감사 김문현은 직책을 박탈해버렸다. 그리하여 다음과 같은 임금의 전교傳敎가 내려졌는데, 매천은 『오하기문』 이렇게 적어놓았다.

고부에서 민란이 일어난 것은 실로 오랫동안 백성들의 원망이 쌓이고 정치가 제대로 기능하지 못한 까닭이지 그 연유가 일조일석에 일어난 것은 아니다. 이런 사태를 불러온 해당 관리가 직책을 망각하고 일을 그르친 것은 말하지 않아도 알 만하다. 그런데 지난번에 상신한 관리가 끝내 파직을 당하니, 앞뒤의 일이 어찌 이렇게 다를 수 있는가. 전라감사 김문현은 먼저 봉급 삼등을 감하는 조치를 시행하고, 전 군수 조병갑은 난을 불러일으키고 뇌물을 받은 죄를 범하였으니 의정부에 잡아들여 죄를 다스리도록 하라. 그리고 장흥부사 이용태를 고부안핵사로 임명하여 그로 하여금 하루빨리 부임하여 엄중히 사실 조사를 하여 보고토록 하고, 또 용안현감 박원명을 고부군수에 임명하노니 그로 하여금 난민을 수습토록 하라.

매천의 생각이 거기에까지 이르렀을 때 자신도 모르게 입에서 장탄식이 터져 나왔다.
"저 몹쓸 조병갑 한 놈 때문에 이런 난리가 일어난 게야. 아! 이러한 일은 시대 때문인가 운수 때문인가. 비록 그놈의 고기로 제사지내고 그 가죽을 벗긴다 해도 어찌 보충할 수 있단 말인가."
매천이 다시금 생각 속으로 빠져들었다.
임금이 전교를 내려 사태수습을 해보려고 했으나 이미 들불처럼 타올라버린 불길은 잡을 길이 없었다.

가까운 순천부에서도 수천 명이 부 동쪽에 모여 난을 일으킬 듯했다. 순천부사 김갑규가 백성들을 향해 원하는 대로 다 들어주겠다고 애걸하자 모였던 백성들이 간신히 흩어졌다. 그리고 3일 후에는 영광에서도 "잘못된 것을 바로잡는다"고 하며 난이 일어났다.

전봉준을 총대장, 김개남과 손화중을 장령將領으로 삼은 농민군이 백산에 모여 농민군의 4대 강령과 봉기를 알리는 격문을 발표하고, 궐기를 호소했다.

"사람을 죽이지 말고 물건을 해치지 말라!"
"충효를 온전히 하여 세상을 구제하고 백성을 편안히 하라!"
"왜양倭洋을 축멸하고 성군의 도를 깨끗이 하라!"
"병을 거느리고 서울로 진격하여 권귀權貴를 멸하라!"

썩어빠진 관료들에 비해 민란을 일으킨 농민군 지도부들은 백성들의 열렬한 지지를 받을 수밖에 없었다. 그래서 다른 지역에서도 농민들이 합세하여 그 수가 수천에 도달했다.

기세 오른 농민군들은 전주성 함락을 목표로 금구 원평에 진을 쳤다. 그리고 고부의 황토현에서 감영 군대를 물리쳐 승리로 이끌었다.

조정에서는 전라병사 홍계훈을 초토사로 임명하여 봉기를 진압하도록 명했으나 농민군에게 패하고 말았다. 농민군이 이런 기세를 몰아 전주성으로 진격하기 시작했다.

그동안 성이 함락되었던 여러 곳의 수령들과 안핵사들은 모두 전주로 모여들었다. 그런데 이들은 전주성에 들어가자마자 날마다 선화당에서 먹고 마시며 골패를 즐기는가 하면 기생을 끼고 놀았으니, 그야말로 주지육림酒池肉林이 따로 없었다.

집상 중이었던 매천은 그의 문인들이 물어다 준 소식에 갈증을 느낀 나머지 두 눈으로 상황을 직접 확인해보기 위해 만수동을 나갔던 적이 있었다. 우선 부모님을 모신 영좌靈座에 나아가 어쩔 수 없이 외출하겠노라고 고한 다음에 행장을 꾸려 길을 나섰다.

지난 4월 18일, 때마침 전라도 함평에 농민군들이 진세를 펼치고 있다는 정보를 듣고 그곳으로 갔다.

농민군들의 진영은 장관이었다. 선두에는 평민이 섰는데, 나이 십사오 세쯤 된 사내아이 한 명을 등에 업고 있었다. 그 사내아이가 푸른색 깃발을 손에 쥐고서 마치 지휘하는 듯했다. 그 뒤를 농민군들이 따라다녔다.

앞에서는 날라리를 불고 그 다음에 인仁 자와 의義 자를 새긴 깃발 한 쌍이, 다음에는 흰색 깃발 두 개가 따랐다. 흰색 깃발 하나에는 '보제普濟'라 썼고, 다른 하나에는 '안민창덕安民昌德'이라 썼는데 모두 전서체였다. 다른 나머지 깃발들에는 각 고을의 이름이 써 있었다.

그 외에 갑옷을 입고 투구를 쓰고 말을 탄 채 검무를 추는 자가 한 명 있었다. 그 다음에는 칼을 가지고 걷는 자가 네다섯 쌍, 그 뒤에는 두 명이 날라리를 불고, 마지막에는 한 명이 벼슬아치 관모를 쓰고 도인 복장을 한 채 나귀를 타고 있었다. 아마 그 자가 우두머리라도 되는지 소매 좁은 옷을 입고 관모를 쓴 대여섯 명이 나귀 타고 있는 자를 호위하고 따라다녔다.

제일 뒤쪽에는 두 줄로 일만여 명의 총수銃手가 뒤따르고 있었는데 모두 다 머리에 수건을 두르고 있었다. 그 수건은 다섯 가지 색깔로 구분되어 있었고, 총수 뒤에 죽창을 든 자들이 뒤따르고 있었다.

아무튼 우여곡절 끝에, 6월 11일 농민군들은 폐정개혁을 요구하고 강화를 맺은 뒤 전주성에서 철병했다.

홍계훈이 고부군수, 전라감사, 안핵사 등이 징계를 당했으며 앞으로도 관리의 수탈을 감시하여 징계하겠다는 것을 밝혔기 때문이지만, 청나라 군대와 일본군대가 조선으로 들어왔다는 정보를 알고 그들에게 어떠한 빌미도 주지 않기 위해서였다.

매천이 『매천야록』과 『오하기문』에 빼곡이 적어놓았던 글들을 요약하자면 거기까지였다. 그런데 오늘 오후에 고용주가 찾아와서 알려주었던 정보에 따르면, 김개남이 집강소 설치를 반대했던 남원과 나주까지 점령했던 모양이었다.

또 한 번 장탄식을 터뜨렸다. 두 지역이 점령당했다는 소식보다 농민군의 봉기를 빌미로 청군과 일본군이 국내로 진입한 상태였기 때문이었.

매천이 임오군란 때 한성부에서 생생하게 목격했지만, 그들은 조선 내의 혼란을 틈타서 군대를 이끌고 들어왔고, 그 이후에 갖은 악행을 저질렀던 것이다.

"형님, 무슨 근심걱정이라도 있으신지요?"

어느 틈인지 황원이 다가와서 말을 건넸다.

"시절이 하 수상하구나."

"그게 어제오늘의 일이 아니잖습니까. 너무 심려하지 마시고 건강을 살피십시오. 그렇지 않아도 몸이 많이 상하셔서 병석에 드러누울까 걱정입니다."

"내 한 몸 드러눕는 것은 두렵지 않다마는 조선이 통째로 쓰러질까봐 이러는 것이니라."

"제가 풍문에 들은 것입니다만, 수많은 백성들이 동학도들의 봉기를 환영한다고 합니다. 정의를 표방하고, 척양척왜를 외치고, 충효로써 세상을 구하자고 외치고 있으니 그럴 만도 하지 않겠습니까?"

"어허, 그들은 동학도가 아니라 동학도를 사칭한 비적이니라. 그래서 동비라고 부르는 것이야. 계방아, 너와 내가 누구이더냐? 우리는 충효사상 받들고 살아온 조선의 선비들이 아니더냐."

매천의 눈빛이 날카로웠다.

"잘 알겠습니다."

"그런데, 동비들의 준동도 문제지만 청나라와 일본의 군대가 조선에 진주했다는 것이 더욱 큰 문제이니라. 생각해보아라. 비좁은 지역에서 소인배들이 일으킨 부스럼 같은 하찮은 짓거리에 나라가 들끓었고, 한 가지 계책도 내놓지 못한 채 허겁지겁 외국의 도움을 청하게 되었으니 천하의 웃음거리가 되고도 남음이 있지 않겠느냐. 외국 군대를 불러들이는 일은 종묘사직과 백성들의 안위가 걸린 일이다. 아! 10년 동안 개화하면서 부강에 힘쓴 노력이 이렇게 허망하게 되었단 말인가."

"호랑이를 막으려다가 이리를 불러들인 꼴이 되었군요."

"바로 그렇다."

매천이 어둠 속을 뚜벅뚜벅 걸었다. 조금 전까지만 해도 별들이 빛나고 있었건만 어느새 구름이 가려 칠흑 같은 어둠이 산하를 뒤덮고 있었다.

아랫마을 쪽에서 개 짖는 소리가 연이어 들려왔다. 밤이 되어서 더위가 좀 물러가자 기력을 되찾았던 모양이었다. 그 개 짖는 소리가 만수동 골짜기 깊은 곳으로 날아갔다가 메아리가 되어 돌아오곤 했다.

길보가 등불을 갖고 와서 앞길을 밝혀주었다. 매천을 그 불빛에 의존하지 않고 어둠 속을 터벅터벅 걸었다. 마치 깊은 수렁 속으로 가라앉는 느낌이 들었다.

구안실은 어둠 속에 웅크리고 있는 거대한 짐승 같았다. 낮 동안 폭염에 지치고 말았는지 아직 갱신하지 못한 채 꼼짝 않고 웅크리고만 있었다.

매천은 나라 안의 상황이 급변하기 시작하자 이런 구안실이 아무짝에도 쓸모없다는 것을 느끼기 시작했다. 어느 세월에 애국지사를 길러낼 수 있을 것인지 하는 조바심 때문이었다.

길보가 방문을 열고 들어가서 호롱불을 밝히려고 했으나 매천이 저지했다. 어둠에 푹 파묻혀 있고 싶었기 때문이다. 이런 시국에는 어둠이 차라리 편한 것인지도 모른다는 생각이 들었다.

"형님, 이런 말씀을 드리기 뭐합니다만……."

구안실 안으로 들어가자 황원이 입을 조심스럽게 열었다.

"머뭇거리지 말고 이야기해보아라."

"해학 선생께서……."

"해학이 어떻게 되었다는 것이냐? 속히 말해보아라."

매천이 황원에게 바투 다가섰다. 황원이 움찔거리다가 이내 결심했다는 듯 입을 열었다

"해학 선생께서 동학도를 지지하며 전봉준을 만나러 갔다고 합니다."

"어허! 어허!"

어둠 속에서 매천의 안타까움에 가득 찬 목소리가 울려 퍼졌다. 선비된 자로서 비도들과 손을 잡으려고 하다니 이해할 수 없는 일이었다. 하지만 그의 성격상 충분히 그렇게 하고도 남음이 있을 터였다.

"형님, 어떻게 하다가 나라의 꼴이 이렇게 되었을까요?"

황원이 질문하고 침을 꿀떡 삼킨 다음 입맛을 다셨다. 세상은 어수선

하고 요란스럽다지만 적막감만이 감도는 만수동이었고 구안실이었던지라 침 삼키는 소리가 유난하게 들려왔다.

매천이 한동안 침묵을 지키고 있다가 입을 열었다.

"유림에 올바른 인물이 없게 되자 유학의 도가 마침내 천하에서 분열되었고, 천주설이 조선으로 스며들게 되었다. 유학의 쇠퇴는 붕당의 고질적인 병폐에 기인한 것이야. 예로부터 붕당의 폐해가 극심하면 반드시 나라가 망하지 않더냐. 그런데 말이다, 옛날의 붕당은 한 세대에 그쳤는데, 오늘날의 붕당은 3백여 년에 걸쳐 지속되었고, 게다가 문벌을 따지는 더러운 습속까지 병행해왔으니 이런 꼴로 변하지 않을 수 없었던 게지."

"치유할 묘책은 없겠습니까?"

"무엇보다 먼저 막힌 언로가 트여야 한다. 그리고 법이 공평해야 하며 엄격한 형벌로 관료들을 다스려야 할 것이야……."

매천의 말이 끝나기도 전에 어둠 속에서 인기척이 났다. 구안실 안에 앉아있던 두 사람이 바짝 긴장했다.

"형님, 혹시 동학교도들이 만수동에 들어온 것은 아닐까요?"

"아니다. 저 소리는 금강경을 외는 옥천의 목소리임에 틀림없을 것이다. 내가 여태 기다리고 있었는데 이제야 나타나는구나."

매천의 이야기가 끝나자마자 금강경을 외는 소리가 또렷하게 들려왔다.

"부차 수보리 보살 어법 응무소주 행어보시 소위 부주색 보시……."

매천은 그의 문하에서 공부하는 왕수환에 대해 누구보다 잘 알고 있었다. 그는 키가 작고 뚱뚱한 체형이었고 호걸다운 기질을 갖고 있었으며, 독실한 불교신자이기도 했다.

"호롱불을 밝히도록 해라."

잠시 후에 방안이 환해졌다.

"옥천이더냐? 어서 오너라."

"선생님, 아직 주무시지 않으셨군요."

왕경환이 방문을 밀고 안으로 들어와서 매천에게 예를 갖추었다. 그리고 품안에서 무언가를 적은 종이를 꺼내 매천에게 건넸다.

"구례 상황은 어떠하더냐?"

"집강소가 설치된 이후에 농민군 세상으로 변해버렸습니다. 현감을 지낸 남궁표와 조규하도 농민군들에게 호감을 표시하거나 적극적으로 찬성하고 있으니 완전히 농민군 세상이 된 셈입니다. 그들은 스스로 접장이나 포사라고 칭하면서 군수물자 조달을 위해 동분서주하고 있는 것을 보았습니다."

매천은 그동안 정보를 여러 차례 접했기 때문에 구례 상황은 어느 정도 파악하고 있었다. 구례 농민들도 어느 지역과 마찬가지로 백산집회에 참여했다. 그 무리를 이끌었던 자는 임춘봉이었고, 그는 몇 년 전 구례읍성 앞의 주막에서 우연히 부딪쳤던 적이 있었던 인물이기도 했다.

현감을 지냈던 남궁표는 구례의 접주 임정연의 인도에 따라 동학에 입도했고, 동학의 경전인 『동경대전』을 매우 열심히 읽었던 인물이었다. 또 조규하 역시 현감 재직 시절부터 농민군에게 호의적이었고, 김개남과 서로 '접장'이라고 부르는 처지였다.

"요즘 동태는 어떠하더냐?"

"접주 김개남이 군수물자로 거둔 쌀 300여 석을 화엄사에 보관하여 조카로 하여금 지키게 하고 있다는 소문을 들었습니다."

"해학이 전봉준을 만나러 전주에 갔다고 하던데 거기에 따른 소식은 없느냐?"

"해학 선생께서 농민군이 남원을 점령했을 때부터 접주 김개남과 긴밀한 관계를 맺었다고 합니다. 그래서 전주로 간 모양인데, 그 이후의 소식은 알지 못하고 있습니다."

"그렇다면 이산의 처지는 지금 어떠하다더냐?"

매천은 대지주인 이산 유제양이 농민군으로부터 무슨 해나 입지 않았을까 걱정하고 있었던 터였다. 하지만 평소에 후덕한 성품을 보였던 그였던지라 이런 난리 속에서도 큰 탈없이 무사할 것으로 믿고 있었다.

"이산 선생은 운조루에 없다는 소문입니다. 아마 어디론가 피난을 가지 않았을까 싶습니다."

"농민군들이 대지주들을 징치한다는 소문이 들려오던데 운조루는 아무런 탈이 없다더냐?"

"만약에 운조루가 해를 입는다면 천하의 지주들은 모조리 몰살될 것입니다. 운조루만큼은 아무런 탈이 없는 줄 알고 있습니다."

"다행이로구나. 다행이로구나. 그래서 평소에 공덕을 쌓아야 하느니라. 옥천아, 어두워졌으니 여기서 자고 내일 아침에 내려가도록 하여라."

매천이 방문 밖으로 나갔다. 칠흑 같은 어둠 속에 부엉이 울음소리가 박혀 있었다. 사위가 온통 어둠으로 덮여 있어서 갑갑하기 그지없었다. 집상중이 아니었다면 벌써 역사의 현장 곳곳을 누볐으련만 안타까울 따름이었다.

바람결에 실린 화약 냄새가 후각을 괴롭혔다. 그 바람결에는 시체가 불에 탄 역한 냄새도 끼어 있었다. 아버지에 의해 손목이 으스러질 정도로 움켜잡힌 어린 사내아이가 길을 지나가다가 느닷없이 토악질을 해댔다. 그의 아버지가 사내아이의 등을 토닥거려주고 더럽혀진 입을 닦아주는 중이었다.

먹을 것을 찾아 어슬렁거리고 있던 비쩍 마른 강아지 한 마리가 그 토사물에 눈독을 들였으나 사람이 무서운지 눈치를 계속 살피기만 하고 차마 접근하지 못하고 있었다. 그 강아지의 눈알이 발갛게 충혈되어 있었다. 한참이나 주변을 바장대던 그놈이 별안간 몸을 틀더니 개울 쪽으로 달려갔다.

한 구의 시체가 널브러져 있었다. 강아지가 그 시체를 향해 달려들었다. 주머니에 들어 있던 바싹 말라버린 주먹밥을 발견하고 게걸스럽게 먹어치웠다. 그리고 혀를 내밀어 입 주변을 비질하듯 쓸어대더니 부족함을 채우기라도 하려는 듯 살얼음으로 덮인 개울물을 연신 핥아먹었다.

매천은 그런 광경을 우연히 목격하고서 고개를 절레절레 흔들었다. 죽고 죽이는 전투야말로 인간의 존귀함을 완전히 내팽개쳐버리는 비인간적인 행위였다.

그는 만수동에 계속 처박혀 있을 수 없어서 집상중임에도 불구하고 밖으로 나왔다. 머리에는 방립을 쓰고 포선으로 얼굴을 가린 차림이었다.

며칠 전에 구례의 접주 임정연이 운봉을 점령한 다음에 경상도 서부지역으로 진출하려고 농민군을 광의면에 집결시켰다는 소식이 들려왔었다. 박봉양이 지키고 있던 운봉은 철벽이었다. 그래서 농민군들은 운봉을 눈에 낀 바늘처럼 생각하고 있다는 거였다.

마침내 구례 농민군들이 운봉을 점령하려고 진격했다. 그들은 소뿔에

병기를 묶어 앞장세우고 운봉의 험한 고갯길을 오르려고 시도했지만 박봉양이 이끄는 관군에게 오히려 당해서 대패하고 말았다. 관군은 지형적으로 유리했고 대비책도 훌륭해서 승리를 거둘 수 있었던 것이다.

운봉전투가 끝나자 별의별 소문이 나돌았다. 머지않아 농민군들이 모조리 도륙되고 말 것이라고 했다. 그와 반대로 농민군들이 나라와 손을 잡아 일본군을 물리치고 세상을 휘어잡을 것이라고도 했다.

구례지역은 운봉전투의 대패로 인해 농민군들이 자취를 감춘 상태였다. 한때 농민군 세상이었지만 이젠 그 상황이 완전히 거꾸로 되고 말아 머리에 수건을 두른 자를 보기 힘들어졌다.

비슷한 시기에, 전봉준이 이끄는 농민군 주력부대가 공주 남쪽의 우금치전투에서 관군과 일본군을 상대로 전투를 벌이다가 무기의 열세를 극복하지 못하고 병력 대부분을 잃은 채 금구 원평으로 후퇴했다는 소문이 들려왔다.

매천은 지필묵을 소지하고 여기저기를 돌아다니면서 직접 목격했던 상황이나 소문으로 들려오는 이야기들을 날자 별로 낱낱이 기록하다가 구례로 돌아왔다.

구례읍성은 수차례의 몸살을 겪어서 예전의 단아한 모습을 찾아보기 어려웠다. 매천이 배고픔을 달래기 위해 남문인 영주문 앞의 주막으로 찾아가 보았으나 문이 굳게 닫혀져 있었다. 날씨는 춥고 배고픔은 극에 달했으나 어디 가서 밥 한 술 얻어먹을 수 없는 처지라서 만수동으로 돌아가려고 하는데 광양 비촌의 고암 황병중을 길거리에서 만났다.

"구례까지 어인 일인더냐?"

"그동안 무고하셨습니까. 선생님을 찾아뵈려고 만수동에 갔다가 출타

하셨다는 이야기를 들었습니다. 그래서 선생님이 걱정되기도 하고 내친 걸음이라서 혹시 만나 뵐 수 있을까 하고 구례까지 나왔던 것입니다."

황병중이 매천의 처지를 환히 읽고 있다는 듯 바랑 속에서 주먹밥을 꺼내 건네주었다. 하지만 배고픔을 해결하기보다 광양의 상황이 몹시 궁금하여 물었다.

"전북 금구 출신 김인배 접주가 농민군을 이끌고 순천으로 들어와서 영호도회소를 설치했습니다. 그리고……."

"그 상황은 나도 알고 있다. 김인배는 김개남의 핵심인물이 아니더냐?"

"그렇습니다. 그는 불과 약관의 나이에 지나지 않았는데 대접주 자리에 당당히 오른 인물입니다."

"다른 이야기보다 광양지역에 대해서 소상히 이야기해보아라."

"대접주 김인배가 김개남의 지시를 받고 순천을 거점으로 삼은 뒤 광양군, 낙안군, 좌수영 등을 관할하고 있습니다. 그래서 김인배를 빼고 광양지역의 상황을 말할 수 없게 되었습니다."

"그래, 그래, 알았다."

"광양에도 집강소가 설치되어 폐정개혁이 진행되었습니다. 광양 사람들은 농민군이 들어오자 도탄에 빠진 백성을 구하는 의로운 군대라고 여겨 열렬히 호응하는 분위기였습니다. 그뿐만 아니었습니다. '시천주조화정 영세불망 만사지'라는 동학 주문을 광양 사람이 지었다는 말이 경상도에 퍼져 있을 만큼 광양지역은 대단한 곳입니다. 그런데 하동에서 활동했던 동학도들이 하동부사 이채연에게 쫓겨나는 사건이 발생했습니다. 그러자 영호도회소 대접주 김인배와 수접주 유하덕이 1만여 농민군을 이끌고 하동을 공격하기 위해 섬진강을 사이에 두고 관군과 대치했습니다. 그런데 하동 공략이 쉽지 않자 김인배가 기발한 꾀를 내어 농민군의 용기를 북돋았고, 그렇게 해서 하동을 점령했습니다. 그리고 그 여세를 몰아 진주로 진격했다고 합니다."

매천은 『오하기문』에 하동 공략 당시의 상황을 다음과 같이 기록해놓았다.

> 인배는 부적 한 장을 그려 수탉의 가슴에 붙여 백 보 앞에 놓고 자신의 심복 포졸에게 총을 쏘도록 했다. 이어 사람들에게 큰소리로 외치기를 "닭은 반드시 총알을 맞지 않을 것입니다. 여러 접장들께서는 저의 부적을 믿으십시오."라고 하면서 연달아 세 번을 쏘았는데, 하나도 맞지 않았다. 적들은 환호성을 지르며 부적의 효험을 칭송했다. 그리고 부적을 옷에 붙이고 앞을 다투어 강을 건넜다. 이들은 두 갈래로 나뉘어, 한 갈래는 섬진강의 얕은 여울 중 물살이 세찬 곳을 건너 부府 북쪽에 진을 쳤고, 또 한 갈래는 망덕 나루터에서부터 배다리를 이어 놓고 물살을 거슬러 올라가 부 남쪽에 진을 쳤다. 하동부는 원래 성곽이 없이 산을 등지고 앞으로 강을 향해 있는 지형을 지리적 이점으로 삼았는데, 지방 병력과 민포들은 부 뒤쪽 안봉鞍峯에 진을 치고 있었다. 또 대완포를 발사할 때 점화방법을 정확히 몰라 발사가 지체되었고, 포탄은 모두 공중으로 날아갔다. 적은 재빨리 엎드려 피해버렸으므로 관군은 겁을 먹었다.

"진주로 진군한 상황은 어떻게 되었다고 하더냐?"

"무혈 입성했다고 합니다. 그러니까 김인배가 1천여 명을 이끌고 이청 吏廳으로 들어갔는데, 징과 북을 두드리는 소리와 포성이 마치 뇌성벽력 치는 것처럼 굉장했고, 총과 창검의 날카로움이 하늘을 찌를 듯 그 기세가 당당했다고 합니다. 그리고 군진 앞에 '보국안민'이라고 쓴 커다란 붉은 깃발을 세워놓았는데 그 위용이 대단했다고 합니다."

"일본군이 진압에 나섰다고 하던데 그 상황은 어떠하다고 들었느냐?"

"부산영사관에서 일본군을 파견하고, 토포사 지석영이 이끄는 관군과 합류하여 동학도들을 공격했다고 합니다. 결국 지난 10일과 11일에 농민군들이 진주와 하동에서 대패했고, 김인배가 다시금 하동을 공략하려고 진군하여 섬거역에 진을 치고 섬진강으로 나섰다가 매복하고 있던 관군에게 포위되어 수많은 농민군들이 관군의 총에 맞거나 섬진강에 빠져 목숨을 잃었습니다. 김인배는 산속에 숨어 있다가 맨발로 달아났다고 합니다."

그날 김인배가 이끌었던 농민군들은 전술 부재와 무기의 열세로 말미암아 대패하고 말았다. 당시 섬진강을 건너려다가 빠져 죽었던 숫자만 무려 3천여 명이었다고 하니 얼마나 큰 손실을 입었는지 가히 짐작하고도 남을 일이었다.

"잘 알았다. 오늘은 날이 늦었으니 나랑 함께 만수동으로 들어가서 하룻밤을 보내고 내일 돌아가는 게 어떻겠느냐?"

"그렇게 하겠습니다."

두 사람이 시목나루로 가기 위해 마산 쪽으로 걸어가고 있을 때 맞은 편에서 총칼로 무장하고 깃발을 치켜든 한 무리의 병력들이 서시천을 건너오고 있었다.

"선생님, 몸을 피하시는 게 좋을 듯합니다."

황병중이 느닷없는 병력들의 출현에 겁을 집어먹었다.

"보아하니 농민군은 아닌 듯싶고, 그렇다고 관군도 아니고, 일본군은 더더욱 아니고, 어허, 괴이하구나."

매천 역시 바짝 긴장했다. 사람 목숨이 파리 목숨 같은 시절에 자칫하면 큰 봉변을 당하기 십상이었다. 그가 다가오는 병력들을 뚫어지게 바라보았다. 농민군들이라면 머리에 수건을 둘러쓰고, 멀리서 보아도 식별할 수 있을 만큼 커다란 글씨로 '안민창덕'이나 '보국안민'이라고 쓴 대형 깃발을 앞세웠을 텐데 그렇지 않았다. 그렇다고 해서 관군 복장도 아니었다.

괴이한 무리들이 점점 가까이 다가오고 있었다. 아마 구례읍성을 향해 가는 중인 것 같았다. 선두에 말을 탄 몇 사람이 보였고, 그 뒤로 총칼과 죽창으로 무장한 사람들이 따르고 있었다. 그런데 특이한 것은 말을 탄 사람들 중 대부분이 평이한 선비차림을 하고 있다는 점이었다.

"어! 이산 선생님이 보입니다. 그리고 해학 선생님도……."

시력이 좋은 황병중이 선두에 있는 인물들을 식별해내고 소리쳤다.

"뭐라고! 이산과 해학이! 자세히 보아라. 그럴 리가 없을 것이다."

"틀림없습니다."

"어허! 귀신이 곡할 노릇이구나."

매천은 이산 유제양이 동학도들을 피해 어디론가 숨었다는 이야기를 들었다. 그리고 해학 이기는 동학도들과 손을 잡겠다며 전봉준을 만나러 전주에 갔다고 했다. 그런데 근래에 얼굴을 보기 힘들었던 두 사람이 동시에 나타났고, 또 무장 병력을 이끌고 있다는 사실이 놀라울 지경이었다.

"괴이하구나. 벗으로 지내는 사람들이니 설마 위험할 리 있겠느냐. 가서 무슨 일인지 알아보도록 하자."

매천이 앞장서서 걷고 황병중이 뒤를 따랐다.

한 떼의 무리들이 당당한 모습으로 다가왔다. 황병중의 말처럼 앞장선 사람들은 이기와 유제양 그리고 구례 지역의 토호와 향리들이 끼어 있었다. 그 뒤에는 무장을 한 사내들이 뒤따르고 있었고, 십여 명에 달하는 사람들을 오랏줄로 묶은 채 끌고 오는 중이었다.

"이산, 해학, 도대체 어떻게 된 일입니까?"

매천이 다가가며 소리쳤다.

유제양과 이기가 방립 쓴 매천을 처음에는 잘 알아보지 못하다가 이내 알아차리고 말을 멈췄다.

"매천, 위험한데 왜 이렇게 돌아다니십니까. 더군다나 집상중이지 않습니까."

유제양이 말에서 내리더니 매천의 손을 움켜잡았다.

"바깥소식이 워낙 궁금해서 나왔습니다. 그리고 왜 위험하다는 것입니까?"

"패퇴하는 동학도들이 사생결단이라도 낼 기세입니다. 그들이 닥치는 대로 살상을 일삼고 있으니 돌아다니시면 아니 됩니다."

"뒤를 따르고 있는 사람들은 누구입니까?"

매천이 무장한 무리들을 가리켰다.

"며칠 전에 향리를 지키기 위해 민포군을 결성했습니다. 해학이 민포군 대장으로 추대되었습니다."

이기가 매천을 향해 고개를 살짝 끄덕여 아는 체하고서 민포군을 이끌고 구례읍성을 향했다. 매천이 의아한 표정을 지으며 이기의 뒷모습을 잠시 바라보고 있었다. 유제양이 매천의 소매를 잡아끌었다.

"매천, 함부로 돌아다니면 매우 위험하니 우리를 따라 읍성으로 들어갑시다. 더군다나 곧 있으면 날이 어두워질 텐데 무슨 불상사가 발생할지 알 수 없소이다."

매천은 유제양이 이끄는 대로 따라갔다. 그는 유제양이나 이기에 대해 궁금한 점이 많았다. 그래서 읍성 안으로 들어가 차분하게 물어볼 생각이었다.

구례읍성 안으로 들어가는 민포군의 행렬이 매우 당당했다. 그들은 읍성 안으로 들어가자마자 붙잡혀온 동학도들을 한쪽으로 끌고 가서 인정사정없이 몰매질을 가했다. 아마 도망친 자들의 은신처를 캐내려고 하는 것 같았다.

다그치는 고함소리가 북풍한설보다 더 매서웠고, 고통을 이기지 못해 질러대는 비명이 읍성을 진동했다. 매천은 그런 광경을 차마 지켜볼 수 없어 눈을 돌려버렸다. 한때 같은 마을에서 농사를 지으며 서로 품앗이를 해주고 풍물을 함께 치며 놀았던 사이였다. 그런데 언제부터인지 철천지원수로 변해 매몰스럽게 몰아치고 있었다. 읍성 안은 그야말로 아비규환이었다.

"이산, 저들이 무슨 큰 죄를 지었는지 모르지만, 같은 구례 사람들이 아니오. 너그러운 마음으로 인정을 베풀었으면 좋겠소이다. 잘 타일러서 돌려보내는 게 어떠하오?"

"나도 그러고 싶소이다만, 저들을 그냥 풀어주면 다시금 총칼을 앞세우고 우리들을 해치려 덤빌 것이 분명하기 때문에 어쩔 수 없소이다. 특히 대장으로 추대된 해학이 동학도들을 사정없이 몰아쳐야 한다고 강경하게 나오니 어쩔 수 없는 노릇이오. 그리고 내일쯤이면 장위영한성부 방위를 맡은 3군영의 하나 병력들이 구례로 들어올 것입니다. 그렇게 되면 동학 잔당들이 완전히 소탕되고야 말 것입니다."

유제양이 호리병에 담아둔 술을 건넸다. 매천은 맨 정신으로 서 있을 수 없어서 호리병을 받아 술을 벌컥벌컥 들이켰다. 값비싼 소주였는데 도수가 높아 식도가 화끈거리고 위장에서 불이 나는 듯했다. 매천이 독한 맛을 이기지 못하고 인상을 살짝 찌푸리자 유제양이 말린 고기를 건네주었다.

"이산, 그동안 어디에 계셨습니까?"

"동학도들의 기세가 워낙 흉흉하여 지리산 골짜기로 들어가서 판잣집을 짓고 잠시 숨어 있었습니다. 그러다가 동학도들이 운봉전투에서 대패했다는 소식을 전해 듣고 밖으로 나왔던 것입니다."

"운조루에 무슨 불상사라도 있었습니까?"

"다행히도 아무런 이상이 없습니다."

"그것 참 다행입니다. 이산께서 평소에 공덕을 많이 쌓았기에 아무런 탈이 없었을 것입니다. 그러니까 운조루에 있는 '타인능해' 쌀뒤주가 보살펴준 게지요."

유제양이 거처하는 운조루에는 '타인능해他人能解'라는 글씨를 써놓은 쌀뒤주가 있었는데, 배고픈 자들이라면 어느 누구나 찾아와서 그 뒤주 속의 쌀을 퍼갈 수 있도록 했던 것이다. 그래서 유제양의 후덕한 성품과 빈민구휼 정신에 대해 칭찬이 자자했고, 그 덕에 운조루도 무사할 수 있었을 터였다.

유제양이 멋쩍어하는 표정을 짓고 있을 때 매천이 이기에 대해 물었다.

"소문에 듣자하니, 해학이 동학도에 가담하겠다며 전주로 갔다는 이야기를 들었는데 민포군 대장이 되었다니 도대체 어떻게 된 노릇인지 종잡을 수 없습니다."

"아, 그 사연 말이군요. 해학이 동학도에 호감을 갖고 전주로 찾아갔던 것은 사실이랍니다. 그런데 그곳에 갔다가 동학에 대해 실망감뿐만 아니라 적개심을 키워서 돌아오게 되었다고 하더군요……."

유제양이 전해준 사연은 다음과 같았다.

동학도들이 봉기를 하자, 이기는 그들이 내건 4대 강령과 격문을 접하고 나서 감격해 마지않았다. 그 강령 중에서 병력을 이끌고 서울로 진격하여 권귀權貴를 멸하자는 내용이 제일로 마음에 들었다.

이기는 전주로 곧장 올라가서 전봉준을 만나 자신의 소신을 밝혔다. 그리고 김개남이 남원을 점령했을 때 그에게 동학군을 이끌고 서울로 진격할 것을 주장했다. 그런데 동학군들은 이기를 첩자로 여겼다. 결국 이기는 동학군들에게 붙잡혀서 죽을 고비를 간신히 넘기게 되었고, 도망쳐 나오자마자 토벌에 앞장서게 되었던 것이다.

밤이 깊었지만 혹독한 고문이 계속되어 고함소리와 비명이 그칠 줄 몰랐다. 어둠의 장막을 발기발기 찢어버리기라도 하듯 날카롭고 처절하게 들려오는 소리들은 잠을 도통 이루지 못하게 만들었다.

매천이 황병중과 함께 남회루에 올라 아래를 내려다보았다. 어느 집 하나 호롱불을 밝혀 놓은 곳이 없어서 먹물을 온통 뿌려놓은 듯했다. 성 아래의 마을은 마치 죽음의 골짜기 같았다.

붙잡혀온 동학도들을 취조하던 이기가 다가와서 말했다.

"매천, 지난달 순창 피노리에서 동학의 괴수 전봉준이 체포되어 압송되었소이다. 김개남은 전주에서 사로잡혔고, 손화중은 태인 사람들이 사로잡았다고 하오. 이젠 장수를 잃은 오합지졸만 남았으니 머지않아서 이 난이 평정될 것이외다."

매천은 그의 이야기를 묵묵히 듣기만 했다. 이기가 더 이상 말을 붙이지 못하고 어둠 속으로 사라져버렸다.

"선생님, 저 지리산 쪽을 보십시오. 수많은 사람들이 죽었다는데 혹시 혼불이 일렁거리는 것은 아닐까요?"

황병중이 속삭이듯 말했다.

매천이 고개를 들어 지리산 쪽을 바라보았다. 몇 군데에서 마치 혼불 같은 것이 일렁거렸다. 그런데 자세히 살펴보니 누군가가 어떤 신호를 하기 위해 올린 봉화임에 분명했다.

"저건 혼불이 아니다. 산으로 숨어든 동학도들이 봉화를 올려 신호를 주고받는 듯하구나. 자세히 보아라. 이쪽 봉화가 움직임을 멈추면 저쪽 봉화가 움직이기 시작하고, 마치 무슨 말인가를 주고받는 듯하지 않느냐."

"그렇군요. 그런데 언제쯤 이 처참한 난리가 잠잠해질까요?"

"동학도들이 구식무기와 부적의 힘을 믿고 날뛰어서 머지않아 한계에 다다르고 말 것이야. 동학도들이 공주 우금치전투에서 대패하여 엄청난 손실을 입었다고 한다. 아마 다시 일어서기 힘들 만큼 크나큰 타격을 입었을 것이야. 항일의병들도 마찬가지지만 구식무기나 죽창만으로 신식무기와 잘 훈련된 병사들을 상대할 수 없는 법이지."

매천은 총기에 대해 조사하고 연구했던 적이 있었다. 우리나라 총의 사정거리는 100보 정도였고, 일본총은 4~500백보나 되었다. 그리고 우리

나라의 화승총은 화승으로 점화하여 탄환을 발사했지만 일본총은 총대 안에서 저절로 불이 붙게 되어 눈비가 내려도 아무런 지장 없이 사격할 수 있었다.

"선생님, 그렇지만 동학도들이 주문을 외우며 생사를 도외시하고 용감하게 덤벼드는 것을 보면 쉽사리 궤멸되지 않을 성싶습니다."

"내가 묵자 '귀의貴義' 편에 있는 고사를 하나 이야기해주마. 전국시대 초기에 묵자가 노나라를 떠나 북쪽의 제나라로 가는 길에 어떤 점쟁이를 만나게 되었지. 그런데 이 점쟁이가 묵자에게 북쪽으로 가는 것이 불길하다고 말했지. 묵자는 터무니없는 소리라고 생각하고 계속 북쪽을 향해 가다가 치수淄水라는 곳에 도착했다. 그런데 치수의 물 흐름이 너무 거세어서 건널 수 없게 되자 묵자는 다시 돌아올 수밖에 없었다. 점쟁이가 되돌아오는 묵자를 보고 거만하게 굴면서 기분을 건드렸다고 한다. 그러자 묵자는 제나라에 가지 못하게 된 판국에 점쟁이의 비웃음까지 받게 되자, 몹시 화가 났지. 그래서 점쟁이에게 말하기를, 당신의 말은 근거 없는 미신이며 당신의 말을 믿는다면 천하에 길을 걸을 수 있는 사람은 아무도 없을 것이라고 말했다. 그리고 그런 말로써 나의 말을 비난하는 것은 마치 계란으로 돌을 치는 것과 같다고 하면서 천하의 계란을 다 없앤다 해도 돌은 깨어지지 않을 것이라고 했다는 이야기가 있다."

매천이 이란투석以卵投石에 관한 고사를 이야기해주었다.

"동학도들이 이길 수 없다는 말씀이시지요. 그런데 항일의병들도 같은 신세라니 안타깝기 그지없습니다."

"항일의병 문제는 나도 안타깝게 생각하고 있다. 하지만 사실을 사실 그대로 정확하고 냉철하게 이야기할 수밖에 없구나. 그러니까 우군이라

고 해서 맹목적으로 두둔한다거나 무조건 승리할 것처럼 이야기해서는
안 된다는 것이지."

　매천은 야록을 비밀스럽게 집필하면서 지위고하나 피아를 가리지 않
고 잘못된 점이 보이면 냉철하게 비판했다. 그는 고종과 순종 그리고 대
원군과 민비에 이르기까지 가차 없이 비판다. 또 평소에 존경했던 최익
현이나 유인석의 의병대에 있어서도 어리석거나 잘못된 점이 드러나면
인정을 두지 않고 날카로운 붓끝을 돌렸다. 그래서 매천필하무완인梅泉筆
下無完人이라는 말까지 생겨나게 되었던 것이다.

　매천이 그의 야록에서 최익현과 유인석에 대해 날카롭게 비판한 내용
의 일부를 소개하면 다음과 같다.

　　최익현은 평소에 매우 두터운 명성과 인망이 있었고 충의가 일세
　에 뛰어났다. 그러나 군대를 부리는데 익숙하지 못하고 나이 또한 늙
　어서 일찍이 기모奇謀:기묘한 꾀가 있어 승산을 계획했던 것이 아니었다.
　수백 명의 오합지졸은 모두 기율이 없었고 유생종군자는 큰 관을 쓰
　고 넓은 옷소매의 의복을 입어 장옥場屋:관리를 채용할 때의 시험장에 나아가
　는 것 같았으며 총탄이 어떠한 물건인지 알지 못했다. 겨우 시정市井에
　서 한가로운 사람들을 사 모아서 간신히 대오를 충당하니 보는 사람
　들은 이미 반드시 패할 것이라는 것을 점칠 수 있었다.

　　당시 여러 도의 의병들은 모두 해산했는데 유인석은 양서兩西:황해도
　와 평안도로 진입하여 압록강을 건너 청국지방으로 들어갔다. 지나는 곳
　마다 노자와 양식을 토색討索:돈이나 물건 따위를 억지로 달라고 함하여 자못 옳

지 못하다는 비방까지 있었다.

아비규환의 밤을 힘겹게 보냈다. 날이 밝아오자마자 이기가 이끄는 민포군 일부 병력들이 창칼을 앞세우고 마을을 향해 달려갔다. 그리고 이미 체포되어 고문 받은 자들의 입을 통해 흘러나왔던 정보와 명단에 따라 가담자들을 샅샅이 색출하기 시작했다.

몇 사람들은 그 이전에 산으로 도망쳤지만, 혹시나 하고 그때까지 머뭇거리고 있었던 사람들은 가차 없이 체포되어 생매장을 당하기도 했다.

오후에는 800여 명의 장위영 병력들이 구례로 입성했다. 그들의 인솔자는 이두황이었는데, 농민군 진압을 명분 삼아 갖은 악행을 저지르기 시작했다. 이두황은 북접北接들이 제2차 봉기에 참가하여 보은장내에 모였을 때 기습을 했고, 김개남 부대를 목천 세성산에서 격파하여 수많은 살육을 저질렀던 자였다.

그는 농민군 진압을 명분 삼아 갖은 악행을 저질렀고, 기생을 끼고 다니며 재물을 탐했다. 그래서 그가 임무를 마치고 구례에서 돌아갈 때 재물을 가득 실은 우마차 40~50대를 끌고 갔다.

다음해인 을미년에 일어났던 일이지만, 이두황은 훈련 제2대대장으로서 명성황후 시해에 가담하여 광화문 경비를 맡았다가 체포령이 내려지자 일본으로 도주했다. 그 후에 특사로 귀국하여 이등박문의 배려로 중추원 부찬의가 되었으며 전라북도 관찰사 겸 재판소 판사가 되었다. 국권피탈 이후에도 전라북도 장관으로 죽을 때까지 재임했고, 그동안 일제로부터 여러 차례의 서위와 상여금을 받았던 민족의 반역자였다.

이틀 후였다. 구례의 접주 임정연과 접사 양주신이 광의면 쑥내골에 숨어 있다가 붙잡혀서 처형당했고, 광의면 구리실 부근에 묻혔다. 구례 사람들은 임정연의 죽음을 슬퍼하며 그를 추모하는 노래를 지어 은밀히 불렀다.

> 접주야, 접주야, 임접주야.
> 그 많던 군사 어디 두고
> 구리실 막바지에 낮잠 자느냐.

만수동으로 돌아온 매천은 그가 직접 겪었던 참혹한 현장과 피비린내에서 벗어나지 못해 며칠 동안 신열을 느끼며 몸살을 앓아야 했다.

동학도 토벌을 위해 나섰던 관군이나 민포군들의 무자비한 살상 행위를 보면 인륜이 땅에 떨어졌음을 실감할 수 있었고, 천둥벌거숭이처럼 날뛰는 동학도들을 보면 중국의 태평천국의 난이 떠올라서 나라가 심히 걱정되었다.

그 난과 동학도들의 봉기는 매우 유사한 점을 갖고 있었다. 우선 두 나라 모두 그런 난리들이 발생할 수밖에 없었던 사회상을 살펴보면, 관리들의 부패가 극에 달해 백성들에 대한 수탈이 극심했고, 나라가 재정난에 허덕이고 있었다. 그리고 종교라는 매체를 이용하여 비밀결사를 조직하고 봉기를 꾀했으며, 나라의 무능을 확인하고 봉기를 일으켰고, 그 결과 외세의 간섭과 침입이 심각해지면서 점차 몰락의 길을 걷게 되었다는 점이었다.

매천이 고통에 시달릴 수밖에 없었던 또 하나 사건이 있었다. 청나라와 일본이 조선 문제를 둘러싸고 세력 다툼을 벌이더니 급기야 서로 삼키겠다고 전쟁을 벌이고 있는 중이었다. 그런 아귀다툼은 조선을 철저히 무시하는 처사라서 민족의 자존심을 땅바닥에 내동댕이친 격이었다. 그뿐만 아니라 이런 절체절명의 순간에 국내에서는 대혼란이 벌어지고 있었으니 기가 막힐 일이었고 통탄할 수밖에 없는 노릇이었다.

4

　을미년1895년, 그러니까 매천의 나이 41세 때였다.
　동학 잔당들의 토벌이 곳곳에서 벌어졌다. 각 읍에서는 시골 마을에 명령하여 십리나 오리마다 초소를 만들어놓고 함부로 통행하는 것을 막았으며 낯선 자가 나타나면 세밀하게 캐물어 발각되면 즉각 체포했다.
　전라감사 이도재가 오가작통법五家作統法을 시행했다. 그는 먼저 호구를 철저히 조사하여 타향에서 흘러들어오는 사람들을 서로 숨겨주거나 은폐하지 못하도록 했다. 그리고 조목을 반포하여 다섯 집을 한 통統으로 만들고, 다섯 통을 한 연連으로 만들었다.
　만약에 무슨 일이 발생하면 통은 연에게, 연은 관아에게 보고하도록 만들었다. 하지만 백성들은 아무도 따라 하지 않았고, 문서만 계속 시달리는데 그쳤을 뿐이었다.
　동학도들은 날씨가 무척 추운 관계로 멀리 달아나기 힘들어서 산골짜기나 동굴 속에 숨어 있기도 마땅하지 않았다. 그래서 얼어 죽는 자가 속출하고 더러 목매어 자살하는 자도 생겨났다.
　특히 광양지방의 토벌이 매우 가혹했는데, 마치 짐승을 사냥하는 것처럼 산에 불을 지르고 동굴까지 샅샅이 수색하여 잔당들을 체포했다.
　김개남은 체포되어 포박당한 채 전주로 압송되었다가 감사 이도재에게 신문을 당했다. 그러자 김개남이 큰소리로 외쳤다.
　"우리들이 한 일은 모두 대원군의 은밀한 지시에 의한 것이다. 지금 일이 실패한 것은 또한 하늘의 뜻일 뿐인데 어찌 국문한다고 야단이냐."

이도재는 그 소리를 듣고 무척 난감했다. 대원군을 거론하자 자칫하면 또 다른 난을 불러오게 될까 두려웠다. 그래서 서울로 압송하지 않고 즉시 목을 베어 죽이고 배를 갈라 내장을 끄집어냈다. 그에게 원한을 가진 사람들이 다투어 내장을 씹었고, 고기를 나누어 제사를 지냈다. 머리는 상자에 넣어 대궐로 보냈다.

사로잡힌 전봉준과 손화중은 나주로 송치되었다. 그런데 손화중이 나주목사이며 전라지방 초토사인 민종렬에게 머리를 조아리며 자신을 소인이라고 스스로 낮춰 불렀다. 그 광경을 보고 전봉준이 화를 벌컥 내며 질타했다.

"뭐, 소인이라고? 민종렬을 보고 자신을 소인으로 낮추는 너는 진실로 짐승 같은 놈이다. 내가 사람을 알아보지 못하고 너 같은 놈과 함께 일을 도모했으니 실패한 것은 당연하다."

전봉준은 지방관청의 관리들에게 '너'나 '자네'라고 칭호하면서 당당한 모습을 보여주었다. 그러다가 서울로 압송되었다. 그는 체포 당시에 칼을 맞아 무릎 종지뼈가 떨어져나갔는데, 압송 도중에 푸른 대쪽을 불에 구워서 받은 진액과 인삼을 구하여 상처를 치료했다. 또 밥을 서슴없이 먹는 등 행동에 두려움이 없었다. 어느 날은 누군가가 자신의 뜻을 거스른 적이 있었는데 이렇게 외쳤다.

"내 죄는 종사宗社와 관련되어 죽게 되면 진실로 죽을 뿐인데 감히 너희 같은 것들이 어찌 이럴 수 있단 말이냐."

압송하는 자들도 전봉준의 당당하고 의연한 모습에 기가 죽어서 공손하고 조심스럽게 대했다.

매천이 만수동에서 『매천야록』과 『오하기문』의 기록을 위해 방대한 자료를 정리하고 있을 때 고용주가 찾아와서 사건 하나를 전했다.

"선생님, 운봉전투에서 대승을 거두었던 박봉양이 체포되어 끌려갔답니다."

"도대체 어떻게 된 일이라더냐?"

"소문에 듣자하니, 박봉양이 이두황에게 피해를 입을까봐 운봉에 들어가서 나오지 않았다고 합니다. 그러자 이두황이 박봉양을 꺾어 누르기 위해 일본군을 이용했습니다. 일본군이 사람을 시켜 순창에서 일을 의논하자는 내용의 글을 보냈고, 박봉양이 순창으로 나오자 그들이 사로잡아 진중에 가두었다고 합니다. 그리고 전봉준과 함께 서울로 압송했다고 합니다."

"어허, 말세로구나."

"간교한 이두황과 일본군에게 걸려들었으니 박봉양은 필시 죽음을 면치 못할 듯싶습니다. 그래서 세상인심이 분개하는 중이고, 남원 유생들을 필두로 하여 백성들까지 나서서 석방을 청원하고 있답니다."

"세상이 어찌 되려는지 정말 한심하구나."

매천이 주먹으로 방바닥을 내리쳤다. 세상은 극도로 혼란스러웠다. 동학도 우두머리들이 체포되어 사형을 당하는 중이었고, 잔당들도 닥치는 대로 죽이다 보니 천지가 피바다로 변해가고 있었다. 게다가 동학도들과 내통했다고 하여 수많은 사람들이 끌려가느라 천하가 아수라장으로 변해버렸다.

동학도들의 숫자가 수십 수백만이나 되어 그들을 다 죽일 수 없게 되자 접주, 접사, 교장, 통령 등의 고위급만 죽이고 나머지는 죽이지 말자는 여론이 나돌았다. 그리고 참모관, 민포장 중에서 탐욕스러운 자들은 뇌물을 받고 죽여야 할 자들을 풀어주는 경우도 왕왕 발생했다. 일이 그렇게 되다보니 주로 배고픈 백성들이나 날품을 파는 힘없는 자들만 목숨을 잃게 되었다.

그런 와중에 일본군 대장 남소사랑미나미은 각 고을에 명령을 전하면서 그 문서의 첫머리에 '대일본제국 동학정토군'이라고 적었다. 그것은 조선이 일본의 속국이라는 것을 공공연하고도 뻔뻔스럽게 주장하는 것이나 마찬가지였다. 그래서 그런 상황을 접한 사람들은 깜짝 놀라며 분개했으나 감히 나서서 따지지 못하고 있는 실정이었다.

세상은 혼란스럽고 피비린내가 진동했지만 세상의 한 귀퉁이인 백운산 만수동은 언제나 변함없이 탈속의 경지를 유지하고 있었다. 하지만 만수동은 무릉도원이 아니었다. 때가 되면 박토를 열심히 갈아 밑거름을 뿌려야 했고, 해동갑 논밭을 네 발로 기어야 어렵사리 목구멍에 풀칠할 수 있는 척박하고 치열한 삶의 현장이었다.

매천은 탈상을 마치자 그동안 중단했던 시작詩作에 열중하는 한편 논밭에 나가 농사를 직접 지었다. 집상 중에는 시작을 거의 하지 않았던지라 막혔던 봇물이 터지기라도 하듯 수많은 시가 쏟아져 나왔다.

더군다나 농사일에 본격적으로 뛰어들기 시작하면서 농촌의 비참함을 더욱 뼈저리게 느끼게 되자 매우 사실적으로 '농촌시'를 쓰며 아픔 마음을 달래곤 했다.

그 해에 매천은 담배농사로 소득이 그런대로 많아졌지만 여전히 굶주림이나 어렵사리 면하면서 곤궁하게 살아가고 있는 빈농들의 삶을 '종어요(種菸謠, 담배심기)' 라는 칠언고시 1수로 표현했다.

〈전략前略〉
바다처럼 넓은 밭에 낱낱이 손이 가니
처음에는 아득하여 끝내지 못할 것 같았지.
반평생 다져진 손끝이 날래기만 해
삼태기의 담배 모종 잠깐 사이에 다 비웠네.
두꺼비가 야금야금 둥근달을 갉아먹듯
진흙탕 속의 게가 분주히 길가다 막힌 것이네.
땅은 검은데 잎이 점차 푸르러지니
나비 날개 만 조각이 봄 숲에 붙어있네.
백년 묵은 고목에는 산 까치가 지저귀고
단오 때가 되어 맑은 바람이 솔솔 불어오네.
바람결에 가는 소리 이어졌다 끊기었다
농군들이 부르는 원근의 노랫가락 남동南東이 없네.
나 역시 십 년 동안 소작 노릇하였으니
모심을 때 모 심고 보리를 갈 때 보리 심었다오.
가을 곡식 익었어도 세금 소작료 떼고 나면
빈 곳간 여전하고 풍년은 풍년이 아니었네. 〈하략下略〉

매천은 담배농사를 통해 소작인들의 고뇌를 밝혀 놓았고, 그밖에도 모내기 과정을 눈앞에서 보듯 매우 생동감 있게 그러내는 등 농촌현실의 구조적인 모순에 천착하며 그 모순을 고발하는 시를 썼다. 물론 시작에 전념하면서도 경향각지의 지인들이 보내준 편지라든지 관보와 신문을 구해서 읽으며 『매천야록』과 『오하기문』의 기록 작업을 비밀리에 꾸준히 해나가고 있었다.

매천의 문인들도 세상의 혼란함에 묶이지 않고 구안실을 찾아와서 글공부에 전념했다. 그는 제자들을 가르치면서 육유陸遊의 시詩를 모범으로 삼았다. 그리고 시를 지도하는 방법으로 잘된 율시를 초抄하여 책으로 엮고 각 시마다 붉은 먹으로 권점圈點:글을 맺는 끝에 찍는 고리 형상의 둥근 점을 찍고 주석을 달아 평하기도 했다.

그러던 어느 봄날 김제 출생의 석정 이정직이 매천과 이기 그리고 허규의 명성을 듣고 구례를 찾아왔다. 이정직은 추금 강위에게 시를 배우기도 했고, 중국 연경에 가서 견문을 넓히고 돌아왔으며, 시서화詩書畵 삼절을 이룬 명사였다.

이정직이 매천의 구안실을 찾아와서 "산중에 천 권의 책 끼고 앉아서/늙어서도 삼여三餘를 아끼는구나./경해鯨海:큰 바다 따라서 두공부杜工部를 배웠다면/용문龍門을 향하여 태초太初를 기록하리./창 앞엔 바위꽃 향기가 끊이지 않고/길은 숲 넝쿨 걷혀서 푸른 빛 성기네./호남 천지에 좋은 수석 많기도 하련만/어째서 백운산 양지쪽 한 초가에 사는가.//"라며 '구안실 회작' 이라는 시를 읊었다.

그리고 돌아가는 도중에 매천에게 "입만 열면 쨍그랑 특이한 소리 나네./방장산지리산과 백운산의 밝은 기운이/모두 이곳에 와서 문명을 열었어라."라는 시를 지어 보냈는데, 구안실에서 공부하는 문인들의 기상이 범상치 않음을 노래하는 내용이었다.

매천이 구안실 생활에 열중하고 있을 때 바깥세상은 격동기를 맞이하여 급변하고 있었다. 봉기를 일으켰던 전봉준이 사형을 당했고, 홍종우가 김옥균을 암살하는 사건이 발생했다. 그리고 일본군대는 지난해의 갑오개혁을 기점으로 대원군을 앞세워 민씨 일파를 축출했으며, 김홍집을 중심으로 하는 온건개화파의 친일정부를 수립하여 국정개혁을 단행했다.

매천은 그들의 갑오개혁이 진정한 개혁이 아니라 일제와 그 앞잡이들이 벌였던 변란에 지나지 않다는 것을 눈치 채고 코웃음 쳤다.

아무튼 그들의 작태는 거기에서 끝나지 않았다. 과거제를 제멋대로 폐지하고 일본식 관료 제도를 도입하는 등 조선의 봉건체제를 일시에 뒤흔들어놓았다. 그러던 중에 엄청난 사건이 발생했다.

같은 해 10월 8일 새벽이었다. 일본 육군 장교들이 낭인처럼 꾸며 흥선대원군을 앞세우고 서대문을 거쳐 이두황 등이 지휘하고 있는 조선 훈련대와 합류하여 광화문을 통과했다.

그들은 대궐 침범을 저지하려던 궁내부대신 이경직과 훈련대 연대장 홍계훈을 살해했다. 명성황후의 침실인 옥호루에 난입했다. 낭인처럼 꾸민 일본 육군 소위 궁본죽태랑미야모토 다케타로이 명성황후를 일본도로 무참히 살해했다. 시신을 검은색 긴 치마에 싸서 녹산 밑 숲 속에서 석유를 뿌리고 불을 질렀다. 타고 남은 몇 조각의 뼈는 불을 질렀던 바로 그 장소에 묻었다.

그 시해사건 이후, 일본은 을미개혁을 강요하기 시작했다. 주요 내용은 태양력 사용, 종두법 시행, 우체사 설치, 소학교 설치, 단발령 등이었다. 그리고 조선 개국 504년1895년을 건양원년建陽元年으로 하여 양력을 채용하는 동시에 전국에 단발령을 내렸다.

매천은 단발령이 실시된 며칠 후에 관보를 읽고 이런 경천동지할 사건을 알게 되었다. 그 관보에는 고종의 조칙이 실려 있었다.

"짐이 신민을 솔선하여 상투를 자르나니, 너희들 국민은 짐의 뜻을 극체하고 만국과 병립되는 대업을 성취케 하라……"

매천은 그 조칙이 청천벽력 같았다. 만수동 골짜기 위의 하늘에서 느닷없이 우레가 진동하고 굳건한 대지가 지진 난 것처럼 심하게 흔들려서 중심을 잡기 힘들 정도였다.

『효경』에서 '신체발부수지부모身體髮膚受之父母 불감훼상효지시야不敢毀傷孝之始也'라고 했다. 그러니까 '신체는 부모로부터 물려받은 것이니, 상하게 하지 않는 것이 효의 시작이다'라는 뜻이기 때문에 상투 훼손은 효의 근본에 어그러지는 일이었다. 그리고 조선의 전통문화에서 상투는 큰 의미를 내포하고 있었다.

만약에 상대가 상투를 잡게 되면 권위를 무시하는 것이나 마찬가지라서 사생결단을 내는 큰 싸움이 벌어지곤 했다. 또 '동곳을 뽑는다'는 말이 있는데, 동곳이란 상투를 튼 후에 풀어지지 않도록 꽂는 장식을 말했고, 죄인인 경우에 강제적으로 동곳을 뽑았기 때문에 '힘이 모자라서 복종하는 경우'를 지칭하는 말이었다.

또 조선 문화에서 상투는 어른이 되었음을 알려주는 표식이나 마찬가지였다. 그래서 코흘리개가 상투를 틀었다고 해도 남녀노소 누구나 함부로 대하지 않았다.

"어허, 괴변이로다 괴변. 이러다가 세상이 어떻게 변할 것인지 알 수 없구나."

매천이 통탄하다가 서둘러 행장을 갖추고 만수동을 나섰다. 참담한 마음을 어디 하소연할 마땅한 데가 없었다. 그래서 토금마을에 살고 있는 왕사찬을 찾아갔다.

해가 늬엿늬엿 질 무렵이었다. 아무것도 모르는 왕사찬은 낭랑한 목소리로 책을 읽고 있었다.

"소천, 이럴 수 있단 말이오. 이건 말도 안 되는 소리요."

매천의 느닷없는 방문과 목소리에 왕사찬이 깜짝 놀라 뛰어나왔다.

"도대체 무슨 일입니까?"

"이 관보를 보시구려. 단발령에 관한 조칙이 내려졌소이다."

매천이 마루 위에 관보를 내던졌다.

"단발령이라니요?"

"상투를 자르라는 것입니다."

"뭐라고요! 상투를……."

왕사찬이 놀라서 입을 다물지 못했다.

"왜놈들이 조선 사람들의 전통을 말살하고 또 기를 꺾어버리려고 상투를 자르도록 강요한 모양입니다. 이 통탄스러운 마음을 누구에게 하소연하겠소."

매천이 눈물을 흘렸다.

왕사찬도 관보를 급히 읽어보고 어찌할 바를 모르며 몸을 부들부들 떨었다.

"말세가 온 모양이오. 이젠 우리 조선의 운명도 가물가물 해지는 것 같소이다. 그런데 우리처럼 문약한 선비들은 아무런 손쓸 방도도 찾지 못하고 이렇게 눈물만 흘리고 있다는 게 고통스러울 뿐입니다."

왕사찬이 고개를 힘없이 떨어트렸다.

매천이 주먹으로 눈물을 훔치더니 붓을 들고 칠언율시 1수를 적어내려 가기 시작했다. 아픈 가슴을 풀 길은 오로지 글밖에 없었다.

참담한 산속 시냇가 해 떨어질 무렵에
궁벽한 겨울의 운물雲物이 근심과 함께 하네.
노년에는 음력과 양력을 보는 게 두렵고
눈이 오는 날엔 어두운 방에서 서로를 찾았지.
북쪽 조정을 생각하면 두 줄기 눈물만 흐르고
육지의 혼연한 기운은 왜란 때와 같구나.
영에서 보니 가슴에 근심이 없는 것 같은데
솔바람 가득한 자리에 무릎 안고 졸고만 있네.

그날 밤은 유난히도 이리들의 울음소리가 드셌다. 다른 때 같으면 부엉이들의 울음소리가 구슬프게 들렸을 텐데, 그날따라 이리들이 살벌하게 울부짖으며 산골의 밤을 흉흉하게 만들었다.

한편, 단발령이 내려진 한성부는 살벌하기 그지없었다.

고종이 먼저 서양식으로 머리를 깎았으며, 내부대신 유길준은 고시를 내려 관리들로 하여금 가위를 들고 거리나 성문 등에서 백성들의 머리를 강제로 깎게 했다. 경무사 허진은 순검들을 몰고 다니면서 상투를 튼 사람만 만나면 추호도 사정을 봐주지 않고 잘라버렸다.

상투를 자르는 일은 거리나 성문 등에서만 자행된 것이 아니었다. 순검들이 호별방문까지 해가면서 닥치는 대로 잘라버렸다.

거리에는 통곡이 질펀하게 흘렀다. 잘라진 상투를 가슴에 보듬고 통곡하는 사람들 때문이었다. 또 상투를 잘리지 않으려고 도망치는 사람들이 부지기수였다. 심지어는 여자용 가마를 타고 도망치는 자도 있었다.

가마꾼들은 상투를 강제로 자른다는 소문을 듣고 아예 일을 나가지 않고 집안에 처박혀 있었다. 장사치들도 점포의 문을 닫아버리고 말았다. 그 바람에 외국 공사관들의 발이 묶였고, 상거래가 끊기면서 생필품 값이 폭등하고 말았다.

거리에는 "상투가 망투되고 망건이 탕건된다"는 동요가 나돌았다. 상투를 잘라버렸으니 망건을 쓸 필요가 없었고 탕건만으로 족했기 때문이었다.

신아리랑타령이 나돌았다. "우리네 부모가 나를 기를 적에/중[僧] 서방 주자고 나 길렀나./아리랑 아리랑 아라리요/아리랑 고개를 넘어간다.//호박풍잠에 관역상투/사대문 바람에 다 떨어진다./아리랑 아리랑 아라리요/아리랑 고개를 넘어간다.//"

그 타령에서 '중 서방'이란 상투 잘린 사람을 의미했다.

단발령 때문에 울어야 할지 웃어야 할지 모르는 우스갯소리도 나돌았다. 어떤 사내가 임금의 명령에 따라 사당에 가서 분향재배하고 상투를 잘라 까까머리가 되었다. 그런 후에 마누라 생각이 슬그머니 솟구쳐서 안채로 찾아갔다. 그런데 마누라가 냉정하게 돌아앉으며 "나는 중한테 개가하겠다고 사당에 가서 고한 적이 없습니다. 그런데 양반집 부녀자가 어찌 사통할 수 있겠소."라고 말했다.

어쩔 수 없이 사랑채로 쫓겨난 사내가 까까머리 위에 탕건을 쓰고 다시금 마누라를 찾아갔다. 그러자 이번에는 "이랬다 저랬다 두 마음을 가진 남자와는 살 수 없으니 내 몸에 손끝도 대지 마시오."라며 거절을 했다.

얼굴이 벌겋게 물든 사내가 안채를 나서려고 하자, 그의 마누라는 남편이 처량하게 보였던지 "영감, 잠깐 내 말 좀 들어보시구려. 어차피 공맹의 도가 땅에 떨어진 마당이니 부녀자가 오입 한 번 했다고 흉이 되겠소, 이리 들어오시오."라고 했다는 거였다.

매천은 자신이 직접 듣고 보았던 단발령의 실상을 그의 야록에 기록했는데 일부분을 소개하자면 다음과 같다.

> 10월 중에 일본공사가 왕께 위협하여 조속히 삭발하도록 했으나 왕은 인산因山을 치른 뒤로 기한을 정했다가 이에 이르러 유길준과 조희연 등이 일본군을 인도하여 궁성을 포위하고 둘러가며 대포를 묻고 머리를 깎지 않는 자는 죽이겠다고 선언했다. 고종은 긴 한숨을 들이쉬며 정병하를 돌아보고 말하기를 "경이 짐의 머리를 깎는 게 좋겠소."하니 그가 가위를 가지고 손을 놀려 왕의 머리를 깎았다. 유길준은 왕태자의 머리를 깎았다. 머리를 깎으라는 명령이 이미 내려지매 곡성이 하늘을 진동하고 사람들은 분하고 노해서 목숨을 끊으려고 했다. 형세가 장차 격변하여 일본인들은 군대를 엄히 하여 대기시켰다. 경무사 허진은 순검들을 인솔하고 칼을 들고 길을 막으며 만나는 사람마다 머리를 깎았다. 또한 인가에 들어가 조사해서 찾아 헤매니 깊숙이 숨어 있지 않고서는 머리를 깎이지 않을 수 없었다.

내부대신 유길준이 단발령을 강행하며 전 참판 최익현을 잡아들였다. 그러자 최익현이 한사코 거부하면서 "내 머리는 자를지언정 상투는 자르지 못한다."고 외쳤다.

이처럼 명성황후 시해사건과 단발령 강제시행으로 인해 유생들이 '근왕창의勤王倡義'를 내걸고 앞 다투어 봉기했는데 그 광경이 마치 비온 후 죽순이 치솟는 듯했다. 그 상황을 대충 살펴보자면 서상열이 강원도에서, 유인석이 경기도에서, 주용규가 호서지방에서, 노홍규와 정한용이 진주에서, 이설과 김복한이 홍주에서, 기우만 등이 전라도 지역에서 각각 봉기했다. 이른바 을미의병이었다.

들불처럼 일어난 의병에 당황한 조정은 선무사를 파견하여 그 불길을 잡으려고 해보았지만 여의치 않았다. 이런 혼란을 틈타 이범진과 이완용 등의 친로파가 아관파천을 불시에 단행했다.

매천도 그런 소식을 접하고서, 일국의 왕과 왕세자가 궁궐에 머물지 못하고 러시아 공관에 피신하여 그들의 군대에 신변보호를 맡기고 있는 상황에 대해서 개탄했다.

소문에 따르면, 고종이 이범진 등과 더불어 러시아 힘에 의탁하여 김홍집 등을 제거하려고 음모를 꾸몄고, 때마침 러시아 인들은 우리나라를 넘보고 있으면서 일본에게 선수를 빼앗겼는데 상대가 힘을 빌려달라고 하기 좋은 기회를 맞은 셈이었다.

그러는 동안 이범진 등이 엄 상궁에게 은 4만 냥을 주고 변란이 일어날 것이라고 소문을 내도록 하여 고종을 두렵게 만들었다. 그러자 고종이 부득불 궁궐에서 출어하게 되었던 것이다.

이범진은 교자 두 개를 빌려 고종과 왕세자를 태우고 러시아공관으로 갔다. 고종은 도착한 즉시 경무관을 불러 김홍집 등을 참수토록 했다. 그렇게 하여 김홍집과 정병하가 죽음을 당했다.

매천은 김홍집의 죽음을 애석하게 여겼다. 그는 병자수호조약 때 흥양

현감이었는데 굶주리는 백성들을 살렸던 적이 있기 때문이었다. 또 이범진 등이 아관파천을 주도한 일에 대해서는 충의로 한 것이 아니라 단지 권력 다툼 때문이라고 보았다.

"아, 조선의 앞날이 자꾸만 어두워지는구나."

매천의 탄식은 곧 현실로 나타나기 시작했다.

조선의 보호국을 자처한 러시아국이 조정에 압력을 넣어 삼림채벌권을 비롯하여 광산채굴권 등의 이권을 차지하기 시작했다. 그들은 조선을 삼키려는 또 한 마리의 맹수에 지나지 않았다. 구미열강들도 러시아와 동등한 권리를 요구하여 경인선과 경의선 철도부설권 등이 값싼 가격으로 외국에 넘어가는 결과를 초래하고 말았다.

이건창이 아관파천 때 상소를 올렸다.

"지금이 어느 때입니까? 나라의 운수가 이 지경으로 간고하고 폐하의 괴로움이 이 지경에 이르러 크고 작은 근심이 날마다 그칠 사이가 없습니다. 그런데 신은 유독 개미같이 천하고 돼지와 물고기 같이 미련한 몸으로 부르는데 응하지 않고 명령하는데도 깨닫지 못한 채 글을 한 번 올리고 두 번 올리면서 지금까지 세 번이나 올렸습니다."

이건창은 이런 상소를 세 번이나 올렸으나 중간에서 막혀 고종에게 전해지지 않았다.

그는 보성에 잠시 유배되었다가 그 해에 함흥부의 안핵사로 파견되어 그곳 관찰사의 죄상을 명백하게 가려내어 파면시켰다. 그리고 다음해 갑오개혁이 일어나자 나라에서 내린 각종 벼슬을 모두 거절했고, 특히 병신년1896년에는 해주관찰사에 제수되었으나 극구 사양하다가 고종의 노여움을 사서 고군산도古群山島로 유배되었다가 특지特旨로 2개월이 지난 뒤에 풀려났다. 그리고 향리인 강화도로 내려가서 서울과 발길을 끊었다.

병신년1896년이었다. 매천은 무정 정만조가 전라도 진도로 유배되었다는 소식을 들었다. 그는 매천이 생원 회시에 응시했을 때 장원이 되도록 도와주었던 사람이었다. 매천은 옛 정을 잊을 수 없어서 그를 찾아가 위로했다.

정만조는 궁내부 참의관을 지내다가 을미사변에 연루되었다고 하여 유배형을 받았고, 진도에서 조선 후기의 서화가로 유명한 소치 허련의 손자인 허백련 등에게 글을 가르치며 세월을 보내고 있었다.

매천이 정만조를 찾아 진도로 가면서 '귀양간 무정을 찾아감'이라는 칠언율시 1수를 지었다. 그리고 돌아오는 길에 그를 잊지 못하여 "이별할 때 눈물을 흘리지 않는다고/반드시 다 대장부는 아니다./남아 있는 그대의 마음이 상할까봐/얼굴에선 억지로 웃음을 띠었다네…….//"라는 시를 지어 변함없는 우정을 드러냈다.

그런데 그런 시보다 더 의미가 있는 것은 진도의 벽파정에 올라 보통 사람처럼 바닷가의 풍물을 읊지 않고 왜적을 무찔렀던 이순신 장군을 애타게 그리워하며 우국충정으로 지었던 '벽파진'이라는 칠언율시 1수였다.

> 정유년 재침 때는 나라가 가장 위급하여
> 벽파정 앞바다가 온통 왜적 깃발이었다.
> 역사는 가련하게 참소 당한 악의를 슬퍼했고
> 하늘이 곽분양을 돌보아 기뻐하는 날이었다.

만 번 죽은 들 어떻게 이 전공 꾀하리오.
충무공 이 정신을 무신들은 배워야 하리.
지금 이곳이 오랑캐 배 드나드는 곳이니
혓바닥 깨물며 명량대첩 옛 비를 가리키누나.

　매천은 삼천리금수강산이 왜나막신게다에 짓밟히고 있는 현실을 안타까워하며 이 충무공의 구국정신을 '혓바닥 깨물며' 되새겨보았던 것이다. 또 해남 대흥사에 있는 표충사에 들러 망해가는 나라를 안타깝게 여기고 눈물 흘리며 "망망하도다, 유가의 썩은 선비 부끄러워라."고 읊었다.
　정유년1897년에는 매천이 친 어머니처럼 모셨던 백모가 세상을 떠났다. 그는 인생무상을 새삼 깨달았다. 예전에는 한 번 태어나면 영원히 살 것 같다는 착각 속에 살았으나 부모상을 당하고, 종형과 백모까지 상을 당하자 인간은 누구나 때가 되면 멀리 떠나야한다는 것을 절실하게 느꼈던 것이다.
　지난해에 아관파천이 있었는데 1년 남짓 지난 그 해 2월 25일, 고종은 러시아의 영향에서 벗어나라는 내외의 압력에 따라 러시아 공관을 떠나 경복궁이 아닌 경운궁지금의 덕수궁으로 환궁했다.
　독립협회와 일부 수구파가 연합하여 칭제건원을 주장하기 시작했다. 그런 움직임은 갑신년1884년의 정변 때도 있었는데, 개화당이 국왕의 지위를 중국의 황제의 지위와 대등하게 올리려다가 실패했다. 또 갑오년1894년의 개혁 때도 중국의 연호를 폐지하는 등 조치를 취했으나 일본의 반대로 무산된 바 있었다.
　고종의 환궁을 계기로 8월에 연호를 '광무'로 고쳤으며, 9월에는 옛

남별궁 터에 환구단圜丘壇을 세웠다. 그 환구단은 '하늘에 제사'를 지내는 곳인데 고려 때부터 시행했고 설치와 폐지를 되풀이하다가 조선 세조 때 중단되었다. 그리고 고종 때에 다시 설치되었던 것이다. 그리고 드디어 10월 12일 환구단에서 황제 즉위식을 올림으로써 대한제국이 성립되었다.

그동안 외국 공사들은 고종의 황제 즉위를 못마땅하게 여겼다. 특히 러시아 공사는 "귀국이 자신의 신분을 넘어 제왕의 신분을 가지려한다면 우리 러시아국은 마땅히 절교하겠다."고 말해서 고종이 두려워하기도 했다. 하지만 황제 즉위식이 거의 성사단계에 이르렀고, 만조백관이 대궐 뜰에 나와 청하면서 "다른 나라가 황제 즉위를 인정할 권한이 없다."고 아뢰자 그런 여세를 몰아 강행해버렸던 것이다.

대한제국 성립이 이루어진 다음해에 독립협회가 1만여 명이 참가하는 만국공동회의를 종로에서 열어 대한제국의 자주독립 강화를 결의했다. 그 이후에 러시아와 일본이 한국의 내정에 간섭하지 않는다는 니시-로젠 협정이 체결되었다. 이렇게 하여 한반도를 둘러싼 국제세력 균형이 이루어짐으로써 자주독립국으로서의 실천을 이룩할 수 있는 기회를 맞이하게 되었다.

그런데 독립협회와 수구파의 권력다툼이 벌어져서 수구파가 승리하게 되자, 국제열강의 세력균형을 이용하여 실력을 기르는데 힘쓰기보다 친러 경향이 강한 색채를 띠게 되고 말았다. 그 여파로 인해 훗날 러시아와 일본이 전쟁을 벌이게 되었고, 일본이 대한제국을 위협하여 한일의정서를 강제로 체결하게 되고 을사조약을 강제로 맺어야 하는 결과를 낳게 되고야 말았다.

무술년1898년, 그러니까 매천의 나이 45세 때였다.

매천은 영재 이건창이 이미 세상을 떠났다는 소식을 듣고 아득하여 눈물을 하염없이 흘리기만 했다. 대문장가였던 영재의 죽음이 사실처럼 믿어지지 않았다. 그런데 부음을 막상 전해 듣고 보니 정신이 아득하기도 하고 산악이 무너지는 것 같기도 했다.

그는 이건창의 부음을 전해 듣고 중국 춘추전국시대의 거문고 달인이었던 백아와 그의 막역지우 종자기를 떠올렸다. 어느 날 종자기가 세상을 갑자기 떠나게 되자 백아는 너무나도 슬픈 나머지 애지중지하던 거문고의 줄을 끊어버렸다. 그리고 백아는 자신의 음악을 알아줄 사람이 이 세상에 더 이상 없다고 생각하여 죽을 때까지 거문고를 켜지 않았다. 그래서 '백아절현'이나 '백아파현'이라는 말은 절친한 벗의 죽음을 슬퍼한다는 뜻으로 사용되었다.

매천은 이건창이 저 세상으로 떠나간 것을 슬퍼하며 칠언율시 1수를 지었다.

영재학사 홀연히 별세했다고 하니
뜨거운 내 눈물이 하염없이 내 옷에 떨어지네.
인물이 묘연하니 누가 다시 그런 분 있으리오.
해와 별처럼 고결한 인품 영원히 서로 바라보았네.
명산은 예스러운데 역사가는 죽음을 기록하고
멀리서 온 객은 혼백을 부르니 강물도 유장해라.
아직도 생각하면 얼굴이 홍옥 같기만 한데
이별한 지 육 년에 시골에는 나쁜 기운만 도네.

매천은 기해년1899년 3월에 이건창의 문상에 나섰다. 문상 길에는 유당 윤종균을 비롯한 몇 사람이 동행했다. 그 일행들이 남원과 전주를 지나고 호서지역충청도을 거쳐 강화도로 들어가기 전에 한성부에서 하룻밤을 묵었다.

 매천이 성균관원을 포기하고 낙향한 지 십 년 만에 찾아왔던 한성부였다. 그런데 너무나 몰라볼 정도로 많은 변화가 있었다.

 국호를 대한제국으로 바꾸고 황제의 나라가 되어서 뭔가 좋아진 듯했으나 피부로 느껴지는 것은 나라가 예전보다 훨씬 기울어져가고 있었다.

 한성부에는 신식문물이 물밀 듯 밀려와서 거리마다 전등이 가설되었고 밤이 되면 불야성을 이루었다.

 길거리에는 가마꾼 없이 제 스스로 가는 수레라고 하여 자행거자전거라고 부르는 운반수단이 등장했고, 전기로차전차가 다니고 있었다. 그 전기로차는 일정한 정류장이 없었고, 아무데서나 손을 들면 멈춰서 태워주었으며 동대문에서 청량리까지 가는데 3전을 요구했다.

 그 전기로차가 개통할 즈음에 가뭄이 심했는데, 누구 입에서 나왔는지 모르지만 "전기로차가 구름을 빨아먹어서 날이 가물게 되었다"는 소문이 나돌고 있었다.

 세상은 상전벽해가 되었지만, 고종황제 주변을 지키고 있는 신하들은 예나 다를 바 없이 부패한 자가 대부분이었다. 그들은 예전의 탐욕스러운 모습 외에도 한반도 주변의 강대국에 빌붙어서 신분상승을 노리기 일쑤였다.

 매천은 그런 광경을 보고 한탄하며 '서울에 들어와서' 라는 칠언율시 1수를 남겼다.

십 년 만에 다시 한양성에 오니
오직 남산만이 예전처럼 푸르구나.
좁은 길 유리창엔 전등이 걸려있고
공중을 가로지른 쇠줄 아래에 전차가 윙윙거리네.
수륙만리가 모두 신식인데
임금은 천추에 비로소 황제 칭호를 가지셨네.
기인의 어리석은 생각으로 가득 참이 우습지만
저 하늘이 어찌 한꺼번에 갑자기 무너지리오.

매천 일행이 6백 리 길을 걸어 강화도에 도착했다. 이건창의 집은 적막감이 감돌고 있었다. 9칸 규모의 'ㄱ'자 형태로 지어진 안채의 처마 밑에는 예전에 매천이 이건창에게 붓으로 써서 건네주었던 '명미당明美堂'이라는 당호가 쓸쓸하게 걸려 있었다.

이건창의 아우인 경재 이건승과 종질인 난곡 이건방이 매천을 알아보고 달려와서 손을 붙들더니 울음을 터트렸다.

"형님께서 병상에 누워 있을 때, 죽기 전에 매천을 한 번 만나보면 여한이 없겠다고 말씀하셨습니다. 그리고 운명하기 직전에는 매천, 매천, 이라고 소리치며 끝내 못 잊어하셨습니다."

매천은 천하가 진공상태로 변하는 듯한 느낌에 사로잡혔다. 울지 않으려고 했지만 두 뺨에서 쉴 새 없이 눈물이 흘렀다. 신교神交를 맺었던 사이였기에 그를 따라 죽고 싶었지만 그럴 수 없다는 게 안타까울 따름이었다.

이건창의 묘소는 집에서 그리 멀지 않은 곳에 있었다. 매천은 이건승을 따라 묘소를 찾아가면서 이건창이 읊었던 시 한 수를 떠올렸다.

"달빛이 하도 좋아 잠을 못 이뤄/문을 나와 앞 연못에 다달았다./연꽃은 하마 모두 졌지만/내게는 오히려 꽃 내음이 느껴진다./바람이 불어와 연잎이 번득이니/물밑에 별이 하나 보이는구나./ 내 문득 손 넣어 잡으려 하니/푸른 물이 차가워 뼈에 스미네.//

이건창은 별이었다. 생전에도 조선의 선비다운 기풍을 잃지 않고 광명정대한 청백리로서 찬란한 별이었지만 사후에도 밤하늘을 찬란하게 수놓는 별이었다.

매천이 그 별을 손으로 잡아 보고 싶어 봉분을 쓸어보았다. 하지만 그의 시에서처럼 차가운 대지의 기운만 느껴질 뿐 잡히지 않았다.

매천은 그의 절친했던 벗 이건창의 타계를 그의 야록에 다음과 같이 기록해놓았다.

전 참판 이건창이 사망했다. 그는 청렴결백하여 악을 미워했으며 시국과 더불어 부앙俯仰:위를 올려다봤다 내려다봤다 함하지 않았고 벼슬길을 탐탁하게 생각하지 않아서 벼슬을 한 지 40년에 비로소 가선嘉善에 올랐다. 갑오 6월 통곡하며 고향에 돌아가서 다시 서울에 들어오지 않았다. 이에 이르러 풍비風痺:뇌척수의 탈로 인하여 몸과 팔다리가 마비되고 감각과 동작에 장애가 있는 병. 뇌졸중로 앓다가 강화 전사田舍에서 죽으니 나이 47세로 이 소식을 듣는 사람들은 서로 조상을 했다. 이건창은 문장이 아름다워 홍석주와 함께 안행雁行:선두에 서는 것한다고 했다.

이건창을 문상하고 돌아온 매천은 그동안 보고 들었으며 느꼈던 것을 정리하기 시작했다. 그는 우리나라와 중국의 역사에 정통했고, 『매천야록』과 『오하기문』을 기록하는 과정에서 대한제국의 미래가 매우 불투명하다는 것을 예견하고 있었다. 특히 이건창의 문상을 위해 한성부에 잠깐 들리면서 직접 목격했던 것이 많았고 또 이건승 등과 5일 간이나 시국에 관해 이야기한 적이 있었기 때문에 자신의 예견이 억지나 잘못된 판단이 전혀 아니라는 것을 알고 있었다.

그는 잘못된 개화정책이 나라를 망쳤다고 보았다. 또 개화파가 시도했던 개화란 단순한 물질적인 개화에 지나지 않았을 뿐이며 정신적인 개화에는 역점을 두지 않았다고 평가하고 싶었다.

그래서 붓을 들어 '언사소言事疏'를 작성하기 시작했는데, "개화라는 것은 개물화민開物化民이란 말을 줄인 것으로서 어진 사람을 가까이하고 나쁜 사람을 멀리 한다는 뜻입니다. 백성을 사랑하고 씀씀이를 절약하고 죄인에게 반드시 벌을 주는 것이 개화의 근본입니다. 이 근본을 무시하고 군대를 훈련하고 외국과 통상을 활발히 하는 것은 이 나라를 강하게 하는 것이 아니라 도리어 약하게 하고 망하게 하는 것입니다."라고 적었다.

그밖에도 "나라를 잘 꾸려가기 위해서는 무엇보다 국왕이 정신을 바짝 차려야한다"고 역설했고, "지금 전하께서는 서양의 기술을 사들이고 전깃불을 켜보시고 화륜차 타보시는데 정신이 팔려있습니다."라고 붓끝을 날카롭게 돌렸다. 그리고 아홉 가지 처방개혁안을 제시했다. 그 처방의 요약은 다음과 같았다.

첫째, 언로가 막혀 있으니 탁 트이게 해야 한다.

둘째, 법을 시행하되 백성이 모두 믿고 따라갈 수 있도록 공평해야 한다.

셋째, 형벌을 엄격하게 하여 관료들의 기강을 바로 세워야 한다.

넷째, 정부의 돈을 절약하고 검소하게 생활하여 국고를 풍부하게 만들어야 한다.

다섯째, 외척세력을 궁궐에서 몰아내야 한다.

여섯째, 관료 임용을 공정하게 하여 어질고 능력 있는 인재를 등용해야 한다.

일곱째, 한 번 인재를 쓰면 한자리에 오래있게 하여 치적의 크고 작은 것을 헤아려서 반드시 책임지게 해야 한다.

여덟째, 군대의 기강을 바로잡아야 한다.

아홉째, 전국의 토지대장을 다시 조사하여 세수를 늘리고 정부의 예산을 넉넉하게 해야 한다.

그런데 매우 안타까운 일이었지만, 매천의 이런 상소문은 임금에게 실제로 전달되지 못했다.

매천은 나라가 잘못 돌아가는 것만 비판하지 않았다. 만수동에서 은거하고 있는 자신의 모습에 대해서도 서서히 반성하기 시작했다. 나라가 어지러운데 세상을 등지고 있는 것이 진정한 선비의 자세인가 하는 문제에 대해 고민하기 시작했던 것이다. 하지만 별다른 뾰족한 수를 마련하지 못해 고뇌의 나날을 보낼 수밖에 없었다.

그뿐만 아니라 이건창이 없는 세상은 무의미하게 느껴졌고, 시를 지을 때도 왠지 패기를 잃고 말았다. 특별한 근심걱정거리가 없었으면서도 극심한 불면증에 시달렸고, 꽃을 보면 괜히 눈물이 나곤 했다. 예리했던 눈빛도 폭염 속의 푸나무서리처럼 생기를 잃어서 흐리멍덩해지고 말았다.

그는 괴로움을 달래기 위해 구례군수이며 벗으로 사귀고 있던 박항래를 찾아가서 함께 술을 마시고 취향(醉鄕)으로 돌아가려고 노력했다. 어떤 때는 십 일 동안 줄곧 술독에 빠져서 살아가기도 했다. 하지만 술을 마시면 현실에서 멀리 달아날 수 있을 것이라고 여겼는데 마시면 마실수록 고통을 배가시켜줄 뿐이었다.

가뜩이나 괴로워하고 있던 참이었다. 그런데 뜻이 잘 맞았고 술벗이 되어주기까지 했던 박항래마저 압록강 자성부로 떠나가게 되어 정신적인 의지처가 사라져버렸다. 매천은 그를 송별하며 "억지로 이별의 잔을 들며 맑은 눈물을 흘리노라"고 읊었다.

매천은 고통의 늪에서 허우적거리는 동안 국내 정세는 헤쳐 나오기 힘든 혼란 속으로 빠져들고 있었다.

고종황제 독살 미수사건이 발생했다. 그는 『매천야록』에 그 사건을 기록해놓았는데, 간추려서 구성하면 다음과 같았다.

함경도 출신의 김홍륙이라는 사람이 있었는데, 그는 러시아 블라디보스톡을 왕래한 역관이었으며 러시아와 조약을 맺을 때 통역관 역할을 하기도 했다. 그런데 김홍륙이 러시아와의 통상에서 거액을 빼돌린 사실이 들통 나서 흑산도로 유배를 가게 되었다. 이에 그가 앙심을 품고 궁중 요리사인 공홍식에게 아편을 주고 고종황제와 왕세자의 커피에 그것을 타도록 했다.

만수절이었다. 고종황제가 아편이 들어있는 커피를 한 모금 마시다가 토했으며, 황태자는 그것을 마시고 쓰러졌다. 그 바람에 대궐 안이 발칵 뒤집혔다.

커피에 아편을 탔던 범인들은 모두 교수형에 처해졌는데, 장안 사람들이 김홍륙의 시체가 나오자 살점을 베었다는 이야기가 소문으로 나돌았다.

이처럼 커피에 아편을 타서 황제를 독살하려한 사건은 개국 이래에 없었던 일로서 나라가 매우 혼란스럽다는 것을 단적으로 보여주는 예였다.

서울에서는 얼어 죽고 굶어 죽는 백성들이 수만 명을 헤아릴 정도였다. 독약을 먹고 자살한 자도 있었다. 경기도에서는 굶주린 백성들이 교하에 있는 장릉의 송림을 범하여 껍질을 모두 벗겨먹었으나 저지하지 못했다.

백성들이 이처럼 어려운 상황에 처해있는데도 고종황제와 관료들은 정신을 똑바로 차리지 못하고 있었다. 그래서 매천이 썩어가고 있는 나라의 실태를 자신의 야록에 이렇게 적어 놓았다.

청국공사 서수봉이 귀국하고 참찬관으로 와있던 허태신이 서리공사로 집무할 때였다. 서수봉이 고종황제를 알현하면서 이렇게 말했다.

"대한제국은 운수가 왕성하고 풍속이 아름답습니다."

고종황제가 괴이하게 생각되어 왜 그렇게 생각하느냐고 물었다.

"우리나라는 벼슬을 팔아먹은 지 10년이 되지 않아서 종사(宗社)가 몇 번씩 전복되었는데, 귀국은 벼슬을 팔아먹은 지 30년이 되어도 임금의 자리가 아직도 근심이 없으시니 운수가 왕성하지 못하고 풍속이 아름답지 않았으면 능히 그럴 수 있었겠습니까."

고종황제는 그 이야기의 깊은 뜻을 알아차리지 못하고 크게 웃기만 했다. 그러자 서수봉이 밖으로 나가면서 다른 사람에게 이렇게 말했다.

"슬프다, 한국민이여!"

매천은 이런 기록을 적으면서 더 이상 희망이 없음을 느꼈다.

그는 일본이 침략하여 대한제국을 야금야금 뜯어먹고 있는 모습도 『매천야록』에 기록했다.

일본이 울릉도에 경찰서를 설치했다. 그리고 자신들 마음대로 울릉도 삼림을 관장하면서 우리나라 사람들의 삼림채취를 금하게 했으며, 반항하면 군대를 동원하여 위협을 가했다. 또 경부선철도 공사를 시작했을 때 울릉도에 들어가서 삼림들을 마구 벌채하기도 했으나 나라에서는 아무런 저지를 하지 못하고 있었다.

매천은 동학도들이 봉기했을 때 일본인들이 문서를 작성하면서 '대일본제국 정토군'이라고 기록하여 우리나라를 속국처럼 여기더니 이젠 울릉도를 자국 땅으로 여기기까지 하자 그들의 마수가 본격적으로 펼쳐질 날이 머지않았다는 것을 느끼고 있었다.

5

　임인년1902년 11월, 그러니까 매천의 나이 48세 때였다.
　만수동에 나귀들과 사람들이 들끓었다. 나귀들의 등에는 짐이 치렁치렁 실려 있었고 사람들도 저마다 봇짐을 메고 있었다.
　"형님, 이삿짐을 모두 꾸렸습니다. 그러면 지금부터 달실로 출발하겠습니다."
　황원이 매천에게 말했다.
　일립정에 앉아있던 매천이 고개를 끄덕거렸다. 황원이 사람들과 나귀를 이끌고 아래로 내려가기 시작했다.
　매천이 16년 동안 만수동의 은거생활에 종지부를 찍고 구례 광의면 달실월곡마을로 이사를 가게 되었다. 이삿짐이라고 해야 살림살이는 별로 없었고 수천 권의 책이 대부분이었다. 이삿짐은 종들과 그의 문인들이 자발적으로 나서서 운반하는 중이었다.
　매천이 건너편의 계족산을 우두커니 바라보았다. 지난번에 내린 눈이 아직 녹지 않아서 산꼭대기 부근이 희끗희끗했다. 마치 온갖 고뇌 속에서 일찍부터 하얗게 세어버린 자신의 머리칼 같았다.
　만수동을 막상 떠난다고 하자 온갖 감회에 젖어들었다. 맨 처음 이 골짜기에 들어왔을 때 매화나무부터 심었다. 그리고 식수로 사용할 옹달샘 하나를 팠다. 어려운 살림살이였음에도 불구하고 구안실과 일립정을 지었던 추억들이 주마등처럼 지나갔다.

그동안 정들었던 모든 것을 내버려두고 떠난다는 게 무척이나 서운했다. 특히 매화나무는 내년 봄이 되면 흐드러지게 꽃을 피우고 골짜기 곳곳에 향기를 흩뿌리며 충절의 기상을 널리 드높일 텐데 그냥 두고 가야만 한다는 것이 못내 아쉬웠다. 하지만 결심했던 대로 하산을 강행했다.

바닥에 닿을 정도로 기다란 매천의 담뱃대에서 보랏빛 연기가 피어오르며 흐느적거리고 있었다. 감회에 젖어 있느라 담배 피우는 것을 잊어버려서 저 혼자 빠끔빠끔 타들어가고 있는 중이었다.

"그래, 일단 부딪쳐보는 것이야."

그가 소리치는 바람에 흐느적거리던 담배 연기가 어지럽게 흐트러졌다. 그가 어금니를 깨물자 양 볼이 우둘투둘하게 변했다.

만수동에 은거한다는 것은 현실 도피나 다름없었다. 시대와의 불화 앞에서 슬퍼하거나 좌절만 하고 있을 수 없는 노릇이었다. 그는 세상 밖으로 나가서 냉혹한 현실과 직접 부딪치며 해결방안을 모색하겠다는 결심을 하고 이사를 시작했던 것이다.

"매천, 드디어 그대가 세상 밖으로 나가시는구려. 잘한 일이오. 정말 잘한 일이오. 어지러운 세상으로 나가보면 그대가 해야 할 일이 틀림없이 있을 것이오."

해학 이기가 언제 만수동으로 올라왔는지 호탕하게 웃고 있었다. 그는 얼마 후면 서울로 올라간다고 했다.

매천은 아무런 대꾸도 하지 않고 담뱃대의 재를 털어냈다. 그리고 자리에서 벌떡 일어났다. 이기 옆에 있던 유제양이 입을 열었다.

"매천, 만수동을 떠나려고 하니 예전의 그 예리한 눈빛이 되살아났습니다. 어허, 이거 어쩌나. 예전에는 이곳에 자주 들러서 산골의 정취를 느끼곤 했는데 앞으로는 그럴 수 없게 되었으니 말이외다."

유제양이 매우 아쉽다는 듯 골짜기 이곳저곳을 둘러보았다.

"새롭게 시작할 작정입니다."

"그렇게 하셔야지요."

유제양이 미소 지었다. 그러자 이기가 곧바로 말을 받았는데, 혼자서 중얼거리는 투였다.

"이 골짜기에는 아무런 희망이 없지. 암 그렇고 말고. 여기에서는 도끼로 장작을 팰 뿐이지만 밖으로 나가면 도끼로 팰 것이 너무나 많이 쌓여 있거든."

매천은 더 이상 입을 열지 않았다. 일립정에 고삐를 묶어 대기해 놓았던 나귀에 올라타고 골짜기 아래로 내려갔다. 말을 탄 이기와 유제양이 뒤를 따랐다.

매천은 골짜기를 내려가면서 며칠 전에 면암 최익현 선생에게 편지 썼던 상황을 되새겨보기 시작했다.

그가 최익현에게 편지를 쓰게 되었던 것은 다름이 아니었다. 선조와 인조 무렵에 진사를 지냈던 고원후라는 사람이 썼던 서책을 자손들이 인쇄하기 위해 최익현에게 서문을 부탁해 달라고 요청해왔기 때문이었다.

매천은 편지를 쓰면서 "태산북두처럼 우러러보고 오직 멀리 사모하는 마음 간절합니다"라고 인사말을 올린 다음에 자신을 이렇게 소개했다.

"저는 궁벽한 곳에 틀어박혀 들은 것이 없어 스스로 버려진 사람으로 달게 여기고 있습니다. 또 부들과 버들같이 연약한 몸이라 건강한 날이 드뭅니다. 요사이는 강북 삼십 리쯤 되는 곳에 산을 사서, 거문고와 책을 묶어놓고 닭과 개를 쫓느라 온 집안이 어수선하고 소란스럽습니다.

매천은 그 구절을 쓰는 순간 등줄기에서 찬 기운이 뻗쳐올라 정수리에 닿는 것을 느꼈다.

인간이란 때로 하찮은 것에서 각覺을 얻기도 하는 모양이었다. 원효 대사가 해골바가지 물을 마시고 깨달음을 얻어 '일체유심조一切唯心造'라고 말했던 것처럼, 매천은 자신이 쓰고 있던 편지가 마치 거울이라도 되듯 자신의 모습을 비춰보았던 것이다.

최익현.

그는 자가 찬겸이었고, 호가 면암이었다. 1855년 정시문과 병과에 급제하여 성균관 전적에서부터 이조정랑 등을 역임하는 동안 강직성을 드러내 불의와 부정을 척결하여 명성을 드높였다. 특히 경복궁 중건에 따른 문제점과 당백전 발행에 따른 재정의 파탄 등을 제시하며 천하를 호령하고 있던 흥선 대원군의 실정失政을 상소했다가 사간원의 탄핵을 받아 관직을 삭탈 당했던 적이 있었다.

또 명성황후 척족정권이 일본과의 통상을 논의하자 격렬한 척사소斥邪疏를 올려 조약체결의 불가함을 역설하다가 흑산도에 위리안치 되기도 했으며, 단발령에 반대하다가 투옥되기도 했다.

그는 궁내부특진관이 되고 뒤에 경기도관찰사 등에 임명되었으나 모두 사퇴하고 향리에서 후진교육에 진력하고 있던 인물이었다.

그날 매천은 편지를 쓰던 중에 최익현의 공명정대하고 강직한 성품을 새삼 떠올리게 되었다. 그리고 최익현에 비교하는 자신의 삶이 몹시 부끄럽게 느껴져서 마침내 세상 밖으로 나갈 것을 결심하기에 이르렀던 것이다.

구례 광의면 달실월곡마을에 위치한 매천의 서재 대월헌待月軒이었다. 매천이 붓을 들어 "만수동으로부터 월곡으로 이주함"이라는 오언고시 1수를 써내려갔다.

〈전략前略〉
어찌 일찍이 나아가고 피할 것을 계획했던가.
옛것을 싫어하고 새로운 것을 즐기네.
이름 있는 차와 진기한 과일로
또한 더러운 세상을 씻어내네.
하루아침에 위장 기운이 박하면
다시 고량진미를 생각하기도 했네.
산에 사니 바위 험한 것도 두려웠기에
숫돌처럼 평평한 이런 평야가 좋기만 하네.
나귀가 곧장 문 앞에 이르고
밤 깊은 냇가에는 달이 바로 떨어지네.
눈 들으니 동서남북이 모두 환해서
반드시 복된 땅을 구하지 않네.
애써 도화원의 세계를 찾았으니
진실로 어리석은 사나이의 일이었네.
웃으면서 남산의 안개를 가리키니
표범이 숨어사는 것 또한 허름한 마을이라네.

매천의 시에서 "애써 도화원의 세계를 찾았던 것이 어리석었다"는 내용이 나오듯이 만수동에서 은둔하며 생활했던 지난날을 후회했으며, 지금이라도 깨달은 것이 다행이라는 뜻을 담아놓았다.

　그는 다른 시에서도 "흘러온 그른 세월"이나 "젊은 시절이 후회스럽네"라고 하며 세상 밖으로 일찍이 뛰어나오지 못했던 어리석은 자신을 꾸짖었다.

　매천은 만수동에서 제자들을 길러 애국지사를 만들고, 또 역사를 낱낱이 기록하여 후세에 경종을 울리고 싶었다. 하지만 그것은 소극적인 자세였다. 그는 보다 적극적으로 살아가기 위해서 세상 밖으로 나왔고, 또 그런 뜻을 이루기 위해서 암암리에 모색하는 중이었다. 그러던 중에 서울로 올라간 해학 이기에게 받았던 편지를 읽고 나서 매천의 결심은 더욱 공고해졌다.

　이기는 장문의 편지로 "국가의 위기가 마치 두 마리의 범이 한 고기를 다투는 것 같다"고 말하면서 이런 시절에 처사處士로 살아가서는 안 된다고 지적했다. 그리고 나라가 위태로운 상황을 비유하여 말하기를 "큰 집이 기울어지는데 한 개의 나무로써 받쳐낼 수 없다 하고, 하느님이 없애는데 또 어떻게 할 수 없다고 하는 것은 다 통하는 말이 아니다"라면서 패배의식에 젖어 좌절하면 안 된다는 것을 피력했다.

　매천은 그렇지 않아도 이미 고루해져버린 성리학으로 구미열강에 대적할 수 없다는 것을 깨닫고 있었다. 그래서 대안으로 신학문을 선택하게 되었는데, 그것을 전파하기 위한 자금과 학당을 마련하는 것이 쉽지 않아서 고민 중이었다.

　매천은 우애가 깊은 황원과 그의 문인 몇 사람을 대월헌으로 불러들여 흉금을 털어놓았다.

"지금 서양의 문화가 물밀 듯 들어오고 있다. 한 시대에 태어난 사람은 그 타고난 재주에 따라 자신이 처한 시대의 글을 쓸 뿐이니, 반드시 모두가 옛것을 본받을 필요는 없다. 비록 옛것을 본받는 이가 있다손 치더라도 각자 자기의 재주에 따라 비슷해질 뿐이니, 굳이 능력도 없는 것을 강요해서는 안 될 것이다. 그러다가는 한낱 겉껍질이나 벗기고, 그림자나 모뜨는 것이 될 것이니, 그렇게 되면 즐겨 남의 노예가 될 따름이니라."

그는 기존의 학문에 맹목적으로 따를 것이 아니라 새로운 학문에도 귀 기울여야 함을 강조했다.

"그럼 평소에 말씀하셨던 연암과 다산의 실학사상을 열심히 공부하라는 이야긴지요?"

매천의 문인이 백촌 이병호가 물었다.

"물론 실학을 공부하는 것도 중요하지만, 새로운 학문이야말로 기울어져가는 나라를 일으켜 바로 세우는 해법이 될 것이다. 세상이 변했지 않느냐. 그런데 아직도 고루한 학문에 매달려 있다는 것은 어리석은 소치이니라."

"확연하게 말씀해주십시오."

"단도직입적으로 말해서 서양의 신학문을 공부하고 또 가르쳐야 한다는 이야기이다."

"선생님 앞에서 심히 외람된 이야기입니다만, 서양학을 배우면 선비의 이름이 더럽혀지지 않을까 염려스럽습니다."

"어허, 더럽다고 말하지만 나라의 더러움보다는 더럽지 아니하도다. 그리고 나는 서양학을 배워 쇠약한 우리나라의 시국을 구하는데 도움을 주지 못해서 유감이다. 우리는 마땅히 분발하여 강대국들이 약육강식하지 못하게 방어해야 할 것이다. 그런 뒤라야 가히 사람이라고 외칠 만하지 않겠느냐. 우리는 쇠약한 조국을 구하기 위해 그들의 부강富强을 본받아야하고, 부강해지려면 그 학문을 본받을 수밖에 없다."

매천의 말이 끝나자 봉계 고용주가 눈동자를 크게 떴다. 그는 얼마 전에 고종황제께 시책試策:정치에 관한 계책을 물어서 답하게 하던 과거하여 성균관박사에 제수되기도 했다.

"어느 날 갑자기 학문의 방향을 바꾸는 것이 쉬운 일이겠습니까?"

"나는 40세 전후로 신학문을 조금씩 공부해왔는데, 실생활에 아주 유용하다는 것을 느꼈다. 세상이 바뀌면 학문도 바뀌기 마련이다. 혹시 늦었다고 생각할지 모르겠지만 그런 생각이 드는 순간에 시작해도 늦지 않은 법이다."

매천이 자신의 서재에 있는 신학문 서책들을 가리켰다. 강위와 이건창 그리고 김택영 등에게 얻었고, 또 해당루를 드나들던 역관들의 책을 빌려 필사했던 서책들이 수백 권이나 쌓여 있었다.

황원이 말했다.

"저희들이 신학문을 공부하는 것은 어렵지 않습니다만, 가르쳐야 한다는 것은 무엇을 의미합니까?"

"나라의 장래는 어린 학동들에게 달려 있다. 그래서 그들에게 신학문을 가르쳐야 하고, 또 그렇게 하기 위해서 학당을 준비해야겠다는 것이 내 생각이다."

매천은 만수동에서 나올 때부터 가슴속에 품고 있었던 생각들이라서 청산유수처럼 말을 이어갔다. 그는 제자들에게 신학문을 가르치고, 그들로 하여금 학동들을 가르치게 할 계획이었다. 하지만 가장 난감한 문제는 학동들을 가르칠 만한 마땅한 공간이 없다는 점이었다.

"대월헌은 비좁아서 많은 학동들을 가르칠 수 없습니다. 그렇다면 학동들을 가르칠 수 있는 공간은 어떻게 마련하시렵니까?"

눈치 빠른 황원이 질문했다.

매천이 한동안 침묵을 지키다가 입을 열었다.

"예전에 내가 금강산 구경을 가서 조선의 3대 명필이라고 하는 봉래 양사언의 암각글씨를 본 적이 있느니라. 그때 내가 무슨 생각을 했는지 아느냐? 봉래의 명필에 끌렸다기보다 그가 지었던 '태산이 높다 하되 하늘 아래 뫼이로다' 라는 시가 생각났다. 그렇다! 우리에게 불가능이란 없다. 그 단어는 노력하지 않는 자의 변명에 지나지 않을 뿐이다. 좋은 계획을 세우고, 중단 없이 노력하면 그 꿈은 반드시 이루어질 것이다. 나는 그 일을 필히 해내고야 말 것이다. 하지만 솔직히 말해서 현재 나에게 학당을 마련할 묘책은 없다. 그래서 너희들을 불러 중지를 모아보려고 했던 것이니라. 어느 누가 묘책이 있으면 속 시원하게 말해보아라."

매천의 열변에 모든 사람들이 숙연해지면서 입을 다물고 말았다. 우선 그의 강한 집념에 놀랐고, 이어서 신학문을 전수하기 위한 학당을 마련한다는 것이 너무나 어려운 일이었기 때문이다.

갑진년1904년, 그러니까 매천의 나이 48세 때였다.

매천은 신학문을 가르칠 수 있는 공간과 재정을 마련하기 위해 골머리를 쓰며 지난 한 해를 보냈다. 그런데 2월이 되자 제물포에서 일본함대가 러시아함대를 습격하여 격파하더니 이어서 여순군항旅順軍港을 공격함으로써 러일전쟁이 벌어져 매천을 혼란스럽게 만들었다.

해학 이기가 편지에 써서 보냈던 것처럼 '두 마리의 범이 한 고기를 다투는 것' 같더니 서로 패권을 차지하기 위해 마침내 전쟁을 벌였던 것이다.

러일전쟁 소식을 들은 사람들 중에서 쾌재를 은근히 부르는 자가 많았다. 특히 식자층이라고 하는 유생들 사이에서 박수를 치는 사람이 많았다.

"잘된 일이네. 서로 박이 터지라고 싸우다가 둘 다 꼬꾸라졌으면 좋겠네."

"싸움구경하면서 떡이라도 얻어먹을 일이 있단 말인가?"

"그게 아닐세. 고사성어에 어부지리라는 말이 있지 않던가. 민물조개가 강변에 나와 입을 벌리고 햇볕을 쬐고 있는데 황새란 놈이 조갯살을 찍어먹으려고 하자 깜짝 놀란 민물조개가 입을 다물어버렸다는 그 고사를 잘 알고 있겠지?"

"계속 이야기해보게나."

"황새는 오늘 내일 비가 오지 않으면 민물조개란 놈이 바짝 말라 죽을 것이라고 생각했지. 민물조개는 오늘 내일 입만 벌려주지 않으면 황새란 놈이 굶주려 죽을 것이라고 생각했지. 그런데 결과가 어떻게 되었나? 때마침 지나가던 어부가 황새와 민물조개를 한꺼번에 망태 속에 집어넣고 말았지."

"아하, 그러니까 일본과 아라사러시아가 전쟁을 하게 되면 우리만 이익을 본다, 이런 뜻이로구먼."

"바로 그거야. 얼씨구절씨구 지화자 좋다! 우리는 굿만 보고 떡만 얻어먹을 테니까 너희들은 박이 터지게 싸워라!"

말을 끝낸 사내가 춤이라도 덩실덩실 출 기세였다.

때마침 매천이 길을 지나가다가 그들의 대화를 들었다. 도저히 그냥 지나칠 수 없어 한마디 했다.

"떡 얻어먹을 일은 전혀 없을 것이외다. 일본과 아라사가 전쟁을 벌이기 전까지만 해도 우리가 그럭저럭 버틸 수 있었소이다만 이 전쟁이 끝나면 오히려 큰 화를 입을 수 있기 때문이오."

"어허, 이 양반이 무슨 소리를 하나. 도대체 무슨 근거로 그런 소리를 하는 거요?"

"지금까지는 두 마리 범이 서로 삼키려고 으르렁거리며 견제를 하느라 우리가 무사할 수 있었지만, 그 둘 중에 하나가 승리하면 그동안 숨기고 있던 이빨을 드러내어 덥석 물려고 할 것이 뻔하기 때문이오."

매천은 한반도를 놓고 러시아와 일본이 서로 견제를 하고 있었으며 구미열강들이 지켜보고 있어서 어느 한 나라가 멋대로 침범하기 힘들었으나 이 전쟁이 끝나기만 하면 승리한 측에서 노골적으로 덤벼들 것을 예상하고 있었다.

"어허, 이 양반이 안 되겠네. 괜한 불안감을 조성하여 나라를 혼란에 빠트리려는 거 아니야? 도대체 당신은 누구요?"

그 사내가 매천의 위아래를 훑어보았다. 꾀죄죄한 입성에 눈은 사시였으며 체격도 매우 빈약해서 하찮게 여겨지는 자였다.

"봉성골에 사는 매천이라하오."

매천의 이야기가 끝나자마자 모여 있던 사람들의 시선이 일제히 모아졌다. 천하의 매천 황현이 나타났던 것이다. 하지만 모두 다 믿을 수 없다는 표정이었다.

"선생이 정말 영재, 창강과 함께 문명을 드날리는 그 유명한 매천이란 말이오?"

"나라가 이 지경인데 이 땅의 선비로서 부끄러워 얼굴을 들 수 없소이다. 그리고 유명하다는 소리를 듣는다는 것은 가당치도 않소이다."

"아닙니다. 선생의 명성은 익히 들어서 잘 알고 있습니다. 그런데 선생께서 이 전쟁이 끝나면 승리한 측에서 우리나라를 노골적으로 침략할 것이라고 했는데, 그렇다면 누가 승리할 것이라고 봅니까?"

"왜놈들이오."

"왜 그렇게 단정하는 것입니까?"

"내가 한성부에 있을 때 갑신정변이나 임오군란을 목격했던 적이 있어서 감히 예견할 수 있소이다. 왜놈들은 워낙 약아빠져서 승리를 확신하지 않으면 전쟁을 절대로 일으키지 않소이다. 왜놈들이 청나라와 전쟁을 벌일 때도 기회를 엿보다가 한 방에 무너트리지 않았소이까."

매천의 정세 파악은 매우 예리했다. 그도 그럴 것이 역사를 오랫동안 기록해오면서 일본제국의 속성을 속속들이 알게 되었기 때문이다.

그의 모든 이야기는 매우 논리 정연했다. 사람들은 매천의 탁월한 식견과 통찰력에 대해 감탄했다.

러일전쟁이 벌어지고 한참이나 지났다. 매천은 그 전쟁이 벌어지고 있는 내내 불안감을 떨쳐버리지 못했다. 자신이 예견하고 염려했던 것이 점점 현실로 드러나고 있었기 때문이다.

대한제국은 러일전쟁이 일어나자 양국의 전쟁에 휘말리지 않기 위해 중립을 선언했다. 그런데 그 전쟁에서 기선을 제압한 일본이 '한일의정서'를 강요하다시피 하여 체결했다. 그러니까 친러파였던 탁지부 대신

이용익을 일본으로 납치하는 등 친러 인사들을 감시하며 우리 정부에 압박을 가하자 어쩔 수 없이 외부대신 이지용을 내세워 일본공사 하야시와 양국 간의 협약을 체결할 수밖에 없었던 것이다.

그 협약 내용을 보면, 대한제국을 지켜준다는 전제를 깔았지만 이를 빙자하여 우리의 영토를 전략적으로 자유롭게 사용하여 러일전쟁의 전초기지로 만들겠다는 속셈이 숨어 있었다. 또한 대한제국을 중립이 아닌 자신들의 편으로 끌어들였으며, 국가 통치에 있어서 일본의 충고를 받아들이도록 하는 조목을 삽입함으로써 침략의 발판을 만들어놓았던 것이다.

그 후, 일본의 야욕이 점점 커지기 시작했다. 그들이 우리의 전보국과 우체사를 탈취했다. 그리고 우리나라 사람들이 러시아와 통하여 군사기밀을 누설할지 모르니까 자신들이 관리하다가 전쟁이 끝나면 돌려주겠다고 했으나 계속해서 점거해버렸다.

또 숭례문남대문에서부터 한강에 이르기까지의 구역을 자기들 멋대로 점령하여 군용지軍用地라는 푯말을 세운 다음에 우리나라 사람들이 접근하지 못하도록 했다.

한 해가 지나서 을사년1905년이 되었다.

일본이 승리를 거듭했다. 5월에는 대한해협에서 러시아의 발틱함대와 격전을 벌이더니 대파해버렸다. 그리고 8월에는 미국 루스벨트 대통령의 알선으로 포츠머스 회담이 열려 강화조약이 맺어졌고, 마침내 러일전쟁이 종결되었다.

그 회담의 강화조약 내용 중에 우리나라와 관련된 부분은 '대한제국에 있어서 일본의 우월권을 인정한다'는 것이었다.

그런데 포츠머스 강화회의가 열리기 전인 7월에 미국과 일본이 가쓰라-태프트 밀약을 체결했는데, 그 내용은 '미국의 필리핀 점령을 일본이 인정하고, 일본의 한국 점령을 미국이 인정한다' 는 것이었다.

　매천은 러일전쟁이 발발하고 또 종결될 때까지 구미열강의 움직임들에 대해 촉각을 곤두세우고 있어서 염려했던 것들이 현실로 드러나고 있음을 확연하게 느끼고 있었다. 하지만 대한제국이 쉽게 망하리라는 생각은 하지 못하고 있었는데, 창강 김택영으로부터 한 통의 편지를 받고 나서 깜짝 놀라고 말았다.

　김택영의 편지에는 장차 나라가 망할 터이니 왜놈들의 노예가 되지 말고 중국으로 망명하자는 이야기가 들어 있었던 것이다.

　매천은 그 편지를 받고 부인 해주오씨 몰래 노자를 준비하고 가을이 되면 북쪽으로 올라가리라 마음먹었다가 이내 포기하고 말았다.

　그는 '김창강이 망명했다는 이야기를 듣고' 라는 칠언고시 1수를 쓰면서 "유월 초 홀연히 종가의 종질이 죽었다./그러나 조카는 본래 홀몸으로 가까운 친척이 없고, 외로운 과부가 내게 목숨처럼 보인다기에 그런 연유로 행동 계획을 스스로 그만두었다."라며 망명하지 못했던 이유를 밝혀 놓았다.

　또 그는 김택영이 중국으로 간다는 것을 깊이 믿지 않았다. 그런데 서울에서 어떤 사람이 찾아와 김택영의 망명 소식을 전해주었다. 그래서 상경했을 때 김택영의 집을 찾아가보기도 했는데, 같은 시에서 "하루는 가본즉 집주인이 바뀌어있었다./물어보니 '이미 가족들이 모두 상해로 갔다' 고 했다./얼마 되지 않아, 10월음력 변고가 시작되어 거의 종일 기다릴 수 없었으니, (창강이)어찌 귀신처럼 그것을 알았는가?"라고 적어 놓았다.

11월 17일, 변고가 터졌다.

매천은 공식 명칭으로 '한일협상조약'이라고 했던 을사조약이 강제로 체결되자 그 자체를 곧 망국으로 여겼다.

그는 며칠동안 식음을 전폐하다가 '문변삼수聞變三首:변란이 일어났다는 이야기를 듣고 삼수를 지음'라는 시를 썼다.

1수

금나라의 유란헌이 불에 타니 또한 괴이쩍고
명나라의 만세정이 무너지니 온 세상 슬프네.
천추의 역대 망국사를 훑어보아도
통쾌한 일 했던 분이 과연 몇 사람이던가.

2수

묘당廟堂:나라를 다스리는 조정에서 먹물을 갈아 날마다 동맹만 찾더니
하룻밤 새 나라 망하니 칠묘七廟가 놀라네.
저 모든 산 쳐다보니 송백도 늙었고
유민들 통곡의 노래 소리조차 나지 않네.

3수

한강 물 흐느끼고 북악산 신음하는데
세도가 양반들은 티끌 속에 묻혀있네.
청컨대 역대의 간신전姦臣傳을 훑어보소
나라 팔아먹지 나라 위해 죽은 놈 없다네.

매천은 고통에 휩싸이게 되자 신교神交 관계를 맺었던 벗 영재 이건창이 사무치도록 그리웠다. 그래서 이건창이 꿈에 생생하게 나타나기까지 했다. 하지만 시국을 토론하고 나라를 함께 걱정할 벗은 이미 저 세상으로 가버려서 눈물만 흐를 뿐이었다.

이제 남은 벗은 창강 김택영이었다. 그래서 그에게 '문변삼수'와 함께 장문의 편지를 써서 보냈다.

김택영이 답신을 통해 "내 마음 싸늘하기로 화로 밑에 죽은 재라/이국 땅 하늘 아래 머리 돌려 고국 보기 어렵네."라는 시를 적었고, 또 다른 시에서는 "이 몸 시운에 관계없이 부끄럽지만/다만 문장으로 나라의 은혜 갚으려 하네."라며 문장으로 보국報國하겠다는 결심을 전하기도 했다.

을사조약이 강제로 체결되자 전국에서 반대 투쟁이 활발하게 벌어졌다. 그리고 민영환, 조병세, 홍만식, 이상철, 김봉학, 이한응 등이 죽음으로써 항거했다.

매천은 김택영의 편지처럼 문장으로 보국하고 또 항거하며 투쟁하겠다는 의미에서 '오애시五哀詩'를 지으며, "을사년 시월의 변고에 재상 조정승 이하 삼공이 이에 순절했다./나는 이 소식을 듣고 감격하여 흠모하고, 옛사람 두보의 '팔애시'를 모방하여 시를 지었다./널리 최면암에 이르러서는 지금의 인물들이 보잘것없어 이를 추모하고 생각한 것이다."라고 했다.

그는 '오애시'에서 민영환, 홍만식, 조병세, 최익현, 이건창을 대상으로 삼았고, 그 이후에 이상설, 조동윤, 김봉학을 더하여 '팔애시'가 되었다.

분통과 탄식으로 점철된 을사년이 지나가고 병오년1906년이 되었다.

매천은 7월 5일자 '대한매일신보'에서 지난해에 순국했던 민영환에 대한 기사 "공의 집에 푸른 대나무가 자라났다. 생시에 입고 있었던 옷을 걸어두었던 협방 아래서 푸른 대나무가 홀연히 자라난 것이라 한다. 이 대나무는 선죽과 같은 것이니 기이하다."를 읽었다.
　을사조약에 항거하여 순국의 길을 떠났던 민영환을 모신 영연靈筵 마루에서 믿기 어려운 일이 벌어졌던 것이다. 매천은 그 신문 기사를 보고 '혈죽血竹'이라는 칠언고시 1수를 지었다.

　민충정공 영환이 순의한 지 다음해 4월, 영연 마루에 대나무가 생겨났다. 대개 자결한 칼과 피 묻은 옷을 간직한 곳이다. 모두 네 뿌리, 아홉 줄기 서른 세 개의 이파리였다.

　　　대나무가 공중에 뿌리내리고 땅엔 내리지 않았으니
　　　이러한 충의도 하늘에 뿌리 둔 까닭임을 알겠도다.
　　　산하는 빛을 바꾸며 왜놈들은 눈을 부릅떴고
　　　임금님은 자재소식 들으시고 눈물이 비 오듯 하였다.
　　　네 떨기 아홉 줄기가 푸르게 엇비슷하니
　　　서른 세 개의 이파리는 어찌 그리 아름답기만 한가.
　　　옷 향기가 없어지지도 않았고 칼도 녹슬지 않았으니
　　　놀라 다시 거듭 보니 칼날 머금었던 때였다.
　　　목 찔러 보국하신 분이 예로부터 많았지만
　　　역시 장렬하기가 충정공 같은 이 있었을까.
　　　온 몸이 의분에 차니 칼로 찔러도 아프지 않았고

세 번 찌르기를 톱질하고 흙손질하듯 하였다.
정령이 변해서 대나무로 다시 태어났으니
경천동지한들 무엇이 이상하리.
거미줄이 얼기설기 먼지가 이끼처럼 되었다.
푸른 파를 세운 듯 빽빽한 다발로 묶음을 이뤘으니
백 번 눈을 씻고 돌아봐도 대나무라.
늦봄에 깊은 가지가 껍질을 쪼개고 움터
싸늘한 기운만이 대나무를 흔들었다.
분명히 푸른 피는 솟구쳐 마르지 않았고
점점이 뿌려져 아름답고 푸른 대나무가 되었도다.
여귀厲鬼가 되어도 적을 죽인 장순안록산의 난 때 성을 지킨 장수이 되고
다시 태어나도 오랑캐를 죽이고 문천상송나라의 충신이 되소서.
공연히 대나무 됨은 흔히 있는 일이 아니니
충정공 품고 가신 한이 천지간에 남았소이다.

  그 해 11월 17일, 그러니까 을사조약이 강제로 체결되고 꼭 1년이 지났을 때였다.
  고령74세임에도 불구하고 의병을 일으켰다가 체포되어 대마도로 끌려갔던 면암 최익현이 단식을 계속했고, 마침내 풍증風症으로 죽었다는 소식이 들려왔다. 그가 단식을 했던 이유는 왜놈들이 주는 밥을 먹지 않겠다는 뜻이었다. 그리고 일화에 따르면, 대마도로 끌려가기 전에 신발 속에 우리나라 흙을 깔았는데, 그렇게 했던 것은 왜적의 땅을 밟지 않겠다는 뜻이었다.

매천이 여장을 황급히 꾸려 최익현의 영구靈柩가 도착하는 부산 동래항으로 찾아갔다. 수많은 조문객들이 몰려들어 인산인해를 이루었다. 그의 죽음은 마치 국상과 같아 천산만락千山萬落: 천 개의 산과 만 개의 마을에 슬퍼하지 않은 이가 없었다.

매천은 자신의 야록에 "국조 이래 죽어서 슬퍼함이 이같이 성황을 이룬 적이 없었다." 라고 했으며 "조객들의 명부를 보니 촘촘히 적은 것이 네 책이었다"라고 기록했다. 그리고 최익현의 죽음을 애도하는 '곡면암선생哭勉菴先生)' 이라는 조시를 지어 바쳤다.

또 한 해가 속절없이 흘러 정미년1907년이 되었다.

매천은 분통한 마음을 안은 채 동분서주했다. 백운산 만수동에서 세상 밖으로 나올 때부터 가슴에 품고 있던 생각을 실현시키기 위해서였다. 그는 신학문을 전수할 공간 확보가 매우 어렵다는 것을 익히 알고 있었으나 좌절할 수 없었다. 만약에 자신의 뜻을 관철시키지 못하면 살아있는 의미가 없다고 여겼기 때문이었다.

그러던 중에 상경했던 해학 이기의 소식이 들려왔다. 그가 나인영나철 등과 함께 자신회自新會를 조직하여 을사오적인 박제순, 이지용, 이근택, 이완용, 권중현의 암살을 꾀하다가 유배형을 받았다는 거였다.

을사오적을 암살하기 위한 격려문은 나인영이 작성했는데 다음과 같았다.

여러 의사들이여! 여러 의사들이여! 금일지사는 대한 독립을 유지하기 위한 유일한 길이요, 우리 이천만 중생의 생사문제다. 여러분, 진실로 자유를 사랑할 수 있는가? 청컨대 결사의지로 이 오적을 죽이고 국내의 병폐를 소제하면 우리들 및 우리 자손들이 영원히 독립된 천지에서 숨을 쉴 수 있으나그 성패가 오늘의 일에 달려 있으며······ 이러한 의무를 주창함에 눈물을 흘리며 피가 스미는 참담한 마음으로 엎드려 파기 뛰며 지혜와 용기를 갖춘 여러분들의 면전에 이 의義를 제출합니다.

이기와 나인영은 포츠머스 조약이 체결될 당시에 우리나라의 처지를 호소하기 위해 미국으로 건너가려고 했으나 일본공사의 방해로 뜻을 이루지 못하자 일본으로 건너가서 일왕과 정계 요인들에게 침략 규탄을 서면으로 항의했다. 그리고 을사조약이 강제로 체결될 무렵에 귀국했다.

이기는 한성사범학교에서 교편을 잡는 한편 장지연, 윤효정 등과 대한자강회를 조직하여 항일운동과 민중계몽을 펼치더니 그 이후에 나인영 등과 자신회라는 을사오적 암살단을 조직했던 것이었다.

매천은 이기와 나인영이 유배형을 살고 있는 진도를 찾아가서 위로하고 싶었으나 꾹 참고 신학문을 전수할 수 있는 사립 호양학교 설립 준비에 모든 정력을 쏟았다.

그는 몇 사람의 힘으로 사립학교를 세운다는 것이 어려웠고 또 그렇게 하면 의미도 반감된다는 것을 느꼈다. 그래서 뜻있는 수많은 사람들이 동참하도록 만들어 무신년1908년에 감격적이고 역사적인 개교를 하기에 이르렀다. 그 후, 학교 재정이 어렵게 되자 '호양학교 모연소募捐疏'라는 글을 작성하여 모금을 시작했다.

삼가 말씀드립니다.

한 배를 타고 바다를 건너매 피안彼岸을 바라보고 단식하는 것과 삼태기로 흙을 쌓아 산을 이루매 장백將伯을 불러 협조를 구하는 것은 부득이한 처지에서 하는 것이지 이 어찌 즐거워서 하는 일이겠습니까.

생각건대, 호양학교 건립의 노고는 진실로 백척의 간두에서 한걸음 앞으로 나가는 것과 같습니다. 외부로부터의 방해를 물리치매 이미 팔난 삼재의 고역을 겪었고 경영에 힘을 다 바쳤으며, 천창백공千瘡百孔:상처와 구멍투성이의 상처를 보완할 길이 없습니다.

결국 가루 없이 떡국을 만드는 격이니, 아무리 뛰어난 재주가 있다 해도 쓸 수가 없습니다. 어떻게 하면 우물 같은 샘을 얻어 여러 사람의 갈증을 풀어줄 수 있을까요?

드디어 수삼 개월 읽고 배움의 보금자리가 어느덧 7, 8할이나 무너지는 걱정을 당하게 되었습니다.

옥을 쪼다 이루지 못한 듯 어린이들을 가르칠 방도가 없으니 안타깝기만 하고, 월급을 장차 못주게 되니 스승 노릇할 자 누가 있겠습니까. 사방에서 보는 눈이 부끄러워 이럴까 저럴까 하는 탄식뿐 아니라, 한 고을의 일어나려는 기세가 물고기가 썩어 문드러지는 꼴이 될까 두렵습니다.

그러나, 오늘날 우리의 신학문에 대한 발원은 단적으로 모든 국민을 위한 소망이었습니다. 공을 세워 좋은 보답을 받으려는 것은 진실로 우리 모두의 간절한 정이요, 넘어지는 것을 붙들어주고 위험한 것을 구해주는 것은 오직 여러분의 책임이 아니겠습니까?

선왕先王의 배양한 은택에 젖었으니 나라를 자기 집처럼 걱정하는 훌륭한 백성이 많을 것이며, 명산의 맑고 맑은 곳에 자리를 잡았으니 재물을 나누어 주고 정의를 지키는 착한 인사가 몇 사람이나 되겠는가?

아아! 장차 훌륭한 후손을 남기고자 한다면 오늘날 우리들은 낯이 두껍다고 욕하지 마십시오.

재앙의 그물이 하늘에 가득 쳐져 있으므로 종묘사직은 이미 깨어진 것이 원통하고, 칼날이 목에 다다랐으매 모든 보옥을 누가 거두게 될까 염려스럽습니다. 상류층 인사들이 하려고 하면 할 수 있는 일인데 어찌 애써 수전노가 되려 하며, 제일가는 사업의 쓸 곳에 쓴다면 어찌 크나큰 보답이 없다고 하겠습니까.

일찍이 듣건대 동한東漢 때의 명사들은 주준배廚俊輩:재물로써 사람을 잘 구원한 후한 시대의 여덟 사람에게 힘 입은 바 있었고, 또한 서양의 호걸들을 보더라도 그 누가 학교를 거치지 않은 사람이 있겠습니까.

매천의 절절한 호소와 뜻을 같이했던 사람들의 헌신적인 노력에 의해 의연금이 모이기 시작했다. 그리고 산골마을에서 거금이랄 수 있는 720원이나 모았다.

그는 그동안 품어왔던 뜻이 관철되자 이 땅의 선비로서 살아왔던 것에 대해 조금이나마 자부심을 가질 수 있었다. 그러나 그의 가슴을 무겁게 짓누르는 하나의 사건이 있어서 마음이 편하지 않았다. 그건 고광순 의병장과 연관된 일이었다.

"아!"

매천은 그날 일을 생각하자 장탄식이 터져 나왔다. 그리고 극심한 자괴감에 빠져들어 몸 둘 바를 모를 지경이었다.

지난해였다. 녹천 고광순이 지리산 연곡사에 근거지를 마련하고 심부름꾼을 보내 격문을 써달라고 부탁했다. 그런데 매천은 의병들이 구식 무기를 가지고 일제와 대항해서 싸우는 것을 어리석게 여겼기 때문에 "오늘날의 정황은 격문이 필요한 것이 아니니, 오직 더 노력하여 또다시 후회하는 일이 없도록 하라"고 말했다.

심부름꾼이 야속하다면서 풀이 죽은 채 빈손으로 돌아간 후, 매천은 격문 한 장을 써놓고 심부름꾼이 다시 찾아오기를 기다렸다. 그런데 고광순으로부터 연락이 영영 오지 않았다.

고광순은 당시 60세 고령이었음에도 불구하고 용감하게 총칼을 들고 항일투쟁에 전념하고 있었다. 매천은 왜적이 무서워 격문 한 장 쓰지 못하는 비겁한 놈이라며 고광순이 소리치는 환청이 들려오는 듯하여 잠을 설치곤 했다.

그러던 중, 고광순이 연곡사에서 장렬히 순국했다는 소식을 듣고 왕사찬 등과 함께 달려갔다. 고광순은 싸늘한 시신으로 변해 임시로 만든 봉분 속에 누워있었다. 그날 매천은 자신의 문약文弱함을 새삼 깨닫고 "나같이 글만 아는 선비, 끝내 어느 짝에 쓸 것인가."라며 고통스러워했다. 그리고 격문을 써주지 못했던 죄책감에서 여태까지 벗어나지 못하고 있는 중이었다.

호양학교는 날로 번창하고 있었다. 매천은 계획했던 대로 잘 성사되어가고 있어서 기뻤지만, 그런 반면에 날이 갈수록 고뇌 속으로 빠져들었다.

고뇌의 가장 큰 원인은 회복될 기미가 보이지 않는 국권이었다. 그리고 늘 부채의식으로 남아있는 고광순의 격문이 가슴을 짓눌렀고, 전국 각지에서 들불처럼 일어나는 의병투쟁이 자신을 부끄럽게 만들었기 때문이다.

매천은 고뇌의 늪으로부터 벗어나기 위해 시 창작에 몰두하려고 애썼으나 혼을 빼앗겨버린 사람처럼 멍하니 앉아있을 때가 많았다. 중국의 은사 10인을 추앙하는 십 폭 병풍十幅屛風 효효병嘐嘐屛을 만들어서 곁에 두고 자신을 위안하며 강한 의지를 갖으려고 노력했지만 그것도 뜻대로 되지 않았다.

또 『매천야록』에 '의보'란을 두기까지 하면서 의병들의 활약상을 자세히 소개하며 그들의 뜻에 동참했다. 하지만 직접 의병투쟁 일선에 나서지 못하고 있는 문약한 선비라는 점이 못내 마음에 걸렸다.

나라의 정세는 갈수록 비관적이었다. 일제의 억압과 수탈이 마각을 점점 드러내고 있는데 지식인들 일부가 오히려 그들의 편에 가담하고 있었다.

『만세보』와 『매일신보』에 연이어 연재되었던 이인직의 '혈의 누'라는 소설은 낙관적 개화주의를 이야기하고 있었고, 일본 군인을 미화하는 등 친일경향을 보이고 있었다.

매천은 망국의 길에 가장 먼저 동행하는 사람들이 이 땅의 지식인들이라는 게 한탄스러웠다. 얼마 후의 일이었지만, 이인직은 국권피탈 시기에 친일파 이완용을 돕고 대정다이쇼 일본왕 즉위식에 헌송문獻頌文을 바치기까지 했다.

같은 해의 일이었는데, 일제가 독도를 자기 나라의 영토라고 억지를 부렸다. 매천은 그의 야록에서 "울릉도에서 바다 동쪽으로 1백리 거리에 있는 한 섬이 있으니 독도라고 하는데 옛적에 울릉도에 편입되었다. 왜놈들이 강제로 자기나라의 영토라 칭하고 살펴보고 돌아갔다."라고 기록하면서 울분을 참지 못했다.

무신년1907년에서 기유년1909년 사이에 나라 사정은 최악의 모습을 연출하고 있었다.

고종황제가 강제 퇴위 당하고 순종이 즉위하면서 연호가 '광무'에서 '융희'로 바뀌었고, 대한제국의 군대마저 해산당했다. 또 일제는 동양척식회사를 설립하여 대한제국의 농업사회 근간을 갉아먹으며 존립 자체를 송두리째 뒤흔들기 시작했다.

그뿐만 아니라 호남의병을 말살하려고 남한 대토벌작전을 벌였다. 그 바람에 호남지역은 일본군의 무자비한 살육과 방화 그리고 약탈 등으로 쑥대밭이 되었고 잿더미처럼 변해버렸다.

매천은 일련의 사태들을 속절없이 지켜보며 분통한 마음을 어쩌지 못하고 있었다. 그래서 마음을 진정시킬 겸, 김택영이 중국에서 잠시 귀국했다는 소식을 듣고 서울에 올라갔다. 마음이 통하는 벗으로부터 뭔가 마음의 위안을 받고 싶었지만 만나지 못했다. 남산에 올라 내려다본 서울은 왜색倭色으로 물들어 있었다.

그가 탄식하고 눈물을 흘리며 함께 남산에 올랐던 선비들에게 말했다.

"나는 강자가 약자 먹는 것을 원망하는 것이 아니라 약자가 강자에 먹히는 것을 원망한다."

매천은 강화도로 건너가 꿈에도 그리던 이건창의 묘를 찾아가서 잔을 올렸다. 그리고 불의와 타협하지 않고 평생을 살았던 벗을 회상하며 이젠 한 줌의 흙이 되어버린 그를 추모할 수밖에 없는 자신의 신세가 몹시 처량하다는 것을 느꼈다.

그때 매천은 '영재묘를 지나며'라는 오언율시 1수를 지으며 "머지않아서 나 역시 그대를 따르리라"는 내용을 적었다.

경술년1910년, 그러니까 매천의 나이 56세 때였다.

다른 해에 비해 세상이 조용한 듯싶었으나 그것은 일제의 사찰과 검열 때문이었으며, 망국의 기운은 독버섯처럼 소리 없이 번지고 있었다.

매천은 그런 낌새를 벌써부터 눈치 채고 있었다. 그런 심경을 이건창의 종질인 이건방에게 편지로 써서 보냈다.

"세계는 날로 난적亂賊만 더해가니 아주 잠들어 잘못이나 없고자 할 때도 있습니다. 병 아닌 병을 앓고 있으니 이를 또 누가 알겠습니까. 듣자하니 북방이 크게 시끄럽다하고 또 나라의 큰 변이 있다고들 하는데 각 신문들은 검열에 걸리고 구금당하고 하여 사실을 제대로 게재하지 못한다고 하니, 온 세상 사람들은 모두가 보고 듣지 못하는 귀머거리나 장님으로 마치 천지개벽하는 혼돈 속에 있는 것 같으니, 오직 가슴을 치며 미친 듯 울부짖을 뿐입니다······."

매천이 이미 예견했던 것처럼 망국의 흉보가 들려왔다. 그가 신문과 관아의 공문을 통해 한일병탄 조약이 반포된 것을 읽어보고 그의 제자 김상국에게 말했다.

"흉보를 듣고 염통과 쓸개가 다 떨어져나가 이 몸이 사람이 되었는지 아니면 귀신이 되었는지 금수가 되었는지 알 수 없으나, 오히려 먹고 숨 쉬며 이 세상에 살아있지 않은가? 내 일찍이 이런 일이 있을 줄 알았지만 하루아침에 이렇게 국척踢踳:조심스러워 몸을 굽히고 걸음을 곱게 걷는다는 뜻한 생활을 하며 몸부림치며 울부짖기만 할 줄 몰랐다. 아아! 진실로 이 어떤 사람이 한 개 옳을 시是 자를 마련해내지 못하는고······."

매천은 대월헌으로 들어가서 한동안 생각에 잠겼다. 조선 오백년이 와르르 무너진 순간에 이 땅의 선비로서 할 수 있는 일이 무엇인가 생각했다. 의병장이었던 의암毅菴 유인석柳麟錫이 자동적으로 떠올랐다. 사실상, 매천은 시대와의 불화를 겪는 내내 그를 잊어본 적이 없었다.

유인석은 철종 때 화서 이항로를 스승으로 모시며 글을 배웠으며 위정척사운동에 참여했다. 1876년고종 13에 병자수호조약이 체결되자 반대 상소를 올렸고, 갑오개혁 이후에 김홍집 친일내각이 성립되자 의병을 일으켰다가 관군에게 패하고 만주로 망명했던 인물이었다.

그는 갑오개혁 이후에 분연히 떨치고 일어나 의병을 이끌었을 때 나라가 위기에 처하면 선비들이 취해야할 세 가지 방도, 즉 '처변삼사處變三事'라는 것을 제시했던 적이 있었다.

유인석이 제시했던 처변삼사의 내용은 다음과 같았다.

> 무릇 우리 유학의 도道가 지극히 위대하고 몸은 귀중하니, 도가 끝나려 하는데 몸이 도와 함께 같이하지 않을 수 없는 까닭에 스스로 자결하여 뜻을 지킴自靖遂志이 정당하고, 도가 없어지려는 것을 참지 못해 몸이 도와 함께 보존하기를 도모하지 않을 수 없는 까닭에 떠나가서 옛것을 지킴去之守舊을 말하는 것이니 이도 정당하며, 도는 동포와 함께 얻은 것이라서 몸이 도와 함께 보존하기를 도모하지 않을 수 없는 까닭에 거병擧兵하여 깨끗이 하는 것擧義掃淸 또한 정당하다.

매천은 '망명길에 올라 옛것 지키는 일'을 실행하지 못했고, '거병하여 깨끗이 하는 것' 또한 실행하지 못했음을 뼈저리게 느끼고 살아왔다. 그래서 나라가 망한 지금 선비의 길을 지키기 위해 그가 택할 수 있는 방법은 처변삼사 중의 첫 번째인 자정수지自靖遂志만 남았다는 것을 떠올렸다.

"어허, 가야할 길이 멀구나."

매천이 혼잣말로 중얼거렸다. 붓을 들어 '절명시 4수'와 '유자제서'를 썼다. 예전부터 은밀히 준비해두었던 아편을 꺼내 소주에 탔다. 그의 입에서 가느다란 미소가 피어올랐다. 아편을 탄 소주를 마셨다. 그리고 반드시 누워서 눈을 감고 먼 길 떠날 마음의 채비를 갖추었다.

1910년 10월 11일자 경남일보, 그러니까 제 147호의 사조난詞藻欄에 '황매천선생절필 4장 전진사 황현梅泉先生絕筆 四章 前進士 黃玹'이라는 제목으로 절명시 4수가 발표되었다.

1수
머리털 다 세도록 하 많이 겪은 난리
몇 번이나 죽으려 해도 뜻을 이루지 못했네.
오늘 진짜로 나라가 망했으니 어찌할 것인가
가물거리는 촛불만이 푸른 하늘에 비추네.

2수
요사스러운 기운이 가려 임금별 자리를 옮기니
구중궁궐 침침해져 햇살도 더디 드네.
황제의 조칙도 이후로는 다시없을 것이니

조서에는 구슬 같은 눈물만 가득 흐르네.

3수
새 짐승 슬피 울고 산 바다도 찡그리고
무궁화 금수강산 진흙탕에 빠졌구나.
가을 등불 밑 책 덮고 오랜 역사 되새기니
글 아는 선비답게 행세하기 어렵도다.

4수
일찍이 나라 위한 작은 공도 없었으니
나의 죽음은 인일망정 충성은 아니로다.
끝맺음이 겨우 윤곡尹穀을 따르는데 그쳤을 뿐
당시의 진동陳東을 좇지 못함이 부끄럽기만 하네.

매천 황현 선생 연표와
주요 근대사 연표

1855년	• 음력 12월 11일 전남 광양군 봉강면 석사리 서석헌에서 부친 황시묵과 모친 풍천노씨 사이에서 출생
1857년(3세)	• 고모집에서 탄편으로 벽에 글씨 쓰는 시늉
1859년(5세)	• 두창에 걸려 반나절 걸리는 동석리 배의원 집에 침 맞고 옴
	• 연초 남원 대전리 상촌(지금 구례 광의면 대전리 상대)으로 이거
	• 겨울 구례 토지면으로 이거(죽봉 조동파 댁)
1860	• 최재우 동학창시
1861년(7세)	• 구례 토지면에서 광양군 봉강면 석사리로 이거
	• 처음 서당에 입학, 침식을 잊고 독서에 열중.
1862년~1863년 (8~9세)	• 사략, 통감을 읽고 후학을 가르침
1862(임술년)	• 농민봉기(충청도 경상도 전라도)
1863	• 고종 즉위, 흥선 대원군 정권 장악
1864년(10세)	• 구례 천변촌 종형인 '황담'에게 글을 배움, 부친 황시묵이 매천을 공부시키기 위해 형수인 왕씨에게 맡김.
1865년(11세)	• 천사(川社) 왕석보(王錫輔)에게 율시를 배우기 시작
	• 동네 잔치에서 노인들 시회(詩會) 자리에서 안성초락유인석(雁聲初落游人席)이라는 시를 지어 좌중을 놀라게 하여 이때부터 신동이라는 소문이 향리에 퍼짐.
1865	• 경복궁 중건
1866	• 재너럴 셔먼호 사건
1866	• 병인양요

1868년(14세)	• 지방에서 실시하는 향시에 응시, 신동이라 탄복. 스승, 왕석보 사망.
1869년 (15세)	• 남원의 강백과 김금영에게 과시(科詩)를 잘 짓는다는 평을 받음
1869	• 광양변란
1870년(16세)	• 동생 석전 '황원'이 태어남
1871년(17세)	• 구례군 마산면 상사리 해주오씨 오현위씨의 따님과 결혼
	• 순천 백일장에서 영장 윤명신의 무례함을 책하여 의관을 정제(整齊)케 함.
1871	• 신미양요
1873년(19세)	• 딸을 낳음
1874년(20세)	• 근체시를 배우기 시작함
1875년	• 운요호사건
1876년	• 강화도조약 (병자수호조약) 체결
1878년(24세)	• 상경하여 강위, 이건창. 김택영 등과 교류 시작(처음으로 상경하여 5개월 정도 머물렀음)
1880년(26세)	• 아들을 낳음(2차 상경하여 1882년에 귀향함)
1881년	• 신사유람단 파견 • 영선사 파견
1882년	• 임오군란
1882년	• 제물포조약 체결
1883년	• 한성순보 발간 • 태극기를 국기로 선정
1883년(29세)	• 보거과에 장원했으나 시관 한장석이 시골 출신이란 구실로 차점으로 격하

1884년	• 우정국 설치	• 갑신정변
	• 한성조약 체결	
1884년(30세)	• '충무공 구선가'를 지음	
1885년	• 광혜원 설립	• 거문도 사건
1886년(32세)	• 백운산에서 구례 간전면 만수동(현재 수평리 67번지 상만마을)으로 이거	
1887년(33세)	• 박정양이 주미공사로 갈 때 영재 이건창이 수행원으로 천거하였으나 거절. 이유원 대장이 울릉도에 갈 때 수행원으로 천거했으나 거절	
1888년(34세)	• 생원 회시에 장원 급제하여 진사가 됨.	
1889년	• 조병식, 방곡령 선포	
1889년(35세)	• 7~8월에 남해지방 여행하며 '천지목록' 기록	
1889년	• 광양농민항쟁	
1890년(36세)	• '구안실'을 지어 독서와 시작(詩作) 그리고 후진 양성	
1892년(38세)	• 부친상을 당함	
1893년(39세)	• 모친상을 당함	
	• 영재 이건창이 전남 보성으로 귀양왔다는 소식을 듣고 상복 차림으로 찾아가 위로함.	
1894년	• 동학농민운동	• 갑오개혁
1895년	• 을미사변	
1895년	• 단발령 선포	• 을미 의병
1896년	• 서재필, 독립신문 창간	
	• 독립협회 설립	• 아관 파천

1897년(43세)	• 모친처럼 모시던 백모 사망
1897년	• 경인선 철도 기공 • 대한제국 설립
1898년	• 만민공동회 개최
1898년(44세)	• 구례군수 박항래가 성균관 박사시험 권유에 거절
1899년(45세)	• 시국광구(時局匡救)를 위한 언사소(言事疏) 작성
	• 강화도 600리 길을 도보로 걸어 이건창 문상
1900년	• 경인선 철도 개통
1901년	• 제주민란 발생
1902년(48세)	• 왕사천, 왕사찬, 이기 등의 권유로 만수동에서 월곡으로 이거함. 거소를 대월헌(大月軒)이라 칭함.
1904년(50세)	• 김택영에게 '50세수서'를 지어 보냄
1904년	• 러일전쟁 발발
	• 한일의정서 강제 체결
1905년(51세)	• '을사보호조약'이 발표되자 오애시(五哀詩), 문변삼수(聞變三首), 혈죽(血竹) 등 시를 지어 나라의 그릇되어감을 탄식하고 김택영을 따라 중국에 망명하려 하였으나 뜻을 이루지 못함.
1905년	• 을사조약 강제체결
	• 장지연, 황성신문에 시일 야방성대곡 발표
	• 손병희, 동학을 천도교로 개칭
1906년(52세)	• 중국 만고절의십인(萬古節義十人)에 관하여 시를 쓰고 宋泰會에게 그림을 부탁하여 10절병을 만들어 항상 이들을 흠모함.(병풍 이름은 효효병, 분실 당함.)
	• 최익현의 대마도 죽음에 대한 '애시' 8수를 지음.

1906년	• 통감부설치, 이토히로부미 부임
1907년	• 국채보상운동 시작 • 헤이거 밀사 사건
	• 한일신협약 체결
1908년(54세)	• 구례 광의면 지천리에 호양학교(壺陽學校) 설립하여 민족 애국정신과 신식 학문의 교육을 꾀하여 기울어가는 사직(社稷)을 교육으로 만회하려 시도함
1908년	• 전명운, 장인환, 스티븐스 저격
	• 동양척식 주식회사 설립
1909년	• 나철, 대종교 창시
	• 안중근, 이토히로부미 암살
1910년 (56세)	• 국망(國亡)의 신문과 관아(官衙)의 공문이 도달하자 심야에 문을 잠그고 절명시 4수를 남기고 음독 순절함.(음력 8월 6일)
	• 1910년 10월 11일자 경남일보에 '梅泉先生絶筆 四章 前進士 黃玹' 이란 제목으로 절명시 게재
1910년	• 한일병탄
1911년	• 중국 절강성 남통주에 망명중인 창강 김택영이 그곳에서 『매천집』을 간행, 국내에 몇 백 부가 반입되어 배포되었으나 왜경에 의하여 몰수되었고, 그 나머지 몇몇 부가 살아남아 해방 후에 아세아 문화사에서 영인본을 간행.
1913년	• '매천속집' 간행
1942년	• 유산마을 뒷산에 매장되었던 유해를 33년 만에 광양 봉강면 석사리 선영 밑에 이장함

1955년	• 유저 중 『매천야록』이 국사편찬위원회에 의해 한국사료총서 제 1집으로 간행됨.
1962년	• 대한민국 건국 공로 훈장 단장(單章 : 36호)이 추증(追贈)됨.
1962년	• 매천사 건립 봉안
1978년	• 아세아 문화사에서 『황현전집(黃玹全集)』을 발행해 매천집, 매천야록을 합간
1984년	• 2월 29일 전라남도 문화재 자료 제 37호로 지정
1985년	• 전주대학교에서 『매천전집』 5책 발행 • 최승효(광주일보사장)가 『문묵췌편』 번역
1999년	• '이달의 문화 인물(8월)' 로 지정 (문화관광부)
2002년	• 5월 14일, 광양시 봉강면 석사리 매천 생가 복원 준공
2002년	• 11월 2일, 국가보훈처에서 매천사를 '현충시설' 로 지정(관리번호 55-1-2)
2005년	• 11월, '이 달의 독립운동가' 로 지정
2006년	• 12월 29일, 황현 초상 및 사진(초상 1점, 사진 2점) 국가보물 제 1494호로 지정(문화재청장)

매천 황현 2 지리산하(智異山下)

초판1쇄 찍은 날 | 2010년 2월 10일
초판1쇄 펴낸 날 | 2010년 2월 20일

지은이 | 박혜강
펴낸이 | 송광룡
펴낸곳 | 문학들
등록 | 2005년 8월 24일 제2005 1-2호
주소 | 503-821 광주광역시 남구 양림동 24-18번지 2층
전화 | 062-651-6968
팩스 | 062-651-9690
전자우편 | munhakdle@hanmail.net

ISBN 978-89-92680-38-7 03810

잘못된 책은 바꿔드립니다.